有爱的青春陪伴者

宝贝

琵琶 · 著

四川文艺出版社

图书在版编目（CIP）数据

宝贝 / 琵琶著 . -- 成都 : 四川文艺出版社，
2022.8
ISBN 978-7-5411-6414-9

Ⅰ . ①宝… Ⅱ . ①琵… Ⅲ . ①长篇小说 – 中国 – 当代
Ⅳ . ① I247.5

中国版本图书馆 CIP 数据核字 (2022) 第 134499 号

BAOBEI

宝贝

琵琶 著

出品人　张庆宁
责任编辑　邓　敏
特约编辑　伍　利
装帧设计　柒　咩
责任校对　段　敏

出版发行　四川文艺出版社（成都市锦江区三色路 266 号）
网　　址　www.scwys.com
电　　话　0731-89743446（发行部）　028-86361781（编辑部）

排　　版　长沙大鱼文化传媒有限公司
印　　刷　长沙鸿发印务实业有限公司
成品尺寸　145mm×210mm　开　本　32 开
印　　张　9　字　数　260 千字
版　　次　2022 年 8 月第一版　印　次　2022 年 8 月第一次印刷
书　　号　ISBN 978-7-5411-6414-9
定　　价　39.80 元

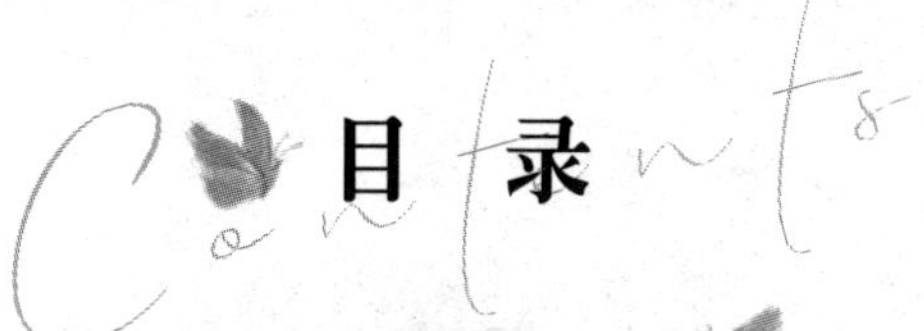

目录

Part 01
明珠蒙尘 /001

Part 02
平平无奇乔小姐 /019

Part 03
拯救审美 /034

Part 04
钓系美人 /050

Part 05
为什么，为你啊 /063

Part 06
藏起的心意 /079

Part 07
再靠近一点点 /091

Part 08
想对你说晚安 /106

Part 09
很绅士，不淑女 /121

Part 10
胆大包天 /134

QIAOHUI

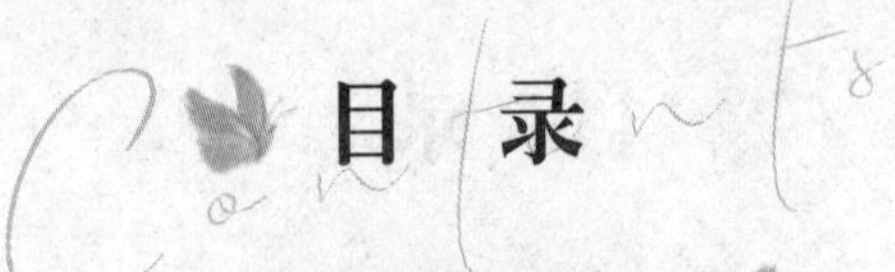

目录

Part 11
赌约 /147

Part 12
靳西的魔力 /163

Part 13
西西公主变形记 /178

Part 14
教授的情话 /195

Part 15
见面礼 /211

Part 16
在宠你 /227

Part 17
珠灵 /242

Part 18
最后一次 /257

Part 19
钮祜禄·乔 /269

Afterword
后记 /281

Part.01
明珠蒙尘

八月，常冬发生车祸的第三天，变成了植物人，主治医生说他不知道什么时候才能醒来。

老馆长崩溃过后，听到这个结果反而松了一口气。毕竟是大卡车迎面撞过来，常冬能留一条命已是万幸。

三天了，直到这刻，老馆长才想起问一旁的乔茴与靳南："你们俩过来，是找冬子有事？"

乔茴正翘起纤纤玉指揉着熬出来的黑眼圈，指尖的银色美甲是耗时一下午的杰作，很是精致，与苍白的病房格格不入。

"师兄说，要赏我口饭吃。"她这样回道。

老馆长又看向靳南，乔茴的视线也跟着移过去。

靳南轮廓深邃，身姿挺拔，是极少见的英俊，惹得这几日总有小护士往 ICU 跑。但他书卷气太浓，所以这三天里，乔茴没和这个男人说过一句话。不过三天前，他们说过话……

上周，乔茴看到百芙合俗不可耐的新品发布会，正全力搜集词汇吐槽设计师的古怪审美，突然被一道好听的声音打断："小姐，公共场合手机声音外放不礼貌。"

地铁上四处是噪音，干吗只要求她一个人安静？再说，她已经将声音调到最小了。

就你有素质有涵养，要安静的环境，坐专车呗，挤什么地铁。

乔茴正打算撑回去，一抬头发现对方是个很帅的男人，突然有些开不了口。

而现在，那个很帅的男人在看了她一眼后，缓声说：“百芙合需要转型，我来找常冬帮忙。”

什么百芙合？什么帮忙？师兄说引荐给自己的客户就是他？乔茴有点蒙。

之前的过节她还记在心里，但孰轻孰重她分得清楚，饭碗第一。当下她就踩着十二厘米的红底高跟鞋“嗒嗒嗒”地走过去，微微一笑后，朝对方伸出了友谊之手：“你好，我是乔茴，你要找的人是我。”

靳南看着眼前浓妆艳抹的明媚女人，其实更蒙。他记性好，几乎过目不忘，更何况……更何况她浑身上下能戴首饰的地方全都闪闪发光，恍如一座行走的矿山，晃得人眼睛生疼，所以印象也更加深刻。

“你是……设计师？”

这是什么不确定的语气？乔茴有点不满，说：“怎么，不像？”

靳南点点头。

乔茴瞬间黑了脸。

这是第二次了，新仇旧怨加一起，哪怕对方是衣食父母也不能原谅。

打量了他一身低调的黑衣黑裤，乔茴阴阳怪气地说：“你看起来也不像百年银楼的继承人。”

老实说，就靳南这副打扮，要不是长得扎眼，扔人堆里找瞎眼都找不着。

两人你来我往地说话，一旁的老馆长觉得不对劲，把叽里咕噜的乔茴扯到身边，神情感激、语气固执地说：“好了，你别在我面前做戏了。冬子车祸的事与你无关，靳南找的是冬子，你不能替他，我们家有祖训，自家的事不能让外人插手。”

啥？乔茴愣了两秒，回过神后着急地解释：“不是，爷爷，师兄说介绍了个活儿给我，我真是过来要饭的啊。”

老馆长七十多岁了，心道：你就别蒙我了，你名声臭成那样，哪个品牌想不开请你当设计师？

所以乔茵好说歹说，他都不信。

乔茵方才赢了靳南还很得意，现下倒开始巴巴地催促："你快点解释清楚啊！"

靳南一贯诚实："常冬是说有一位设计鬼才能帮百芙合扭转乾坤，但是，没说是你。"

于是老馆长又有话说了，他指指病床上犹如活死人的常冬，心酸道："我这孙子，一向自夸是个设计鬼才的。"

乔茵在病房里神经紧绷了三天三夜没有崩溃，但跟老人家长达一个小时的拉锯战快让她崩溃了，明明是个"御用"的，现在却被怀疑是个假冒的。

乔茵也是急疯了，急得胡说八道都不计较后果了。老馆长不信，她索性也不申辩，蹲在老人家的膝前，幽幽一叹，将错就错："爷爷，您真是有一双明亮的眼睛，但我代替常冬是可行的，也没有坏了常家的规矩，您可能还不知道……"

乔茵说到这里微微低头，女孩子的羞涩被她演得以假乱真："我跟常冬交往有一阵了，身为他的女朋友，您未来的孙媳妇儿，咱们都是一家人，不分彼此的。"

豁出清白搞定了老馆长，私下无人的时候，她对靳南说："说代替那是权宜之计，常冬口中的设计鬼才就是我，如假包换。"

乔茵和靳南同一时间来到同一地方，几天前她又在研究百芙合的新品，靳南觉得乔茵的说法是可信的。

"老人家固执己见，还好有你跟常冬的关系解围，我可以理解。"

关系？乔茵挑了挑细长的眉，似笑非笑的样子，心想：看来他是信了自己的话，百年银楼的继承人这么好糊弄？

罢了。

她撩了撩披在肩上的长发，多虑地想：自己这顶级颜值走到哪里都是红颜祸水，兄弟妻不可欺，一劳永逸也好。

精致的女生从发丝到指尖无一不美，款款地从身边走过时，橙花香水味让靳南忍不住揉了揉鼻子。

对着老馆长，靳南说的是百芙合需要转型，聘请新的设计师全线大换血，但对着新的设计师乔茴，靳南有一说一：“银楼连续亏损三年，市值蒸发百亿，这三年来全国关闭了两千家门店，市场份额压缩到不足原来的6%，已有其他珠宝行生出低价收购的念头，继续维持现状只有一个结果，破产倒闭。”

乔茴来之前做过功课，靳南说的这些她都清楚。

“百芙合是祖传生意，肯定是不能被收购的，那是奇耻大辱，百年后没脸下去见列祖列宗的。”

靳南点头：“乔小姐是明白人。”

“不过亏了整整三年还能硬撑着，靳家也是财大气粗了。”

靳南沉默，这算称赞?

成功地把“金主”堵得哑口无言，乔茴心情很不错。其实任凭她怎么看，都觉得靳南不像谈判桌上雷厉风行的商人，举手投足未免过于儒雅了。

乔茴刚正经了没两句就开始自来熟：“不用小姐来小姐去的，我也不称呼你靳先生，直呼其名吧，毕竟是合作伙伴，大家又都是常冬的朋友，不必太生疏了，你说呢？”

靳南刚抬头就被她耳朵上硕大的镶钻双C耳饰闪了一下眼睛，立刻又垂下头去，轻轻应了一声好。

而将这一切看在眼里的乔茴有自己的理解：我莞尔一笑的模样究竟有多迷人，让他都不敢与我对视了？其实风情太甚也很愁人呢！

乔茴带着无辜的笑意找话说：“身为银楼的继承人，你看起来与百芙合的大金大银很不搭。”

靳南总不能说自己是个被赶鸭子上架的继承人，如果不是父亲着急之下病倒，他现在还在教室教书呢。

“之前我在S大教历史，家里的生意没插过手。”

“历史教授，刨坟的？”

闻言，靳南愣住了。

乔茴一时口快，话落也觉得不妥，便没诚意地补充：“靳先生果然是知识分子，就是比我们这种学渣有气质。”

乔茴一贯不自谦，今天是难得说真话。她的确是个学渣。

很快，靳南也清清楚楚地见识了，她没有妄自菲薄。

“百芙合是世纪品牌，清朝时期就有了吗？”

从小历史考试得满分的靳南噎了一下，瞥她一眼：“民国。”

如果不是初次合作不太熟悉，靳南真的很想问，你不是说认真做过功课吗，那百芙合的前世今生都了解到哪里去了？

“这是合同。”靳南说着将合同递给乔茴。

乔茴看着这薄薄的几张纸，像看着一沓沓人民币，笑眯眯地接过来，直接翻到最后一页，落笔前一秒突然停住。

等等，不对，不太对……

为什么没有让她放弃设计署名的追加条款?

乔茴简直不敢相信自己的眼睛，翻到前面去找也没有，这是怎么回事？老天开眼吗?

不敢去问靳南究竟是不介意还是不了解，她出手如电地签了字，丢下笔时手指微微颤抖，神色却极好，眼睛更像钻石一样透着光。

靳南这次是真的不敢与她对视了，却还是提醒道：“你都不看合同的吗？”

乔茴耸肩：“没必要，师兄跟我说过，你开出的薪酬很可观。”

“你只在乎这个？”

“有问题吗？”

靳南摇头，沉静片刻，又出声：“冒昧多问一句，由于珠灵一直想要收购百芙合，业界设计师也多少受她影响，所以……”

“所以你很好奇？”乔茴打断他的话，不知想到了什么，皱着眉，语气也不太好。

靳南诧异她突如其来的变脸，怔了两秒才点头:“我跟常冬是朋友，我想是他苦心说服了你。”

珠灵珠宝现在风头强劲，百芙合则站上了断头台，但凡吃设计这碗饭的人，谁不知道怎么选?

乔茴冰雪聪明，自是懂了靳南的意思，不免怅然：靳南果然是圈外人，不知我糟糕的过去，他以为除了我没人会选百芙合，却不知道除了百芙合，也没有哪个品牌愿意给我口饭吃。

同一处境，惺惺相惜啊。

“你不要多虑了，常冬没有勉强我，我自己事业发展得不好，还打算借你们品牌东山再起呢。”将错就错，乔茴压下一部分事实说道。

是这样靳南就放心了，他信得过常冬的眼光，哪怕眼前这女人看起来真有那么一点……不靠谱。

“只是有一点，未来不管发生什么，我都是你们品牌的设计师，拥有署名权对吗？”

“这是当然。”靳南想也没想便回答，他只是奇怪，这种情理之中的事有什么重申的必要吗？

“好。”协议达成，乔茴弯唇浅笑。

靳南垂下眼睛，想起另外一件事：“关于新品发布会，我听到你的意见了，回头我会安排生产车间缩减成品数量。”

他既然主动提起这个，乔茴倒有话说，故意问道：“你记得我？其实那天的视频声音并没有影响到谁，你只是听不惯自家品牌被人诟病吧？不过现在我们都是合作伙伴了，我那时的话你别放在心上。”

靳南语调平平：“没事，你说的都是实话。”只是实话难听。

乔茴才不管靳南是不是真的没事，常冬的生命体征已经平稳，轮班熬了三天的她决定去忙点正经事，所以她拉了靳南去逛街。

靳南心里装着濒临破产的百芙合，又出了常冬这档子事，哪来的耐性陪女人逛街？再说自己男朋友在病床上躺着，她还有兴致购物？一身打扮也很是高调。靳南不由得想：常冬怎么会喜欢这种浮夸的女孩子？

其实从初次见面起靳南就觉得这个女生不分场合地耀眼不太懂事，但他还是告诉自己以貌取人不好，直到这一刻才算真正对她有了意见。

“乔设计师，你现在应该……”

“说过了，叫我乔茴。”乔茴纠正靳南。

“乔茴小姐，你……”

“乔茴。”她再一次强调。

靳南有点挫败，闭了闭眼，勉强屈服：“乔茴，常冬躺在医院还没醒，你这么开心不合适。”

乔茴正趴在橱窗上看展柜里的一款孔雀石五花手链，听到这话皱皱眉，心想：书呆子就是爱道德绑架。

“谁也不愿意看到常冬出事，前两天我跟着伤心难过的时候你没瞧见？事情已经这样了，我难道要一蹶不振才像个死心塌地的女朋友吗？日子总得过下去是不是？已经请了护工照看，现在连老馆长都回博物馆了。”

乔茴是个口齿伶俐的，三言两语就把靳南的原意曲解得干干净净。

靳南教书育人时，正史野史、人物趣闻都可以侃侃而谈，面对满口歪理的乔茴却一点招儿都没有。

“我不是要你一蹶不振，只是你的态度未免也……”

乔茴实在不愿在这种问题上多费口舌，截断他的话，指着橱窗说：“你看这款四叶草，风靡多年，凭着经典款式每年换汤不换药地吸我们女人的血，它怎么做到的？你去买来我们研究一下。”

乔茴想着靳南一个外行，又是百年银楼的继承人，所以在坑他的时候毫不手软。

靳南也的确被转移了注意力，他知道这个法国品牌，从男性角度来看，完全搞不懂几片玛瑙、贝母竟能标价四位数，值得吗？对于不了解的领域他不敢妄言，也许回头可以补一下它的品牌历史，毕竟分析任何事物都应该从过去开始。

乔茴说得也对，先买来研究一下，只是……

“不行。”

“怎么了？”

乔茴已经做好了准备和太子爷一起挥金如土，就听未来的霸道总裁像拿错了穷教书的剧本一般轻声说：“我没钱。”

“啥玩意儿？你没啥？”乔茴头顶三个巨型问号。

“没钱。”靳南一本正经，目不斜视，连声调都不卑不亢，仿佛这是件值得骄傲的事儿一样。

乔茴一脸的不可置信：“你太子爷的身份怕不是假冒的吧？”

“如假包换。”看着她的眼睛，靳南嗓音沉沉，意有所指。

乔茴觉得这四个字有点耳熟，一时懒得计较在哪里听过，竖着耳朵打听这位世家继承人的财务状况：“你就算不插手银楼的生意，但你们高门大户的人家不是最讲究什么教育基金、股权分红之类的吗?你这些都没有，难道是个捡来的孩子?”

“有。”靳南倒不藏着掖着。

“那你还敢说自己没钱?吃喝嫖赌沾哪样了?”

“一部分补贴了家族生意的亏损，一部分捐了。”

补贴银楼这没话说，但是捐了……

瞧瞧他说得多轻松啊！原来有钱人都是这么挥金如土的，而自己只想着买鞋买包买钻石，是她肤浅了。

虽然不是自己的钱，乔茴也暗暗心痛，忍不住多问了一句：“你都捐给哪些慈善机构了?听说现在很多基金会都打着献爱心的幌子敛财骗人。”

“我一般跟当地的红十字会联系。”话说到这里，靳南还天真地以为乔茴问这么多是有释放爱心的用意，便进一步解释，“捐赠的方式有很多，也可以去捐赠地区实地捐款，或者一对一捐给山区贫困儿童。”

靳南低调，不像乔茴从前接触的那些名媛公子哥，做了点贡献，就又接受采访又上报的，搅得满城风雨。可他再有心不露痕迹，经过乔茴的连番追问，也交了一些底——

给十几个落后山区建了教学楼，给北方一些学校的旧宿舍装空调、热水器，还资助贫困大学生之类的。

不是说研究历史的人因为见识太多，所以基本异常冷漠?

乔茴摇头叹气，很遗憾没有早一点认识这个宝藏男人，她想到自己多年来辛苦维持的体面生活，默默地扯了扯靳南的衣袖。

这举止在靳南看来不太妥当，她不是单身，应该跟异性保持一定的距离。至于慈善，他自认已经讲清楚，准备问她对捐款有什么想法时，就听她用弱小可怜又无助的声音说：“靳先生，你明年的分红也用来造福一下我呗，我虽然不是山区儿童，但我真的很贫困。”

靳南觉得自己简直是对牛弹琴，现在他对那只“牛”冷淡地说：“乔小姐，我觉得你跟我谈话根本不带诚意。”

“这可是天大的冤枉！我发誓我刚才的话发自肺腑，字字泣血！”

靳南不信，还有点生气了。

“小靳总？靳先生？靳南……”乔茴像一只会移动的美丽花瓶般慢慢走近，高跟鞋敲击在大理石地面，发出清脆的声音。这场景无论怎么看都是金丝雀正在讨好有颜有实力的“金主”。

她斜着身走，对靳南不耐烦的冷酷侧脸兴趣盎然，问道：“你是不是特讨厌我？我还以为你们教书的都耐心极好、亲切温和，其实你也不用对我有成见，我们虽不是一个世界的人，但现在也有一个共同点了，应该相互珍惜。”

她说得头头是道，靳南听着眉头越拧越紧，他自诩不算笨拙，却迟迟分析不出她所谓的共同点。

“嗯？”靳南停下步子，回眸看她。

见他黑眸深邃，乔茴大意地被电了一下，笑嘻嘻地解释：“就……我们都是人模狗样的穷鬼啊！”

哈！惊不惊喜，意不意外？

靳南突然感到头疼，真是信了她的邪，穷鬼就穷鬼，为什么要乱用成语呢？她说自己是学渣，一定是连语文成绩也不好。

逛街之行最后在靳南的愠怒下终结，乔茴被逼着回了医院做她的好女友。

午饭之后，老馆长也来了。他进病房前跟主治医生聊过，所以一见乔茴就跟见到了救命稻草一样。

在老馆长满眼“我家孙子能不能醒来全靠你了”的热切目光里，乔茴不受控制地打了个寒战。

“爷爷，您有话直说……”

老馆长当然有话直说：“医生告诉我，亲人与爱人的声音会刺激病人的大脑，个别案例的患者已经醒来，但在医学上还没得到科研证实，不一定有效。我想着应该试一试，小茴，你愿意配合吗？”

乔茴当然愿意了，且不说常冬是她胡诌出来的男朋友，即便没有这场乌龙，他也是她的师兄，只要对病情恢复有益，她自然没有二话。

殊不知，她答应得痛快，实际操作起来才发现难度系数太大!

老馆长与靳南并排坐着，两人目光齐刷刷地盯着她。乔茴坐立不安，尝试着张了几次口都发不出声。

“我应该说什么……”乔茴捂住脸，面对常冬实在没什么好说的。

老馆长以为她是害羞，想了想提醒她：“冬子没出事时，跟我提过他交了女朋友，说感情多好多好，没想到就是你。你们年轻人现在不都流行爱称吗？还有约会的美好回忆之类的，都可以说。”

乔茴怎么会知道常冬跟他女朋友都去哪里约会，她沉吟了一下，觉得还是从爱称入手比较简单。

“冬冬……”乔茴捏着嗓子，觉得此刻的自己活脱脱就像古装剧里调戏小倌儿的不良妇女，这一嗓子出来后，她耳根都红透了。

她微微扭头去看一旁的靳南，果然见他神色间大剌剌地写着“原来你们这么肉麻”。

而老馆长正洗耳恭听呢。

乔茴虽然没正经吃过猪肉，但她自认冰雪聪明，灵光一现就有了好对策，作为一名言情小说十级爱好者，编编故事总不难吧。

“我们是平安夜在一起的，你很会哄女生开心，知道仙女棒与玫瑰花是俘虏女孩子的利器，那晚的明亮焰火足以照亮我往后余生。你还准备了整个后备厢的鲜花，暗香浮动中，我觉得自己是最幸福的人。”

乔茴说得声情并茂，靳南则搓着发凉的手臂怀疑人生：难怪大家都爱用重色轻友来形容塑料友谊，跟常冬认识那么久，我就收过他一套断代史，还是盗版的。

“你带我吃法餐，看音乐剧，你还记得吗？”

病房里虽有四个人，可一旦乔茴不再说话，用针落有声来形容都不夸张。

老馆长显然也跟靳南有着相同的困惑，感慨道：“看来你们感情不错，我这个孙子，读书的时候谈朋友，平安夜送个苹果都把他气得够呛，可见是真疼你。”

老馆长话刚落音，乔茴就暗叫“糟了”，光顾着沉迷小说男主帅气多金深情不悔的人设，都忘记这人设不符合常冬了！可说出的话收是收不回来了，乔茴只好硬着头皮往下编：“是啊，常冬对我一点都不抠！我们是真爱。”

“还有吗？”老馆长竟然听得兴致勃勃，乔茴讲故事的代入感不错，老馆长一度觉得常冬现在还好好的。

于是，迫不得已，乔茴把看过的《小气千金土豪男友》《邪魅狷狂继承人》等一系列浪漫到感动天地、誓言久到天崩地裂，还要手牵着手一起走的梗拿出来都讲了一遍。

嗓子有点干，乔茴咳了咳，然后心虚地去瞧那两个人。靳南还好，冷玉般的脸庞平静如水，就是眼神有那么点不可言说。倒是老馆长，感动到家了。

老馆长从椅子上站起来，握住乔茴的手，郑重地承诺：“你放心！等冬子醒来，我就给你们办婚礼。他要是、要是醒不过来，我就认你当孙女！将来给你找个好人家，看着你出嫁！”

乔茴该说什么呢，她想说甭这么客气，但话到嘴边却变成了：“谢谢爷爷。”

老馆长说不客气，临走前叮嘱乔茴：“再贴心的护工都比不上你的陪伴。我先回去了，你再陪冬子聊聊天，给他擦擦身体，辛苦你了。”

老馆长说得自然，安排完就带上门出去了，徒留乔茴回不过神，擦……啥玩意儿？

靳南也打算跟随老馆长移步出去，被乔茴眼疾手快地一把拽住：“你去哪儿？”

她问得急，用一双清澈的眼睛盯着他，瞳孔收缩，像是受了什么惊吓。

这么近的距离里，靳南发现她眸色很浅，眼睛很亮，好似笼着一层粼粼的光。他也只望了片刻就别开视线，从她手里扯回衣服理了理，声音略沉：“你不是要给常冬清洗身体换衣服吗？我回避下。”

“不用！”乔茴的手指又顽强地攥了过去。

柔嫩触感隔着一层衣料传来，靳南拧着眉排斥那抹温热，心想：这女人都不懂避嫌的吗？

“你不用回避，我回避。”

“什么意思？”他彻底沉下眉目。

“你们不是兄弟吗？你帮常冬吧。”

她嫌弃常冬。这是靳南的第一反应。

都说疾病与意外最能考验两个人，眼前就是活生生的例子，靳南再次对好友表示同情，寒着脸问道：“为什么？”

“还能为什么？”乔茴两手一摊，内心十分挣扎，“我很传统的！我跟常冬很清白，婚前那啥绝不可以的！”

哦，这样。靳南的冷脸不动声色就卸下了，同时默默在心底鄙视自己，是自己邪恶了。

“你不出声我就当你答应了？那我现在出去回避一下？”

靳南重复她方才的话：“不用。”

乔茴扭捏道：“你们好兄弟之间联络感情，我就不用旁观了吧。”

靳南瞥她一眼，在她渴求的眼神下锁门，说：“替男人做这些事我也觉得奇怪，你要不方便，背对着跟他说说话吧。”

都说女孩子很会抓重点，乔茴在靳南话落的当下准确地揪出疑点，调侃他：“替男人做这些奇怪，意思是女生就不奇怪了？”

可怜靳南一个“母胎单身”，被这样捉弄后着急分辩，连耳朵都红了。

乔茴突然发现了他的可爱，笑吟吟地安慰：“别动气嘛，这至少能从侧面说明你是个直男。”

靳南刚刚因为误解对她的那点内疚已经消失得无影无踪了。他垂下眼帘去解常冬身上的病号服，不搭她的话，只问道：“你到底要不要转过去？”

“要，当然要。”背过身面壁，乔茴盯着白花花的墙壁感到为难，“那我要说些什么你才不尴尬？”

“想说什么说什么，不会说，唱也行。”

靳南真的只是没好气地随口一说，谁承想乔茴就依言那么做了。而且靳南没想到她的歌声那么恐怖，起起伏伏的音调比常冬的心电图还多变。

听听她这唱的都是些什么。

“睡吧睡吧，我亲爱的宝贝儿……”

都已经昏迷不醒了还让他睡，这女人安的什么心?

“你确定这首歌合适吗？”靳南把毛巾扔回水盆里，抬眼盯着乔茴的后脑勺发问。

乔茴后知后觉地发现不妥，立马改口：“醒来吧醒来吧，我亲爱的大师兄……”

其实，乔茴觉得像靳南这样的公子哥，伺候人多半是没经验的，等她终于唱累了的时候，背后的男人居然还没停下动作。

毛巾浸水再拧干，发出哗啦啦的细微声响，乔茴对着一面墙总归无聊，就半眯着眼，侧头窥探他的进度。

常冬的衣服已经换好了，靳南卷起常冬的袖子擦手臂，看动作并不生疏。

乔茴觉得奇怪，说道：“你居然真会照顾人。”

“从前做过义工。”靳南头也没抬。

“哦。”乔茴想起来了，“你是个与众不同的公子哥。”

房间里三个人，能说话的却只有他俩，寂静无声的时候毫无趣味。乔茴没有选择，只能勉强跟靳南找话聊。

“我上网百度过，大家说像你这种学历史的，多半话痨，又爱刨根究底，怎么你话这么少？”

“我不爱说废话。如果你想听，我可以从十七世纪欧洲文化的多元一直讲到中国近代思想启蒙。”

乔茴并不想听，马上岔开话题：“你做慈善做义工，做了那么多好事，真的只是单纯地可怜他们，想要帮助他们?”

“这有什么好怀疑的？”靳南睨她。

“没什么，你果然与众不同。”

事实上，乔茴说的是实话，没有任何调侃打趣的意思。成年以后，她见过许多男人，有真正含着金汤匙出生的贵族，也有白手起家的富商，有有才艺的，有身带铜臭的。好看的皮囊抑或有趣的灵魂，形形色色，无一例外都是戴着虚伪的面具与你虚情假意。

至于慈善，她本也不信的，这种事她见多了，而且还亲身经历过。富豪们表面上发发善心，实则不为名也为利，但眼前的靳南……她对他不算了解，却莫名相信他的话。

“现在像你这种傻子不多了。”她再次感慨。

靳南却郁闷，听听这像夸人的话吗？

“他们感激你吗？”乔茴又问。

靳南被问得烦不胜烦，但还是耐着性子做最后的答复：“不知道，这些事也不是为了让他们感激才做的。”

乔茴心想是这个道理，更觉得他是个好人。

但“好人”现在不想跟她聊天，提醒道：“别打听我了。”

在靳南看来，乔茴应该多关注一下常冬。但在乔茴听来，靳南的潜台词分明就是管好你自己。

呵，男人！我还不知道管好我自己？乔茴有些惆怅，她太难了，这边唤着常冬，应付着靳南，还要时刻担心常冬的正牌女友找上门来。

不过，惴惴不安总是短暂的，片刻就被乔茴抛之脑后。

接下来的每一天，只要护工一上岗，她就拉着靳南走街串巷，日复一日，不知疲倦。

“这个好看，买它！”

“这个这个！写着我的名字。”

“还有这件，要了要了……”

靳南手上已经拎满了大大小小的购物袋。他不太明白，这些金属片片哪里好看，有这钱不如多买几本《中国古代文学史》。非金非银的又不能保值，这副耳环居然还是木头做的，自己拿刀削不出来吗？最重要的是，这女人不是都穷到没钱吃饭了？

“你前几天说你是人模狗样的穷鬼，难不成是骗我的？”

“怎么会？我每一笔钱都花在了自己身上，穷得有理有据。”乔茴矢口否认，“你以为这些是梵克雅宝吗？这种买手店的饰品，大多是国内外新锐设计师的作品，前卫不贵，再碰上打折期，有便宜不占，蠢蛋啊。”

靳南不太认同，而且这女人狠起来连自己都骂。

“打折的都是不值得的，百芙合的首饰从不打折。”

乔茴皮笑肉不笑：“您家的倒是值得了，可曾经风光无限的百芙合近年来怎么像流星一样快速滑落呢？”

靳南不答，扫了一眼标签又慢悠悠地开口：“这些首饰没有品牌历史，有些甚至是洋垃圾。”

“垃……”乔茴被气笑了，“品牌历史？靳先生，你是在搞笑吗？”

靳南一本正经地摇头：“我只是在努力寻找它的价值，首饰本身不存在价值的话，品牌历史也可以作为一种价值。”

“我跟你没话说！”

靳南有话说，他觉得自己提着这些不合适：“你带了包的，还要这些纸袋做什么，干吗不直接装包里？”

这大概就是直男与女人的区别吧。

乔茴拼命克制才忍住没翻白眼：“谁告诉你包包是拿来装东西的？这包是小羊皮的，容易划伤，很娇贵的！而且女人嘛，总是希望购物袋越大越好，这样别人才能一眼知道你剁手了多少。”

靳南不敢苟同：“小羊皮娇贵不能装东西，为什么不买一个实用的？”

乔茴优雅一笑：“因为我们女人不太喜欢实用的包！”

靳南腹诽：歪理。

“走啊，继续战斗。”乔茴喝了口水补充体力，逛街的快乐令她神采奕奕。

“你还没买好？”靳南的包容心告急。

乔茴心想：这才哪儿到哪儿，一个大男人就这点体力？一个教授就这点耐心？

“你累了，还是刚才路过百芙合分店我没进去，你不开心了？”

靳南又腹诽：我看起来像那么小心眼的人？

“真生气了？”乔茴自动把靳南的无语解读为默认，半真半假地补救，“要不这样吧，等你们成功转型后，我一定成为百芙合的忠实顾客！”

“你有消费自由。”

乔茴的目光瞄准了前面的连卡佛，心不在焉地点头：“那我们换个地方再战，外面太热了，进去喝口茶凉快凉快？”

靳南应该拒绝她的，他从前也陪母亲逛街过，但那种感受与这些天不同。

这些天来，每次买单时他都在一旁站着，总觉得收银员的目光意味深长，偏偏乔茴身上又是迪奥又是香奈儿的，他很怀疑收银员将他臆想成“小白脸”。

“你自己去吧，有这个时间我想回医院看看常冬。”

乔茴觉得这男人好烦，想一出是一出，于是正色说道：“靳先生，你该不会以为如今银楼的情况比常冬好很多吧？如果我没记错，百芙合名下有四家子公司已经破产清算了。”

只一句，靳南又鬼使神差地跟着她去了，然而不久后他觉得自己被骗了。

这女人仗着一身名牌，与像随从一样拎满购物袋的他，受到了各大品牌的 VIP 待遇——法国熏香、精致的英式下午茶，成套的珠宝钻石更是摆了一桌子。

靳南不禁怀疑，倘若她买不起会不会把自己押在这里？

“靳南，你尝尝看，这个红茶很香，进口的。”趁着导购小姐取项链的空当，乔茴凑近靳南说话。

女人精致的妆容一丝不苟，靠过来低语时有清浅的香气一飘而过。靳南分不清是茶香还是她的唇脂香，面无表情地摇摇头：“不用。”

“饿吗？来点司康，搭配草莓酱或奶油。”

“不用。”靳南宛如一个没有感情的说“不”机器。

“那你帮我拍张照，蹲下拍，这样角度好。”

靳南根本不可能答应她！

乔茴讨了个没趣，孤独地吃饱喝足过了一把群珠环绕的瘾。

当品牌经理委婉地提出是直接带走，还是哪个时间送货上门时，乔茴施施然站起来了，说道：“这条满钻手链挺秀气的，但毕竟是碎钻，收藏价值不高。”

“那戒指……”

“戒指的火彩一般，我对钻石的4C要求高，不太满意。”

而靳南，从未见过如此厚颜无耻之人。

乔茵一言一行都很自然，她踩着十二寸的高跟鞋站得笔直，白色小香风套装突显出她精致高级的女神范。只不过靳南这辈子都没有这般“坑蒙拐骗”过，还未走出店门脸就黑了。

“你怎么了？那么帅的脸蛋快跟锅底一个颜色了。”

这话当然是打趣，乔茵认为靳南这样的直男，大约是不防晒的，可他为什么晒不黑？这些天来，她的冷白皮都快变成暖黄皮了，他竟丝毫不受影响，说真的，她有点妒忌。

靳南被质问了，他停下脚步，把手里的购物袋扔给乔茵，声调冷冽：“我怀疑你在蹭吃蹭喝蹭冷气，并且我有证据。”

“书呆子就是难沟通，我也有证据。”乔茵撇着嘴，表情生动，小声嘀咕。

“你说什么？”靳南拧眉。

乔茵怎么会傻到重复一遍，耸肩道：“没什么，夸你厉害，这都被你看出来了。”

“承认了是吧。”靳南点点头，眼神却显然是烦了，这些天他跟前跟后，终于在这一刻，所有耐心宣布瓦解，板起一张脸，“本着对常冬的信任，从一开始，我对乔小姐以诚相待，但这些天来，我觉得乔小姐并没有想要合作的意思，看来是我过于勉强了。”

这是打算终止合约？乔茵抱着一堆纸袋子嘟嘴看他。

靳南直接无视了她的撒娇示弱，维持着冷脸：“银楼现在这个情况，时间耽误不起，乔小姐无意合作，我也不强人所难，到此为止吧！”他说完就真的要走。

原本乔茵觉得除了自己，靳南还能去哪儿找设计师，才不敢怎么样呢。但她又转念一想，这读书太多的人，思维大多异于常人，又急忙把人叫住：“哎！靳南，靳南！”

乔茵小跑着追上去，也顾不上姿势是不是优美了，终于不再玩笑地直接切入话题："你这人怎么一点不经逗呢？我瞎说的话也能当真吗？什么叫知己知彼，百战百胜，就是我们在做的事啊。

"你说咱们买也买不起，不用这样的方式了解市场了解顾客喜好又该怎么办?

"你只当我是在拉你逛街，殊不知，我是以轻松舒适的方式打入敌人内部！"

乔茴一句接一句的也不喘气，才总算让靳南停了下来。

他站定，脸色暂缓，瞅着她虽不作声，眼神却摆明了在说"我再信你最后一次"。

乔茴顿时笑起来，把手上的袋子分一部分给他，无比真挚地说："这些东西，我其实买不买都可以，买下来还不是为了日后的产品设计，我没让你报销你就该感谢我了。"

她的话半真半假，靳南迟疑了片刻选择相信，低声承诺道："发票留着，回头我给你报。"

"真的？"乔茴眼睛亮了亮。

"嗯。"

"你真好！"乔茴感动了，这是什么神仙男人?

靳南还不知道自己在她心中的形象一下子高大了，追问："不过，这些天你一到饭点就赖在别人店里不走，真的都是为了知己知彼？"

"呃……"当然……不全是。

乔茴已经知道靳南的底线在哪里，招认的时候便不敢那么理所当然，避重就轻地回答："能省则省嘛，钱要用在刀刃上。"

嗯，是一个善解人意的仙女没错了。乔茴还朝靳南示意了下手上的战利品，满脸写着"我为了百芙合不惜丢下脸面，你还有什么话好说"。

靳南没什么话好说，冷冷道："我会让助理早点把合约金打给你。"

"你没骗我吧？"乔茴不敢相信，甚至是匪夷所思，她一边感谢靳南救她于水火，一边报答似的提醒他，"看来你果然不是个正经商人，还是应该根据合同根据制度来做事。这次就算了，以后可不要这样了。"

靳南到现在已经没什么力气了，揉揉眉心苦笑，乔茴这个女人，怎么好处轮到她的时候就说算了呢?

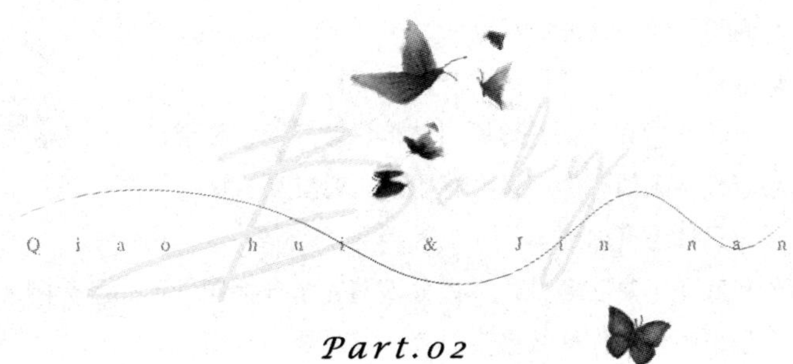

Part.02
平平无奇乔小姐

靳南这些天任由乔茴差遣，又时不时要去医院看望常冬，已经有几天没回家了。他身心俱疲，就在附近酒店凑合了，但是靳母担心儿子，煲了汤煮了菜让靳西来找他。

“不用送过来，你没事别出去乱跑，多陪陪爸吧。”电话里，靳南拒绝靳西。

乔茴坐在副驾驶座，听到吃的摸了摸自己平坦的肚子，用手指戳戳靳南引起他的注意，小声问道：“你妹妹吗？让她来啊。”

电话那头的靳西隐约听到了这一声，小丫头咋咋呼呼的声音传出来：“哥，是谁啊？我们家新聘用的设计师吗？我去帮你看看啊！”

“你别以为我不知道你在打什么主意，顺道去看车间里的压模师傅是吗？”

“我哪有？薛助理来送我，你不信问他好了，我明明是关心你的身体，怕你饿！”

“我不饿。”

而旁边，把两兄妹对话听了个大概的乔茴，端着甜蜜的笑脸轻声说：“靳南，我饿。”

素未谋面的两个女孩子隔着靳南一唱一和，等当事人反应过来的时候，乔茴已经连家庭住址都报了出去。

靳西达到目的立即掐断电话。

靳南则问乔茴："你让她去你家？"

"对啊！"乔茴很是理所当然地说，"刚好你要送我回去，家里人的心意你不领情，酒店又没有冰箱，别浪费了嘛。"

"你想得还真周到。"

这到底是不是在夸她？乔茴分不清，岔开话题问道："你刚才说的什么压模师傅？你妹妹喜欢的人？"

"算不上。"靳南打着方向盘，斟酌措辞，"她喜欢的人多了，凡是个长得端端正正、有鼻子有眼的她都喜欢。"

这措辞……

乔茴了解，说道："花痴颜控呗，现在女孩儿都这样。"

靳南不了解："都这样？你也这样？"

"难道在你心里，我格外与众不同吗？"乔茴奇了，勾着红唇告诉他，"你要不是这张脸占了便宜，就凭那天你在地铁上多管闲事的样子，我都能骂到你原地去世你信不信？"

靳南不晓得怎么回，思虑半晌，不咸不淡地说："多谢。"

"多谢什么，多谢夸奖，还是多谢口下留情？"

"都有吧。"

"那你方才那么说，是不是我在你心里真的跟别人不一样？"夸我吧！尽情地夸我吧！谁让本仙女看起来就是那么清新自然、独树一帜。

"不是。"靳南一本正经实事求是，"因为常冬不算传统意义上的美男子。"

这话……乔茴没法接。她第一反应是男人之间也存在塑料友谊，你兄弟现在躺在病床上昏迷不醒，你违心夸一句怎么了？

第二反应又想起在他的眼里，她不是单身。

"嗯。"乔茴颇认同地点头，即使是憋笑，模样也是明艳照人的，"你说对了，我不是肤浅的女孩子，常冬吸引我的，就是他独特的灵魂！"

车子驶在铺满夕阳的空阔公路上，车窗半降，八十迈的车速下，热风亲吻肌肤，缠着秀发翩翩起舞。车厢里响着他不熟悉的音乐节奏，靳南从未想过这一幕会出现在自己眼前，开着车有些许恍神。

乔茴随手摸了本绿皮书遮挡并不刺眼的光，娇气地提要求：“你给车子贴个防晒膜吧，进口的那种，我不能晒太阳。”

贫穷的靳南没答，从她手中抽回那本《南史》，默默地升了车窗……

乔茴住在中心地段的玉兰公寓，无论从城东还是城西出发，都是差不多距离，所以靳南驶入车库的时候，靳西也来电表示她到了。

三个人在大厅见了面。

靳西这种乡村小公主一下子就被大小姐气质的乔茴吸引了，她“哇”了一声，眼睛睁得滚圆，活像八百辈子没见过美女一样。

在靳西看来，跟哥哥站在一起的女生纤瘦高挑，穿着法式风情的白色套裙，脚下是RC缠绕设计的细高跟，脚背绷出优雅的弧度，简直美翻了！而且女生佩戴的首饰还会闪闪发光！

另一边，乔茴也看着靳西，不过她是眨了眨受到审美伤害的眼睛，心想：穿着过时已久的挂脖纱袖礼服裙，还有整套的真金白银，生怕人家不知道你为百芙合代言吗？她低声问靳南：“这是你妹妹？为什么我怀疑自己遇到了十八线小乡镇的婚礼主持人？”

靳南无话可说。

乔茴又说：“等等，我并没有要黑十八线小乡镇婚礼主持人的意思。”

“哥！”“十八线小乡镇婚礼主持人”兴高采烈地过来了。

“哥，我来得巧吧？”靳西嘴上说着话，眼睛却一刻没离开乔茴。

她笑着与乔茴挥手，乔茴又看到了她显肿的粉色眼影。抓粉力这么好，化妆刷一定是灰鼠毛的，眉形居然画成了旧电影里的细弯眉，腮红是老网红Orgasm吧，从眼周画到太阳穴的妆效虽然元气可爱，但不适合靳西的脸型，加上猪刚鬣同款高光……

平时出门连每一个毛孔都要用清透粉底遮得严严实实的乔茴，已经很久没见过这么粗糙又混搭的妆容了。乔茴不忍再看下去，但总归还惦记别人家的菜，于是主动伸手：“靳小姐是吗？我是乔茴。”

“我知道！你别客气，叫我西西吧！”见高级美人却一点不高冷，靳西受宠若惊。

自来熟的女孩子稳重了没两句就开始跟人姐妹相称，而乔茴看在三层食盒的面子上始终笑眯眯的。

西西，嘻嘻？靳家的长辈取名字真够随意。

靳南不是第一次送乔茴回来，却是第一次登门入室，说来也是托了靳西的福。

两居室的小房子，可以看出乔茴原本是要打造法式轻奢装修风格的，但计划最终流产了。现在客厅被征用，放了一张设计工作台，大桌子突兀地横着，桌上地下凌乱地散着各种首饰零件。乱，但干净，符合靳南对她居住环境的想象。

“你们随便坐啊。”乔茴说着开了冰箱。

靳南看了一圈，连张沙发都没有，他给靳西拉了张椅子，自己踱步过去，正瞧见女主人把食盒一点点挪进她宛如被小鬼子扫荡过的大冰箱。

“所以它平时都摆着耗电用的？”靳南忍不住问道。

“怎么会，香水面膜高级保养品，什么不能放？”乔茴对靳南专业领域外的知识侃侃而谈，“有些保养品添加的活性物不稳定，低温保存会更好。”

“我今天才知道冰箱是这么用的。”

能当一回大教授的老师，乔茴很得意，对着靳西笑容满面地说：“也有常规用法，像现在就是，嘻嘻像及时雨一样呢。”

靳家人审美不怎么样，在美食上却实在有些水平。乔茴虽然还没尝过，但看菜色就已经惊艳了，反复地确认：“这些都是你妈妈做的吗？太厉害了吧。”

“嗯！”靳西还不知道自己有了一个新名字，骄傲地表示，“我妈年轻时，梦想是在五星级酒店当大厨！”

“唔，很棒的梦想。”乔茴将最后一盘龙井虾仁也用保鲜膜封好，提着空了也很有分量的食盒打量，“大红酸枝六格八角大食盒，精雕花鸟龙凤，你们家当真要破产的话，把这个拿去卖，还值点钱呢。”

靳西拿着桌上的一块放大镜玩，隔着一段距离，她发现乔茴在放大镜下都超好看，星星眼地接话："姐姐连这个都懂，好厉害啊！"

乔茴怎么会没发现小姑娘自见面以来的吹捧，想了一下说："古玩我是外行，造型设计才是我拿手的，你想不想试试？"

果然话才落音，靳西就飞速地从椅子上跳下来了，眼巴巴地望着她，一脸幸福神情。

兴许是许久没有被人这么真心实意地崇拜过，乔茴的虚荣心得到了极大满足，心情极好地揽了靳西的肩，把人往厨房的方向带。

哦，其实也不是厨房，油烟和清洗剂对皮肤损害极大，饭她是不可能做的，所以那里就变成了小仓库。

"我有一些料子，做小裙子小衬衣很合适，改天你早点过来，我给你量身定制一套。"

珠宝设计师还会跨行设计服装？这是什么宝藏女神啊！见了乔茴谁还记得什么生产车间的压模师傅，靳西立刻表示："好呀！那我下次早点来找你，呜呜呜，太感动了，我终于找到组织了！"

许是靳家的伙食太好，靳西虽然不胖，但也还是有些肉的。

临走前，乔茴再三叮嘱："记住啊，九点后就不要进食了，日常也要戒糖。"

靳西眼下答应得痛快，高高兴兴一步三回头地走了。

靳南很奇怪地问："靳西她胖吗？"你们女人到底是怎么确定胖这个标准的？

"不胖，但瘦一点会更好看。"

"瘦成排骨有什么好看的。"

"穿衣服好看，我不允许我的作品穿在……"乔茴顿了一下，仔细地考虑了措辞才将整句话补充完整，"大众人群身上。"

"幸好你不是服装设计师，群众包容度太低了。"

"你怎么这么说，我刚刚帮了你呢。"

方才这个房间里发生的一切靳南都清清楚楚，实在不明白她指的是哪件事。

"你帮了什么？"大教授不耻下问。

"至少你妹妹短期内不会去找那个压模师傅了。"

靳南皱眉："你怎么能肯定？"

"什么？"乔茵不可思议，本以为靳南是不肯谢她才因此装傻，但瞧他的神情又实在不像。

现在，乔茵耐心地跟他解释，语气活像幼师对刚入园的小朋友解释为什么上课时间不能去厕所一样。

"我觉得靳西并非是见一个爱一个，她告诉我，S 市其他家族的名门千金都不带她玩，每每约了一起喝茶也是存心挖苦嘲讽，屡遭打击刁难。小姑娘说起这事一脸黯然，现在种种行为大约也是为了证明自己的魅力，你们干吗拦着？"

靳南没有想到这一层，听乔茵说了才开始反思。他斟酌着，眉头松了又紧："倒不是拦着，她什么都不懂，一来工厂就耽误事，其次……"

"其次怕她被有心人利用？"

靳南不答，算是默认了，接着说："而且她从小跟别人定了娃娃亲。"

哈？乔茵觉得好笑又不可思议："我以前听说大户人家喜欢商业联姻，原来大户人家还流行定娃娃亲？"

"陆家是工艺世家，我爷爷在世时做主定下的，也算是商业联姻吧，只是后来因为一些事合作终止了。"

乔茵点头："明白了，联姻也要从娃娃抓起。这么说来我还真帮了你家一个大忙呢，靳西暂时不会去胡乱倒贴了，靳先生要怎么谢我？"

"不是已经谢过了吗？"他意有所指地看向靳西提过来的食盒。

乔茵一脸了然地扯了扯嘴角："就知道指望不上你这个穷鬼。"

坐了那么久，直到此时乔茵才想起给客人倒水。

房间一时安静下来，靳南在这个间隙多瞧了四周两眼，被折回的女主人发现了。

乔茵揶揄道："对我的世界这么感兴趣？"

靳南起初只是对她居家与工作结合的环境好奇罢了，被这么一打趣，倒好像自己意图不轨，不悦地瞪她一眼："没兴趣，你的世界跟你一样平平无奇。”

乔茴怀疑自己听错了，似笑非笑地问：“我？平平无奇？”

“你是唐史里的人吗？我也许会想要知道唐代人吃什么穿什么，但你身为21世纪的现代人，中国14亿人口中的一员，满大街都是你的同类，我为什么要对你好奇？”

乔茴怀疑自己的耳朵出问题了，被这样不屑一顾地评价，她的内心怎么可能没有一丝难堪与羞愧，虽然她看得出靳南不是刻意针对她，他只是在陈述自己认为的事实，但这个事实，她不接受！

“你真觉得我是14亿人口中的普通一员？随手抓一个都跟我一样？”乔茴指着自己化着精致妆容的脸，努力维持她优雅大方的假面具。

靳南敏锐地察觉到她情绪的细微转变，回顾之前，他也没说错什么，只好更加精准地回答她：“14亿人口中有一半男人一半女人，你属于那另外一半女人。”

“……”

“你怎么了？”靳南怀疑自己惹她生气了。

乔茴把递给他的水夺回来，出声赶人：“时间不早了，我要休息，你走吧。”

“哦。”靳南拎起搁在长桌上的食盒朝外走，临到了门前又下意识地回头。

乔茴看在这张脸的份上不想骂他，阴阳怪气地问：“怎么，还要我送你啊？”

靳南觉得女人心思真是难猜，低声拒绝了：“不用。”

当晚，靳南翻来覆去没睡好。

第二天的清早，无所事事也不为百芙合做贡献的靳小姐来敲门，央求着靳南带她去找乔茴。

“带我去吧，我跟乔姐姐说好了的。”

“那也没说是今天。”

“那又没说不是今天。”

靳南回忆了一下，觉得有道理，而且乔茴说得也有道理，靳西的心态要尽早调整过来。

“行。”靳南答应了。不过去找乔茴前，他先把车开到4S店贴了最贵的防晒膜。

靳南领着靳西去了医院，远远地看到乔茴在走廊上与人谈话。那是一个中年男人，手里提着果篮，衣着讲究，像个成功人士，靳南不认识。

“乔姐姐今天穿蓝色条纹也绝美！法式风情！鳄鱼皮手包好洋气哦。”

靳西没眼力见儿地当场就要小跑过去，被靳南制止。

“乔小姐，很抱歉，公司现在制度改革了，设计师这块不再是我一个人拿主意。”

“没事的，祁总，我能过问一下贵公司意向合作的对象吗？说不定我认识，可以引荐。”

“这个公司还没决定。”

乔茴眼底升起一抹冷然的笑意，还没决定就先撤掉她？

“算了。”她喉咙突然堵得厉害，一股恶心萦绕心头，发出低低的一声喟叹，“我知道是谁的手段，我也习惯了。”

“社会环境就是这样的，乔小姐看开就好。”

乔茴不能看不开，她又没有颓丧的资本：“不管怎么说，祁总都算我的贵人，我很感激您曾经给过我机会。您过来是探病的吧，我就不多耽误了。”

靳南是瞧见两人分开才上前的，之前隔着一段距离他看不真切，待走近了才发现乔茴在出神，神色有些怅惘，这不是他印象中的乔茴。

“乔姐姐！”靳西跳到乔茴身后拍她的肩。

乔茴还未从无望的情绪中完全剥离，猛然回头瞧见他们，牵了牵嘴角：“你们来啦。”

靳南问道：“刚才那个人是谁？我以为他是来探望常冬的。”

“不是。”乔茴轻声说，“我一个客户，甲方。”

靳南想起在她的长桌上见到的设计稿，迟疑道：“你同时替几家公司做设计，忙得过来吗？”

乔茴以为靳南介意这件事，解释道：“祁总是之前的客户了，新的合作我们没谈成。”

她语气中有隐约的遗憾，靳南听得一清二楚，又问：“你有那么缺钱吗？”是不是银楼开给她的薪酬还不够？

与靳南讲话，总是能令人忘记很多事，乔茴轻笑出声：“喂，有人会嫌钱多吗？”

“西西，你说对吗？”她转头寻求靳西的认同。

靳西现在哪里还有立场可言，女神说一不二，开心得连声肯定：“嗯嗯嗯！”

不过，进了病房后的靳西就不太开心了，因为她才知道原来常冬是乔茴的男朋友，大失所望地问女神：“我以为你单身呢，原来有对象了。我看他除了能睡也没什么特别的，你喜欢他什么啊？”

“小孩子说话没个分寸。”

一贯没分寸的人今天教育起了别人，靳南觉得挺稀罕的，竖着耳朵听乔茴继续说下去。

“什么能睡，你以为他想睡？这叫植物人，没亲眼见过还没看过电视剧吗？”

被训的靳西摸摸鼻子：“知道知道，我没礼貌了。你还没回答我呢，你为什么喜欢常冬？”

乔茴摆弄着无瑕细手，反复欣赏刚做的美甲，觉得小女生有些问题也是蛮好玩的，不答反问：“我为什么不能喜欢他？不喜欢他我喜欢谁？”

“我哥啊！”靳西理所当然地说，“我哥难道不是我们女生心中完美男神的样子吗？虽然他常常让我不要信口开河，每说一句话都要拿出史料很无聊，但我觉得瑕不掩瑜，他依旧是个男神！一个拥有家国情怀与爱国主义精神的男神！”

乔茴闻言挑眉。

靳南内心狂吼：快闭嘴吧！

可乔茴居然附和：“我觉得你说得也有道理。”

“是吧！”靳西很激动，眼看又要鬼话连篇，被靳南及时阻止：“小丫头掺和什么，什么该说什么不该说没教过你吗？”

年纪小的被训了，年纪比靳西大不了多少的乔茴看好戏，嘴角噙着笑意，有恃无恐的。

可靳南向来公平，乔茴还没得意完就被兜头浇了冷水。

“还有你，好意思笑？常冬现在被气醒了我都不意外。另外，常冬的影像检查与血液检查稳定，红白细胞正常，肝肾功能也很稳定，现在只是进入昏迷状态，没有被确诊为植物人，明白吗？”

乔茴摇摇头。

一起挨了骂的两个女孩子友谊因此升华，日常陪常冬唠嗑的任务完成后，两人携手准备回家。

乔茴顺带叫上靳南：“你没什么事也一起去吧。”

都是女孩子的乐趣，靳南毫无兴趣，却在下一秒又听到乔茴说：“出租车好臭。”

“所以……这才是你的真实目的吧。”

被揭穿的乔茴冲靳南调皮地眨眼。

玉兰公寓。

才一夜的工夫，乔茴的客厅比起昨日就有了明显不同——两具模特展示架挺拔地立着，也不知道她从哪个角落搬出来的，模特身上披了一块花呢料子，用定位针固定了一半，看样子像个小外套。

“好看！再别一朵花就更好看了。”

“这是什么审美？”乔茴十分嫌弃又不理解地问，“别朵花让你穿着去参加乡下的婚宴吗？”

靳西被撑得说不出话，默默地去问她家大哥：“不好看吗？”

乔茴希冀的目光也追过去。

靳南迎着两位女士热切期盼的目光毫无压力，平静地出声：“我觉得还不错。”

乔茴冷脸道：“你太让我失望了，你平时黑衣黑裤的虽不潮流，但我天真地以为那是你教授的身份使然，情有可原，没想到你们是嫡亲的土味兄妹，是我错了。”

“马屁精西西公主”上线，拉着乔茴的手摇呀摇，甜甜地说：“所以我们都需要你来拯救呀！”

小姑娘的嘴就是甜，比某人强多了。乔茴睨一眼某人，递给他几张手绘设计稿：“喏，给你。不要以为真是叫你来当司机的，市场考察那么久，今天是我交卷的日子。这些只是初步的设计图样，还达不到投入生产的标准，你先看看，有什么意见我们后面再逐一商定。”

设计图稿是递给靳南的，靳西也跟着巴巴地凑过去，被乔茴一把揪住：“你就不要凑热闹了，跟着姐姐走，给你量三围。”

“做衣服还要量三围啊？”靳西大惊小怪。

“要不怎么说独家定制呢？”

卧室里，乔茴看着手上的皮尺，接着又看了看靳西，百思不得其解。

靳西撩着腰上的衣服被她盯得心慌，不安地问：“乔姐姐，我是不是身材差劲极了？你不能嫌弃我！我把改头换面的希望全寄托给你了。”

“唉！”乔茴叹气，问道，“你腰上抽过脂啊？”

“没有。”

“那你裹过束腰？”

“也没有。”

那就奇了，没她高比她重的靳西是怎么做到腰比她还细两厘米的？难道是天生丽质吗？

“腰是个好腰，是你的优势，不要埋没了，多多露出来。”

“可是我食量大，吃多了小肚子容易凸出来。”靳西摸着腹部上方，很苦恼。

乔茴瞥了一眼，提醒道：“小姐，那是胃。”

“哦……”

“知道自己食量大就少吃点，胃饿一饿就小了。”

听乔茴的话，靳西昨晚回去就没进食，今早惨兮兮地喝了袋奶，此刻已经饿得前胸贴后背了，苦着脸问：“还要饿多久啊？我两顿没吃了，好虚弱。”

“什么时候饿得感觉不到饿了，胃就小了。”

“哦……”

两人从卧室出来时，靳南已经看完了整个设计思路，跟乔茴想的不一样，他的神情中没有一丝惊喜。如果不是他的睫毛扇动，乔茴会怀疑他已经入定了。

“你觉得怎么样？”乔茴坐下来问。

靳南淡淡地说：“没看懂。”

“哪里不懂？”乔茴手指不住地轻点桌面，此时若有一个了解她的人，如常冬，就会知道她已经不淡定了。

“你真心问的？”靳南怀疑她的用意。

在历史专业上，他能侃侃而谈历史变迁上下五千年，可跟乔茴相处的这些天，已经不止一次被她嫌弃“审美”这件事了。

乔茴用鼻音回了一声“嗯”。

靳南便如实说：“我觉得把沉甸甸的黄金和轻飘飘的羽毛联系在一起有些奇怪，还有五彩小石头……”

“什么小石头？”乔茴疑惑地打断。

“你设计的不是小石头吗？”靳南指着其中一张设计稿。

乔茴无力地闭上眼，师兄当初说赏她口饭吃，怎么没告诉她这口饭这么难吃？

“不是，这叫极光方糖。百芙合也有珠宝线，用粉蓝白等宝石衔接镶嵌成不对称的耳环，颜色鲜亮又不失设计感，这才是时下的流行趋势。”

“哦。”靳南突然顿悟。

乔茴有些愁苦，思考半晌后，认真地说道：“我是设计师，负责设计出品牌方认同的设计稿，但这些设计理念，需要你这位负责人准确无误地传达下去，一丝都不能出错。或许你刚入行，会配合我，但我身为设计师要的不是配合，而是认同。”

见她难得正经专业，靳南意外，不由得另眼相看，马上说：“你放心，该提出质疑的时候，我不会盲目配合。”

“那就好。”此时的乔茴还不知道，未来她会后悔曾说过这句话。

应靳西的要求，乔茴抱出了自己七层的首饰盒。

“这是我攒下来的所有首饰了。”乔茴一层层地打开来，光芒刺眼。

“哇！”靳西惊叹。百芙合大小姐当然不缺这些东西，她只想看看自己与女神的行头差在哪里。

靳南也过去瞟了一眼，花花绿绿的收纳看得他眼花缭乱。他随手拿起一串红白相间的异形珊瑚项链，抽了抽嘴角，这不就是幼儿园小朋友戴着过家家的玩具吗?

乔茴留意到他匪夷所思的目光，十分不服：“这个是设计，你不会懂啦！一个入行没两天的书呆子，先回去补补金银的定义分类吧。”

靳南把乔茴的话理解为临时抽查，当即悠闲一靠，轻松地应考：“贵金属金，元素符号 Au，原子序数 79，密度 19.32 克 / 立方厘米，化学性质稳定，质地柔软，利于加工，延展性强，容易锻造，导热导电性能佳，常被制造为货币与饰品，通称黄金，是五金之首，财富的象征。”

“另外有成色单位，成色鉴别，黄金白银的应用等，你还想知道什么，我可以更详细地说一下。”靳南居然还一本正经地问乔茴。

乔茴什么都不想知道，他做银楼继承人才多久就能背课文了？学渣看到一个学霸在自己的领域上突飞猛进酸都酸死了，阴阳怪气地笑话他：“说书呆子真是委屈你了，这些特性了解就行了，你一字不差地背下来是不是傻？”

靳南摇头，淡淡地说：“没有背，我只是看了一遍，过目不忘。”

是她多心吗？为何她总觉得靳南说完看向她的目光充满了挑衅？

“变态。”她不小心嘀咕出声。

靳西听到这话笑起来，十分认同：“乔姐姐说得不错，我哥不仅过目不忘，还一分钟四千字的阅读速度，不是变态是什么？所以我哥成为学霸又取得成就，真的不是靠自身努力。”

乔茴突然气馁：“亏我还以为他是个发愤图强的好孩子！老天爷为何如此厚爱？”

靳西摊手：“谁知道呢，同胎不同命。”

靳西在珠宝世家浸润多年，虽说受靳家传统审美的影响，对流行审美的欣赏力一言难尽，但对各大品牌还是如数家珍的，她随便翻看了一下就发现乔茴买首饰跟集邮似的。

“乔姐姐，你凑得可真全啊！都可以开个买手店了，这颗红宝石净度真好。”

乔茴的首饰盒里没有红宝石，她看了一眼，笑着说：“什么宝石，我这里只有尖晶石和碧玺。”

“嗯？”靳西拿起另一枚颜色鲜亮的蓝色戒指，“这个也是？”

“对，这颗是钴尖晶，产自越南。”

靳西心思单纯，她没想过乔茴不买稀有宝石是因为买不起，而是觉得女神果然独一无二。不过她眼神好，马上就发现乔茴的首饰盒里缺了什么。

“你没有经典款捕梦网哦，我以为珠灵这个设计已经人手一件了。”

珠灵珠宝的前身只是一家门楣暗淡的珠宝定制工作室，后来在短短时间内迅速扩张，跻身至国内珠宝一线品牌，如今更是成为众品牌的领头羊。珠灵靠捕梦网发家，这十年间更是将经典设计开发得淋漓尽致。从银到金，从水晶到细钻，后来变成有色宝石。大家都说珠灵能靠捕梦网吃一辈子，靳西也这么说。而乔茴，连一丝笑容也没了。

一阵凝滞的沉默，靳南率先看出来。

乔茴察觉后讪讪一笑：“嗯，我不喜欢这个。”

靳西缺根筋，连察言观色都不会，遗憾地问：“你不喜欢吗？我好喜欢的！耳环、胸针、项链，每一款我都有，最近这几年才不买了。”

“为什么不买了？我看微博上，你跟珠灵的那个钟嫒嫒闹得不太愉快。”乔茴扯着一根橡皮筋弹自己手背，垂着眼睛问道。

“钟嫒嫒的确讨厌！我不愿意再给她家送钱了！而且这三四年间，总感觉首饰差了点味道。”

三四年间……靳西的无心称赞总算令乔茴找回一丝笑容。

乔茴不再提珠灵，说道：“你看，你能看出差了点味道，就证明你并非完全不开窍。西西你出自首饰世家，耳濡目染皆是传统美学，举手投足即便不是大家闺秀，也不至于被人挑剔，只不过是在流行审美上急于求成走歪了路子，以后我会教你的。”

这真是意外收获，靳西高兴极了，一口一个“乔姐姐”，嘴甜得像抹了蜜。

临近九月了，麒麟瓜皮薄肉厚，冰镇后口感清凉，乔茴随手抽了把刀就对半切开了，然后在上面插了勺子。

“喏，招待你们的。”

这么豪迈的吗？靳西小公主愣愣地接过一半抱在怀里，拔出勺子不知道如何下手。

乔茴把另一半西瓜递给靳南。靳南还在思索乔茴情绪不悦的出处，顺手接了，接过后同样有些愣怔。

“没这么酣畅淋漓地吃过？”她一边问靳南，一边手把手教他，和他一起托着西瓜浑圆的底部，同样修长的手指叠在一起，一暖一冰。

乔茴却没放在心上，她握着勺子在中间画了个圆，再顺势挖出一块半球状的瓜肉，晶莹可爱。

“给你，最好吃的一口。”她把勺子递到靳南嘴边。

靳西已经看傻了，高雅得像天鹅一样的女神原来这么豪放不羁。

女孩子柔软的掌心覆着靳南的手背，不知是西瓜太重，还是因乔茴的靠近，他整条手臂都是麻的。

“来啊。”乔茴恍若无事地又往前递了递。

靳南艰难地偏过头，用尽力气别开与她相触的目光，望着地板某一处，轻声说：“我不渴，你吃吧。”

乔茴也不客气，“啊呜”一口，方才回忆起恶心难忘的过去，现在正好消火。

后来几天，乔茴好好给靳西补了补课，靳南旁听。

乔茴又把自己囤积的时尚杂志打包借出去，靳西暂时有了事做。

乔茴跟靳南的合作也在九月的第一天正式展开了，只是过程远没有想象的顺利。

Part.03
拯救审美

“你说过要我认同，可我提出不同意见你却不肯改正。你的风格流派精致唯美，缺少实际使用价值。你没有切身替顾客考虑过，星芒系列的边边角角太尖锐，既不方便做家务，也不方便照看小朋友。”

“不做家务也不照看小朋友”的乔茴一听靳南这话就奓毛了。

“我设计的是首饰，你们又不是卖家电，管什么实用性？好看不就完事了？再说谁会戴着首饰做家务？我就说你不了解女性吧！”乔茴发出疑问三连。

“比你了解。”

鬼才信！乔茴小嘴叭叭叭地攻击他，完全忘了谁才是甲方爸爸：“活在2G网里的老古董，连‘真香’的意思都不懂，读书机器人，谈过恋爱吗？探索过女性世界吗？才见过几个女人就敢说了解女人？”

这几日，美人怒目圆瞪、帅哥下颌紧绷，吵得不可开交互不相让的场景时不时就在小公寓里上演，热闹得连邻居都向物业投诉好几次了。

可怜靳南，年纪轻轻就评了教授职称，一贯是素质与涵养的典范，一怒之下竟也被成功带歪，跟着她口不择言：“自夸什么明艳照人、人间尤物，明明格局小又喜欢人身攻击。你的设计就跟你的人一样，不切实际，没有内涵。”

乔茴拍桌子拍得手都红了，指尖就差戳到靳南眼睛里，咬牙切齿恨不得撕碎了他：“我没内涵？姐姐叱咤设计界红透半边天的时候，你还不知道新中国哪一年成立的呢！”

“哪一年？”靳南沉声反问。

“呃……”一九四八还是一九四九？对数字极不敏感，又被对方摸得透透的乔茴成功卡壳了。

手机就在面前，搜一下几秒钟，应该不会很掉气势。乔茴默默地把手指收回来，刚拿起手机划开屏幕，靳南的声音就响起：“当面作弊，你以为我瞎吗？”

乔茴成功地逮住了他的痛点：“说得没错，你就是瞎，看不出大教授还挺有自知之明。今天天女散花，明天花开富贵，你花仙子转世啊？刨坟的男人果然土得没边儿，你祖辈在民国时期的眼光都比你强。”

“你眼光好，好到这种一捏就吱哇乱叫的东西也肯买。”靳南拿过一只解压玩具，摇了摇，提醒乔茴。

两人坐在桌子的两边，乔茴站起来身体往前倾，一下没抢到就两下，抢到了丢进垃圾桶毁尸灭迹：“我眼光再差也强你百倍，我们现在是云泥之别，懂吗？”

靳南一贯在口舌之争上争不过乔茴，但他还是坚持自己的底线：“无论你怎么说，我都不可能批下这个系列，你要觉得可惜，随便卖给哪家公司我都无所谓。百芙合的金饰是不流行，可它佩戴舒适方便，利用率高。没错，银楼需要转型，但如果所谓的转型是为了吸睛而丢掉实用价值，那这个样子的百芙合我不期待。”

“我跟你说不通。”夜深了，乔茴环臂扭头拒绝沟通。

这何尝不是靳南想说的话，他也觉得长此以往不是办法，所以，他决定带乔茴回家。

一大早被门铃吵醒，乔茴一边嘟囔着抱怨，一边认命地下床。

门外是靳南那个讨债的，她还没睡醒，起床气很严重，不顾对面房子里有装修的工人，跺着脚发疯：“你昨晚十二点才走，今天不能让我多睡会儿啊？”

靳南本不觉得这话有什么，但几步之外的两个工人暧昧地笑了，他努力理解了一下他们的思维。乔茴也在笑声中清醒了，“难能可贵”地红了红脸。

“进来，进来。”她把人拽进去。

乔茴眼睛酸涩，还很困，她磕磕绊绊走到客厅，臀一抬就坐上了桌子，两手撑着桌面闭眼假寐，把平日里的女神包袱抛得一干二净，只当靳南不存在。

她穿的是丝质睡裙，原就不长的裙摆因她的动作往上缩了缩，堪堪遮住腿根。晨光里白皙修长的美腿充满诱惑，睡裙的香槟色又衬得人温温柔柔。靳南才看了一眼便立即移开视线，可乔茴那慵懒的模样却在脑海中挥之不去了。

乔茴爬那么高，靳南不好随意坐下，怕角度不对。可他僵硬地站了半天又有些气，沉着脸说教：“你一个女人，衣衫不整地就跑去开门，独居这么没有防备的吗？”

乔茴累死了！这段时间跟靳南合作，每天都在濒死的边缘挣扎，此刻谁想听他训话。

“大哥，你知道现在几点吗？你之前明明没那么早过来嘛，你以为我愿意让你看到本小姐不施粉黛还清水出芙蓉的绝美仙姿啊？”

靳南暗忖她脸皮真厚，但目光扫过去又是一怔。

第一次见到她的素颜，没有人工色彩点缀，却鲜艳得如枝头的花骨朵，白、细腻、眉清目秀……

清心寡欲的靳南忽觉脸热，空气里萦绕的橙花香也撩得人心神不宁。他走到阳台打开了窗，楼下玉兰凋谢前的最后一抹幽香传至鼻端，冲散了她的味道。

靳南揉揉眉心，平静了一些，操心地表示：“不管几点都应该有个忌惮，你不知道打开这扇门会碰到什么人，还是应该注意影响。”

“知道，我知道。”乔茴生无可恋，怏怏地回，“你不就是觉得我招蜂引蝶吗？我有男朋友了，应该注意尺度，这话你说过八百遍了。”

“你记得就行，去洗漱吧，今天带你出去一趟。”

赶她走？太好了！乔茴合着眼跳下来，迷迷糊糊地回卧室。

靳南最近因为设计图稿常来乔茴家，所以整个公寓的格局他是清楚的，看她去的方向不是浴室，他就追了上去，追到的时候，她人已经躺回了床上，还躺得十分安详。

无奈、挫败、头疼的靳南抽了床头一支烟熏色的玫瑰干花戳乔茴的腰际，她却连个反应都没有。

下手太轻了吗？靳南决定再试试，可他还没出手，乔茴就说话了，小姑娘闭着眼却在诬告他：“姐姐不约。”

从小就是听话的好孩子，长大了也是高知分子从不耍流氓的靳南此时很想骂一句智障。

“你到底起不起？”

乔茴装死。

“合同上有日期的，你这样耽误工作，很不敬业。”

反正设计费的全款已经拿到了，乔茴继续装死。

靳南没耐心了，直接上前想拉她起来，这个动作本该是一气呵成毫无难度的，可他刚握上她的手腕，还没使力，那软凉的一小截就从他掌心溜走了。

靳南微怔，这么滑，属鱼的吧。

有人明显捣乱，乔茴再困也睡不着了，更何况床前还陷入一阵诡异的安静。她睁开眼，正看到靳南有些木的俊脸。

“想什么呢，拉我起来吧。”没力气，不想动，她把手伸过去。

靳南没听她的，脸色古怪地看她半晌，转身走了。

乔茴觉得他有病，小声嘀咕：“让你拉又不拉了，果然得不到的才是最好的。”

客厅里，靳南坐上长桌……等等，不对，他为什么要坐在桌子上？这是工作台……

靳南脸色更复杂了，把干花就地扔下。他食指与中指摩挲，似是回味那滑溜的触感，又在回过神时狠狠扇了自己一巴掌。

靳南，兄弟妻不可欺，你变态啊。

因为这段小插曲，靳南接下来都没什么好脸色，两人一起去停车场的那段路他更是脚步飞快。乔茴踩着 Valentino 漆皮高跟鞋，小跑着都追不上。

Valentino 鞋美也硬，漆皮更是磨脚难穿，这一路跑下来真够她受的，每一步都像美人鱼踩在刀尖上。

乔茴不干了，停下来大喊：“喂，腿长了不起啊，前面有钱等你捡吗？”

靳南回头扫了一眼乔茴，准确来说是扫了一眼她的腿。

白色热裤，秀腿利器，乔茴时常这么穿，但今天不同，他不经意的一眼让她觉得火辣辣的。

“你腿也挺长的。”

乔茴怀疑自己听错了，刚才是谁在说话?

她现在的样子有几分傻气，甚至是憨态可掬，靳南看着脸色稍霁，谁知下一秒……

“跟我这种不正经的女人混那么久，靳先生总算开窍了，会撩了，可喜可贺。”

“乔小姐，我想你弄错了。”

“弄错了什么？”

“我是说，你腿挺长的，不穿高跟鞋的话，跟时间赛跑没问题。”

“你一个直男懂什么？高跟鞋是我最后的骄傲！最后的！我死也不脱！”

乔茴这副德行也不是一两天了，如今靳南作战经验日益丰富，大方地点头：“你喜欢就好。”

乔茴冷哼，经过靳南身边时，刻意挺直腰板，像个取得胜利的战士。

行，战士。

到了车前，靳南摸出钥匙解锁，一声微响后，车灯闪了闪。

在乔茴拉开副驾驶门前，他问道：“你有驾照吗？”

“那还用说，老司机了。”乔茴骄傲地扬起下巴，“我考驾驶证是一次性过的。”

靳南轻轻“嗯”了声：“那今天你开车吧，我起得早，有点累。”

“行。”

两人换了位置。

靳南坐上副驾驶，才系好安全带，就见刚刚还立下誓言死也不脱高跟鞋的女孩子乖乖地把鞋褪了下来。

“为什么脱鞋？”他故意问道。

老司机乔茴特别有安全意识地责问：“你驾驶证买来的吧？穿高跟鞋不能开车你不知道啊，我光脚开！”

靳南没说话，只是把脸转向了窗外，在乔茴看不见的角度里莞尔一笑。

乔茴问道：“我们去哪儿？”

“我给你导航。”

跟着导航提示一路开，乔茴越开越奇怪：“这都往城西去了，再开都到你家了，你到底带我去哪里？”

“去我家。”

青水西岸，A城梁氏开发的花园别墅，配套设施完善，S市最好的私立医院、私立学校都在这边，寸金寸土的地方，养老学区两相宜，乔茴曾经也在这边短暂地住过一阵子。

“好端端的带我去你家干什么？不怕你父母误会我们的关系啊？”进入别墅区，乔茴减速慢行。

靳南觉得她多虑了，回道：“你脑洞真大。”

靳家是独门独户的三层楼，雅致舒适，还带前后院子。

乔茴依照靳南的指挥，刚将车子停进车库，靳母就闻声出来了。

乔茴不擅长跟长辈相处，下车见到靳母后只能缓缓露出一个尴尬又不失礼貌的笑容。

“嗨……”乔茴挥手，算是打了招呼。

“你好，乔小姐，果然很漂亮。”靳母很热情地笑道，“我还说呢，靳南怎么今天才带你来。我一早听西西说过，银楼新聘的设计师比女明星还漂亮，我还以为是她夸张了。”

靳母笑眯眯的，温厚和善，完全没有豪门太太的高贵做派，可乔茴依然感觉无所适从。

她干巴巴地笑，也挤不出什么话来。

靳母以为她是紧张，招呼她进屋："大太阳的不要站在外面了，我们进去说话。"

乔茴应着好，乖觉得像个初次登门的小媳妇儿。而且，她也觉得大太阳的站在外面不合适，紫外线会让她晒黑，破坏皮肤的弹性纤维，使皮肤老化，最重要的是，靳母这一身穿戴在阳光下实在闪瞎眼。

"过来得突然，打扰你们了。"

"没有没有，这算什么打扰，以后常来才好。"靳母十分随和。

乔茴还不知道靳南的用意，只觉得不太合适，她是银楼聘请的设计师，说白了是他们的员工，却受到这种礼遇。她带着心理负担进门，才一抬头，那些乱糟糟的思绪便一下子飘远了。

倒不怪她忘性大，实在是这些陈设让她觉得自己穿越了！

复古的地毯、老电影里的留声机、棕黄的贴皮家具，这里全都有，刚才一恍惚，她还以为自己误闯了某个剧组片场。

靳家传统氛围浓厚，难怪靳西会走歪了时尚这条路。乔茴不由得看向靳南，善解人意地反思自己是不是对他要求太高了。他内心有对传统初心的坚持，又一直生活在这样的环境里，没穿长袍马褂实在很难得了。

"乔小姐先坐，他爸爸出门跟朋友打球了，晚些才回来，老二还睡着，我去楼上叫她。"靳母和蔼地说着，指使靳南给客人倒茶。

乔茴矜持地点点头，目送靳母上楼。看不到靳母的身影后，她立刻环顾四周，小声问靳南："喂，我好奇，这些都是谁的品位啊？"

"我曾经也好奇过。"靳南将冒着热气的茶杯递给她，回忆了一下说，"从我有记忆起我家就长这样，不管住到哪里，这些摆设总是不变的。百芙合成立于民国，可能后来的祖祖辈辈便都喜欢这个样子，以前我父亲还跟着爷爷穿中山装呢。"

"原来审美也会遗传？现在我总算明白，你为什么会对现代流派的审美约等于零了。"

时代不同了，传统的市场是小众的，难怪百芙合会一年不如一年。乔茴忧心地叮嘱：“你们家已经有王位了，中山装你就不要世袭了。”

靳南笑了笑：“好。”

“我还好奇，以你家这个氛围和银楼现况来看，你父亲作为大当家应该是对流行文化嗤之以鼻的，怎么会同意我们推翻重来？”

“这有什么可费解的。”靳南饮了一口茶，语调柔和，“你说得没错，最初他是嗤之以鼻，家里两个女性每每有点追赶时髦的苗头就被他掐灭，但经过一年又一年地试错，他也看清了市场，现在只想全权交给我，不打理也不干涉。”

“也不算太晚。”乔茴发现自己对百芙合有一股莫名的自信。

靳母还没下来，乔茴坐着没动，眼睛倒是四处游走。方才乍一进来，仿佛时光倒流，现下静下来，乔茴又看出了一些道行：“墙上那幅字，是S市闻家的柳骨体吗？都说柳骨体有市无价，作品足以传世。”

靳南意外她会知道这个，挑眉道：“你竟然看得懂柳骨体？”

乔茴嗤了一声：“没文化还不准我有点见识？所有贵的、抢手的、热门的，我都了解一二。”

楼上，靳西睡得正酣，迷糊中感觉有人在推自己，还以为是做梦，翻了翻身继续睡。

靳母见她不醒，用常年洗手做羹汤的糙手去拧她细嫩的腰。

靳西叫了一声坐起来，头发挡着脸，小疯子一样地喊：“谁掐我！”

靳母拍拍她，又指指自己。

一见是母上大人，靳西那副吃人的神情便收敛了，“咚”一声躺倒，用被子盖着脸，声音闷闷的：“一大早干吗呀，我昨天挑灯夜战学习到十二点呢。”

巧了，都是忙到十二点的人。

靳西不耐烦，可靳母兴冲冲的，问道：“那位乔设计师，她有没有男朋友啊？”

靳西把头上的被子拉下来，眨了眨糊着眼屎的杏仁大眼，惊呼道：“我乔姐姐来啦？”

“嗯，也不看看现在几点了，还睡着不像话。”

嗯！靳西也觉得自己太不像话，马上从床上爬起来，光着脚下床，把靳母往外推：“妈，你先出去！我自学了这么久，乔姐姐一定是要验收成果的，我要好好表现！”

靳母直到被推出去了才想起靳西还没替她答疑解惑呢。

楼下，察觉楼梯上传来动静，乔茴立即正襟危坐。

靳南诧异她的乖巧，低声问：“你装什么呢？”

乔茴目视前方，面带微笑，动也不动，心里却恨不得活剥了这个拆台的男人，从前没发现他这么坏。

靳南看不惯她神经紧绷成这样，说：“你还是恢复本来面貌吧，不知道的还以为你来拜访未来婆婆。”

“脑洞真大！”乔茴用口型默默回他。

“以牙还牙，不错，不知道念书时是不是也这么聪明。”看戏的靳南居然赞了一句。

乔茴快憋不住了，手指抠着沙发，已经到了发作的边缘，巧的是靳南被靳母叫了过去，躲过一劫。

厨房里，靳母开着冰箱假装忙碌，目光却瞟向客厅里安静喝茶的乔茴，问儿子：“你们不止是合作关系吧？”

“什么意思？”

“我看你们在一起，很有默契啊。”

靳南不解：“你哪只眼睛看出来的？”

靳母指指自己的两只眼。

前些年靳母不顾靳父的反对赶时髦，去文了上下眼线，现在颜色褪去，只剩下浅浅的青色。

靳南哭笑不得，心想还真被她料中了。他摇头打破母亲的美好构想：“她有男朋友，就是我那个朋友常冬。”

“这样，那太可惜了。”

“哪里可惜了？”

算着靳百林回来的时间，靳母洗手下厨。

靳南倒没忘了带乔茴回来的正事，二话不说就把客人喊进了厨房："你待着也没趣儿，帮我妈打下手吧。"

乔茴没说话，瞪直了一双眼。

"怎么，不愿意啊？"当着靳母的面，靳南故意问乔茴。

靳母不知其中曲折，责怪靳南不懂事："这么大人了，瞎说什么呢。乔小姐是客人，打什么下手，厨房是我一个人的天下。"

"有个人帮你快一些。"

"不用不用，你们年轻人出去歇着，靳西也快下来了。"

靳南站在门前不动，摆明了堵乔茴的路。

长辈在跟前，乔茴也只好客气一下，说："两个人的确快些，阿姨，我帮您吧。"

靳母喜欢乔茴，心里又没那么多弯弯绕绕，她当然说好。

靳南目的达到，心满意足，却没走远，隔着一道推拉门观察乔茴。

乔茴刚出场就不太顺利，从未进过厨房的她对流程顺序一概不知。靳母说做蟹粉豆腐，让她帮忙洗洗切切，可她护手霜涂得多，沾水后手滑得厉害，尾戒直接被冲进了下水道不说，食指戒指上的尖锐装饰也刮破了内酯豆腐。

靳母过意不去，说道："你看看，过来帮个忙，倒把东西都弄丢了。"

乔茴更过意不去，很是难为情："没关系，不是什么值钱的东西，我不太熟练，也帮不到您什么。"

"不打紧，你们年轻人工作忙，哪有什么时间待在厨房。"

乔茴抿着唇颔首，想了想，把戒指手链全解下来，重新站到水池边洗菜，眸光一瞥，瞧见旁边也金光闪闪的。

靳母利落地切菜，手上的配饰闪得人眼花，但乔茴没有移开目光，倒沉思了起来。

芙蓉花样的戒指，钉珠花蕊、光砂结合，花片薄却不利，润又不圆，戒托上也有车花，工艺精细。不知怎的，乔茴忽然就想起了前几日靳南的话——

"如果所谓的转型是为了吸睛而丢掉实用价值，那这个样子的百芙合我不期待。”

原来他是这个用意。

乔茴从厨房出来时，靳南上前一步拦住她，问道：“发现什么了吗？”

她心知肚明，却不想现在承认，伸出指尖戳他：“让开。”

靳南想说“你在我家让谁让开呢”，但是话还没出口，打球的靳百林就回来了。

五十多岁的百芙合现任当家刚从重症病房出来没两天，却精神饱满、面色红润，一点不像从鬼门关走过一遭的人，见到乔茴笑得像个弥勒佛。

靳母乔茴已经见过了，一米六左右的身高，中等身材，穿着改良过的棉麻旗袍，笑容温暖。

戴着大金链子的靳父，比靳母高不了多少，矮胖型。靳西的身材倒像他们二位的孩子，至于靳南，乔茴不免分神地想，他一米八七的身高应该属于基因突变了吧？

“你真不是捡来的孩子吗？”跟靳百林打过招呼，四下无人时，乔茴一本正经地问靳南。

“你有什么证据？”

不需要什么证据，她暗戳戳地指指两个长辈：“看看他们，再看看你自己。”

“多谢夸奖。”靳南无声地笑起来，笑容如春风般和煦。

乔茴觉得养眼，调侃他：“这么和颜悦色？真少见。你对我笑过不少，不过大多时候都是嘲笑、讥笑、讪笑、冷笑。”

一直到午饭的时候，在楼上郑重打扮了两个小时的靳西终于隆重出场了。旋转楼梯的木地板被她踩得咚咚响时，所有人的目光齐齐望过去。

Ralph Russo 红色丝绒晚宴鞋、Dior 蓝色掐腰星空裙、上世纪港星的复古大波浪配了橘色系口红……

唔，靳西一出手，不玩混搭那是不可能的。

用力过猛的西西小公主只维持了几秒钟的高贵冷艳，在成功地把大家震住后，她就瞬间被打回原形，为自己鼓着掌冲下来，说："乔姐姐，瞧瞧我及格没有！"

这种场合，乔茴不太好打击她，弯唇轻"嗯"了一声。

"真的？"靳西激动得不能自已，刷成了苍蝇腿的长睫毛也跟着抖动。

"嗯，有进步。"

"太好了，我觉得我今天都可以征战戛纳了！乔姐姐，你坐呀。"靳西拖着长长的裙摆，费力地给乔茴拉椅子。

饭桌上，靳西给乔茴又是盛汤又是夹菜的，这是连靳母靳父都没有过的待遇。

乔茴平时伙食差，很久没见荤腥了，但女神包袱不能丢，她优雅地进食，吃得虽不快，却一直没停过。

一旁的靳南看着，有些担心她的胃。

"别光吃肉，你也吃口素的。"靳南罕见地给乔茴夹了一筷子菜。

不轻不重的男低音，熟稔自然的举止，令在座各位都惊了，震撼程度完胜不久前靳西的出场，这其中包括靳南自己。

他盯着自己的手，眼神很陌生：刚才……我做了什么？

他只是单纯地觉得挑食不好，真的。

但大家拷问的目光，让他不自觉陷入了自我怀疑，是不是对乔茴过于关注了？

靳父靳母是两个人精，他们合伙把靳西带下场，剩下乔茴和靳南。

靳南已经不敢去看乔茴，默默忍过几秒，他假借喝水抬头，发现乔茴咬着唇垂下眼，脸颊红晕分明。

靳南怕她误会自己，又为她的反应感到担忧，斟酌着开口："乔茴，刚才的事情，我……"

"你什么你？"淑女装不下去了，乔茴气得要死，她压着嗓子恶声恶气的，"多吃几口肉怎么了？那么大声让我吃菜，我不要面子的吗？吃菜需要上你家吃啊？我自己吃不起吗？"

靳南发了一会儿愣，然后把整盘牛仔骨拨到她盘子里，还细心地把蔬菜全部挑出来，说道："你多吃点……"

乔茴气饱了，扭头喝水，所以没发现突然绅士的靳南悄悄地吁了一口气。

饭后，靳百林泡了一壶茶，第一杯倒给乔茴，话题也是围着她转："小乔也是S市人吧？"

茶香袅袅，乔茴喝不下，默默地将茶杯托在掌心，表情有些许微妙："或许吧。"

觉得她说话奇怪，靳南皱眉看过去，正巧撞见她脸上一闪而过的表情。

那表情有几分……厌世？这跟她实在不搭。

她这个女人，自诩人间尤物，自恋到活八辈子都不够，哪来的厌世？可正因为不可能，靳南才确信自己没看错。

"你几月的生日？"

"我不过生日。"

"看样子，你应该比靳南小吧？"

"嗯，应该是。"

见父亲与乔茴一问一答，看话题发展方向，靳南头疼不已。

"爸……"靳南冷着脸，给父亲续了杯茶，"中午菜咸，你多喝点儿。"言下之意就是碧螺春能不能堵住你的嘴？

靳母也在一旁使眼色，让靳西把乔茴叫走，可靳百林对乔茴实在满意，郎才女貌的，般配！

"你打断我干什么呀？"乔茴走后，靳百林还不满起来了。

"你还问我？"靳南隐隐动怒，"她有男朋友，你盘问什么呢？"

靳百林平日为人不错，但靳母却是他当年挖墙脚挖来的。现在幸福美满地过了大半生，所以他鼓励靳南："那怎么了，常冬要是一直不醒呢，我瞧着乔茴蛮好的。"

靳南真不觉得乔茴有多好。他喜欢历史，在他看来，历经岁月沉淀的书籍、器皿，有着怎么探索都不够的神秘美丽。相比之下，乔茴这种赏心悦目却一眼即穿的新鲜皮囊，实在没什么吸引力。

他百思不得其解地说：“你以前并不喜欢这种妖娆的女孩子。”

乔茵也百思不得其解，靳南这个男人是不是从一出生眼就瞎了？她当时忍着没发作，离开靳家后，半路上她让靳南靠边停车。

“你要买东西？”靳南看了眼旁边的便利店，缓缓踩下刹车。

见乔茵不动，脸色不善地盯着他，靳南又问：“有事？”

“你还跟我装傻？”乔茵语气不善。

靳南以为是父母的态度让乔茵不舒服，便道歉：“我少有朋友来家里，他们可能有所误会，你别介意。”

乔茵气的不是这个，但还是撩着头发哼了哼：“怎么，跟我传绯闻你很委屈？”

“我是替你的名誉着想……”

乔茵就知道他要旧话重提，打断道：“我今天不跟你扯别的，只问你一件事。虽然你说过，我只是中国14亿人口中的一员，满大街都是我的同类，可你真觉得，我跟那些女孩子没什么不同？不配得到大家的青睐？”

靳南没说话。

“回答起来很为难？”

“不算为难。”靳南轻声说，“顶多你比较亮一点儿？”

“靓一点？”会错意的乔茵竖起耳朵。

“闪亮的亮。”

靳南确定乔茵又生气了，因为一路她都臭着脸一言不发，不过当晚他又在微信上收到了她的邀约。

这是和好的意思吧，毕竟是成年人了。

两人约在第二天早上九点，靳南特地买了早餐，可敲开门的刹那，他觉得不对劲。

乔茵这个早起会要命的女人，浑身上下竟然一丝不苟地妆扮整齐了。

“请进。”乔茵倚在门框边，嗓音柔软地邀请。

靳南仿佛被下了咒语，他看着她的脸，抬脚走进了她布下的“迷魂阵”。

客厅窗帘幽闭，室内昏暗，只有角落里亮着一盏小橘灯。在这刻意营造的氛围下，靳南的五感格外敏锐，他闻到空气中暗香浮动，闻到乔茴哪怕从他身边轻轻走过，都带出了丝丝缕缕又醉人的橙花香。

“你什么意思？”靳南面沉如水地发问，眼神却黏在乔茴身上移不开。

自己怎么了？明明昨天才言之凿凿地说她没什么好看。

柔顺服帖的连衣裙，烟粉的纤细吊带下是精巧凹陷的锁骨，目光掠过山峦起伏处，往下是弧度美好的腰线，再往下是白生生的腿……

靳南双眸幽深，片刻后，他闭上眼管束住自己的目光。

乔茴无声地勾唇，笑他活像个得道高僧。

“你问我什么意思，当然是为了拯救你的审美，为了我们更好地合作。”

一个历史教授，各博物院和展览馆的常客，乔茴已经清楚地认识到这个高级知识分子骨子里有多么传统。

乔茴一心想要扳回一城，她将所有注意力都放在忽悠靳南上：“你身为百芙合的唯一继承人，不能没有一双发现美的眼睛，我牺牲色相委屈自己，你该好好想想怎么谢我。”

环境与气氛实在旖旎暧昧，靳南压下最初的胡思乱想，沉沉地开口：“你把窗帘拉开。”

“哗——”的一声，客厅明亮度大增，靳南眨了眨眼，拧眉看向乔茴，发现情况并没有好多少。

之前她是午夜里的勾人妖精，现在又脱俗成了枝头摇曳的粉白鲜花。

当真不懂她的美吗？靳南忽然觉得自己可能是懂的。

乔茴不断压缩他思考的空间，补充道：“这是我为你量身打造的审美治疗方案，你要好好配合，你早一天毕业，百芙合的转型也能早一天实现，毕竟继承人的能力才是与银楼息息相关的。”

这一番话逻辑严谨，乔茴险些连自己都信了。

靳南一向敬业，迅速进入角色，认真地观察眼前活色生香的人，发现她今天没戴那些银光闪闪的首饰，却依然从发丝到脚趾都泛着光。

“你那些挂在身上一刻也不愿摘下的宝贝呢？”

也不知道何时开始培养的默契，乔茵惊讶自己竟能听懂他意有所指的话。她裸着足，撩起裙摆踩在地毯上，绕着他转来转去，说：“不懂了吧？我今天走的是居家慵懒风，戴那些首饰太假了。”

居家慵懒风……靳南嚼着这几个字，发现她的大波浪没有卷起来，发丝自然的弧度却将人衬得更加温柔。她明明仔细打扮过了，可细看下又好像哪里都不显刻意。

乔茵也转半天了，小腿都酸了还没等来靳南的只字片语，她停下来无奈地问：“你哑巴了？一句话都没有。”

“我说什么？”

“你真的是学霸吗？”

靳南不解，凝神想了想没发现其中的关联：“这跟我们现在进行的事有联系？”

“当然有，表达会不会？你一个搞学术的都不写报告的吗？你不说出来我怎么知道你是不是真懂了。”

“没有实料我写不出报告。”

“我的美还不够真实吗？难道不是你亲眼所见？”

“……”

“快！”

“你很适合这个颜色。你白皙，烟粉穿在身上让你变成了粉调，很漂亮。我平时没有观察过其他女性的锁骨，但我觉得你的锁骨很精致。你的四肢修长，西西说过腕线过裆是检验腿长的标准。你腰臀之间的线条很流畅，看来日常的身材管理并没有白费功夫。”

一字一句，靳南用解读的方式赞美。乔茵站在他面前，迎着成年男性不带一丝邪念的眼睛，素来脸皮厚的人竟有些承受不住。

她绷直了身体，不敢再掉以轻心，对着微微发热的耳朵轻声说：“继续。”

Part.04
钓系美人

居家慵懒、精致名媛、端庄大小姐，乔茴乐不思蜀地玩着换装游戏，靳南也愈发适应随时随地地称赞她。每当她以一副全新的面孔出现在他眼前时，两人只需稍稍交换眼神便有了默契。

这天，靳南在病床前给常冬按摩，门突然咔嚓一声，他下意识地回头，门口处探进来一个头。

靳南知道是乔茴，但依旧微微一怔，注视着她走近。

“怎么样？”乔茴一边问着他，一边扯着自己的JK制服转了个圈，“日式初恋风。”

诚然，靳南已经见过她各式各样的美，却没想过她可以这么青春。妆容清透，长发梳成了高马尾，明明昨天还是职场小姐，今天摇身一变就成了校园女神。

“我知道装嫩这个词，但我觉得你不是。”靳南站起身评价。

乔茴得意得眉飞色舞，嘴上却不肯饶人，挖苦道：“果然，不管什么行业什么年龄的男人，都喜欢鲜嫩的小姑娘。”

靳南不认同：“我没有，你每天的样子我都觉得好看。”

乔茴傲娇地哼一声：“你昨天见我就没这么两眼放光。”

靳南一个大学老师，见多了小姑娘，所以十分有话语权，他正准备用事实说话，抬头就看到病房门口站了不知多久，还满脸怒气的老馆长。

“常爷爷……”没做亏心事的靳教授心虚了，莫名还有一种被捉奸的慌张。

乔茴也吓了一跳，这么巧？

乔茴顿感压力，上前把老人家扶进来，生怕他一气之下晕过去。

“爷爷，您听我说。”

老馆长不买账，甩开她的手。虽然他嘴唇抖着说不出话，但失望至极的眼神太明显。

靳南几次欲言又止，最终还是乔茴发言。

上一次，也是在医院里，她情急之下胡诌常冬是她男朋友。一个谎需要无数个谎言去圆，今天为了补坑，她又说：“爷爷，您误会我们了。我是常冬的女朋友，靳南是常冬的好朋友，我们都很关心他，无时无刻不希望他清醒过来。用爱唤醒试了那么久，我觉得成效不大。我等不及要嫁给他，希望他能早日醒来，完成我的心愿，所以情急之下，我跟靳南商量了这个办法。”

“你移情别恋，就是你们商量出来的好办法？”老馆长瞪着一双浑浊的眼讽刺她。

乔茴咬牙点头，不知怎的，突然有些心酸。如果不是没有办法，她也不想欺骗这样一位老人家。

“爷爷，您说得不错。”乔茴挽住老馆长的胳膊把他带到一边，神秘地轻声说，“常冬爱我，如果我真的移情别恋，他会不会气得醒过来？就算是病急乱投医好了，您就让我们试试吧。”

乔茴，民间奥斯卡影后，一席话说得真诚深情。常冬是老馆长的命，只要还有一线希望，不管什么方式他都愿意尝试。

爱孙心切，他信了乔茴的话。

“你们既有这个打算，怎么也不提前跟我说一声，原来是误会？”

“还没来得及呢，也想着等有了成效再告诉您，免得空欢喜。”

“你是个贴心的好孩子。”老馆长轻拍乔茴的手。

乔茴受之有愧，埋下头。

“刚才，对不住了，你们两个别怪我。”

乔茵连忙摇头，靳南始终一言不发。

“我是不是打断你们了？你们既然开始了，就做下去试试。”老馆长接受了，他还搬把椅子坐下了。

乔茵诧异常爷爷接受新鲜事物的速度，这画面似曾相识，回想第一次她的独角戏，今天其中一位旁观者倒成了局中人，也是有趣。

“来吧，好搭档。”她小声地对靳南说话，好像真担心常冬会听到一样。

剧情发展太快，靳南这辈子都没这么荒唐过，他有种被乔茵牵着鼻子走的错觉。

或许，也不是错觉。

有观众在场，又是长辈，靳南没那么自在了，说话硬邦邦的。

老馆长听不下去，在旁边指导：“靳南，你不够投入，状态不对。”

靳南手足无措。

乔茵少见他这副样子，上前一步，挽住他的小臂，语气也嗲嗲的，说：“之前的事情还没有过去哦。

“像你这样的读书人，应该欣赏那种腹有诗书气自华的女孩子吧。”

老馆长怕他们尴尬，人已经退到了门口。

靳南渐入佳境，挑挑眉，问道：“你这是承认自己没文化了？”

乔茵眨眨眼逃避，催促道：“不准思考，快说。”

老馆长就算站得远了，也是在旁听，靳南怕说得太假不过关，思索了数秒，再出口时便带着几分情真意切：“最初，我的确是不喜欢你的。你自恋浮夸，小心眼没常识，又精致爱美过了头，有数不清的缺点。后来我渐渐才发觉，其实你也有你独特的可爱。你对美丽超乎寻常的严苛要求，也是出于你对设计专业的热爱，所以你很好，任何时候都不用怀疑自己。”

乔茵：“……”

从未有谁这样肯定过自己，哪怕是做戏。

或许，也不是做戏。

靳南的话太像真的了，乔茵心头战栗，无法自控地紧紧瞅着他，与他对视。他们靠在一起，靳南的目光坦然清朗，乔茴几乎要相信，这些话是出自他的真心。

靳南能让乔茴这个编剧本的人都入了戏，老馆长活了大半辈子又怎会看不出他的用心，所以后面趁乔茴不注意，老馆长去探靳南的口风。

“靳南，你别怪常爷爷自私，我总觉得冬子还能醒来。如果他真醒不过来，我也不会让小乔这么耗下去的。”

医院的走廊上，九月的风带着燥意，靳南隐约明白了什么，但他拒绝面对。

“常爷爷怎么这么说？”

老馆长并不能确定靳南对乔茴的心意，以他对靳南的了解，觉得这孩子最是正直，可乔茴实在漂亮，他不得不担心。

“我老人家了，爱胡思乱想，你们为了让冬子醒来费尽心思，我总怕你们万一忘情了……”

“不会的。”靳南倏然打断老馆长，之后又觉得不妥，低声地重复了一遍，“不会的。”

老馆长安心了，和蔼地笑了笑：“好，我以后不提了，冬子就辛苦你跟乔茴了。”

“没事。”

靳南送走老馆长后没回病房，他心烦意乱，为这难以名状的情绪。

乔茴就是在这时找来的，她蹑手蹑脚，想故意吓他一跳，还未靠近，就先看到了走廊尽头鬼祟的身影。那人个子不高，戴着鸭舌帽，因为距离远，又有相机挡住脸，所以辨不出性别，但乔茴能确定与之前的是同一人。她知道这些年来自己一直被偷拍监视，她已经从最初的惶惶不安变得习以为常了。

乔茴站着静默不动，靳南有所感应般回了头。看到她，靳南才发现自己的视线受她一言一行牵引，心里顿时咯噔一沉。

乔茴伸手在他面前挥了挥：“发什么愣呢？”

她挥手的动作带出了腕间一抹香气，靳南不记得是从何时开始，他不再排斥这起初令他鼻痒的橙花香了。他生怕就这样沉迷下去，直觉想躲避，下意识一退，后腰抵在了冷硬的护栏上，竟是退无可退，只好连忙屏息。

乔茴瞧出了他的仓皇，不明就里：“看到我这么害怕，还是被我的美貌惊呆了？”

靳南没回她，反问道：“为什么要骗常爷爷？”

原来是因为这件事。

乔茴双手环胸：“你在质问我吗？我替我们两个人解了围，你该感谢我。”

“不是质问，只是不解。”

乔茴还不解呢，这男人明明占尽便宜，怎么还要找她算账？终于看不惯她谎话连篇了是吗？

“你问我为什么要欺骗常爷爷，你既然这么抗拒我的解决方式，为什么不自己来？我威胁你不准说话了吗？”

当然没有，所以他才感到苦恼。为什么不实话实说呢？是不是潜意识里，他也觉得乔茴制定的方案荒唐，却依旧肯受她摆布？

这绝不是什么好的苗头，靳南想结束这一切，立刻，马上。

“我们的审美治疗到此为止吧。”

“为什么？！”

“该收心工作了。”靳南低叹，声音中透露出隐约的疲惫。

乔茴平白听了那么多天“彩虹屁”，不是不懂得见好就收，她斟酌着放他一马：“也行。你最近进步很大，课程可以暂停，合作中如果遇到什么麻烦，我们可以随时补课。”

只要能从这个角色中抽离，比什么都好，靳南立即点头应下。

可仅仅只保持甲乙方身份哪有那么容易，乔茴灵机一动提出的治疗方案，老馆长一刻也没有忘记，他时不时催着乔茴与靳南执行，又隔三岔五地询问效果。

靳南越陷越深，开始频繁在夜晚出入常冬的病房，坐在常冬的床前，他每一次都以“对不起”三个字作为开场白。

再后来，知乎上就有人发了匿名话题提问：

“喜欢上好兄弟的女朋友该怎么办？”

也许是禁忌话题格外吸人眼球，引来大批热心网友回复。

“小伙一看就是个正直的汉子，这有啥好苦恼的，兄弟都是拿来坑的。”

“墙头撬得好，老婆随便找。”

“又是一个‘我们之间是真爱’的故事……”

“控制自己！保持距离！”

……

控制自己，保持距离。

靳南谨记这八字名言，所以每次去医院进行“唤醒服务”都像上刑场一样。老馆长别有深意的话在耳边不时回响，日常面对乔茴与常冬，他又有深深的负罪感，在之前二十几年的漫长生命里，他真的从未这么难过。

偏偏乔茴还不体谅，常冬的病床前，两人椅子挨着椅子坐在一起，她人却东倒西歪，每每靠过来，就马上被靳南推开。

当然考验远不止这些，乔茴的提问也开始五花八门。

“你有几任前女友？”

“跟你在一起之前，我没有感情史。”

“原来是‘母胎 Solo’啊！那暗恋呢？暗恋总有吧！”

“我读书的时候，一心学习。”

“所以是个书呆子，那小片呢？小片看过吧！”

靳南深深叹气。

好不容易挨到今天的戏份“杀青”，靳南在病房外叫住乔茴，向她发出了灵魂拷问：“乔茴小姐，你连出门丢垃圾都要求妆容精致衣着整齐，跟人社交时素质涵养也伪装得极好，为什么单单在我面前毫无顾忌？”

见过她乱蓬蓬的头发、未经妆点的脸、凌乱到抽象的家……

而乔茴其实也没有意识到这一点。

“你这叫什么话？”乔茴一脸“本仙女拿真面目对你，你该感到荣幸”的费解神情，“难道你希望我对你虚伪一点？”

靳南的确不喜欢虚伪，但现在他情愿这样。

“我没意见。”

乔茵就喜欢跟他对着干，在他眼前摇了摇食指：“别试图改变我，我已经习惯了，之所以这么对你，是因为你独特呀。”

靳南皱眉：“哪里独特？”告诉他，他改。

乔茵没有立即回答，而是认真地想了想。

他独特吗？他独特的。

认认真真地做公益，不求名声不要回报，也是第一个对她盛世美颜完全免疫的男人。

在他跟前，乔茵无法靠刷脸占便宜，他不屑她靠脸走捷径的方式，但又尊重她的一切。

“也许……”乔茵思索着，忽然笑了笑，“是因为你对我还不错吧。”

不是没有男人对乔茵好过，但靳南不同。

靳南微愣。

乔茵补充道：“你很正经。”

“怎么不说话？”乔茵睇他一眼。

靳南移开视线，心虚，没话说。

“没话说的话，我走了？新的电脑绘稿已经发你邮箱了，现在我要去美容美发。”

“等等。”靳南又叫住她，“我们演戏对对台词就好了，你倒来倒去的做什么，不倒翁吗？”

乔茵就是要捉弄他，大大方方地承认：“我就是调戏一下，看你上不上钩。”

靳南用冷眼扫她：“我上钩了你很有成就感？”

“当然。”乔茵选择性失明，耸着肩说，“斯斯文文的史学大佬、禁欲教授、冷静理性的代名词，能得手当然有成就感。”

“你做梦。”

乔茵也觉得自己在做梦，她跟靳南不是一个世界的人，也永远不会变成一个世界的人。

临近十月了，百芙合各个部门的工作都因为品牌转型而重新展开。曾经跟着靳百林的助手薛嘉年虽然配给了靳南，可靳南独立惯了，很少交代他去做什么，大事小事都自己忙，忙得晕头转向。

图稿磨合了一个月，好不容易新品出样了，靳南不满意。他到底是半路出家，说不出缺了什么，只知道这只是合格的作品而已，不足以一鸣惊人。他便拿小木匣装着样品去找乔茵，去之前他跟她打过招呼了，所以压根儿没想过这女人会仅仅裹着浴巾就敢给他开门!

“你帮我擦个药，最近没怎么练瑜伽，手都背不过去了。”

靳南眼底火光忽明忽暗的，拿着被她塞过来的药，倒像拿着烫手山芋。

他不能答应她。

可乔茵在这时转身，背后的红肿血痕从蝴蝶骨一路延伸到浴巾下，触目惊心。

靳南从没这么挣扎过，他压着心火，让她找个地方趴下。

他冷言冷语的话引起乔茵不满，心想：不就使唤你一回，至于吗?但她嘴上却说：“放心，我会报答你的，今晚请你吃饭。”

靳南目光落在她雪白的背上，迟迟没下手，因为怎么都压不住自己心跳的声音。

不知所措时，他开口道：“前几天你还在倒卖二手，哪来的钱？”

乔茵哼了一声，托着腮说：“日料法餐请不起，螺蛳粉还不能管够吗？”

靳南没再搭话，立在她身后半天不动。

乔茵疼得厉害，催促道：“你快点，愣着干吗？”

靳南有些冒汗，他蘸了一点药膏在指尖，轻触那片红肿。乔茵猛地缩了缩，他察觉到了，手一抖也跟着停下。

药剂的薄荷味混合沐浴乳的清香在他鼻端萦绕，不算好闻，但他沉迷了。

“怎么伤的？”靳南低哑着声音问她。

“洗澡，脚下打滑磕到了毛巾架。”乔茵直到此时都没发现靳南的异常。

她照过镜子，知道伤在哪里，小心地扯着浴巾让伤处露出来。

这惊动了靳南，他猛然按住她作乱的手，裹好，含着怒气问她："你做什么？"

乔茵被他的手压住，觉得莫名其妙："我方便你上药，你以为我要干吗？"

靳南在她背后调整紊乱的气息，不接话。

靳南知道自己是狼狈的，偏偏被她尽收眼底。他觉得不堪，他想伪装这一切都没有发生过，他的失态只是她的错觉，可乔茵审视的目光告诉他，她发现了……

一直以来他克制的、以为会永久掩藏直至淡化的小心思，被她洞察了。

她受伤是意外，找他帮忙是因为不便，这没有问题，是他对她心存觊觎，才会出现这样不可收拾的局面。

靳南闭眼，吐气，他觉得自己罪无可恕了。

"对不起，我帮不了你。"他放下创伤药，低声说，"去楼下诊所看看吧，样品我送来了，我还有事……"

"你有事可以先走。"乔茵打断他的话。

"好。"没有人知道此刻的靳南有多么厌恶自己。

而乔茵，她没察觉出靳南的罪恶与愧疚。靳南走了多久，她就一个人在客厅里待了多久。

他喜欢她？

乔茵捂着蹦迪似的一颗春心，无声地笑了又笑，搞什么？她居然有点激动？是不是病了？

怀疑自己病了的乔茵宅在家里缓冲了两天，靳南更不必说，直接躲起来不见人了。

去医院找他，不见人影；在酒店守株待兔，他已经退房了；去找薛嘉年，薛嘉年很是黯然地说："小靳总的行程都是自己定，不让我插手，所以我也不清楚。"

乔茵笑了，还能难得倒她？于是她给靳西拨了通电话。

那边西西公主接到女神的电话兴高采烈，语速快得像机关枪："乔姐姐，你送我的衣服我穿着去参加聚会了，被夸了哦！对方好帅！我们还交换了联系方式，但是他没有主动联系我，你说我要主动吗？可是女孩子好像应该矜持一点！”

乔茵这两晚趁着月黑风高，在阳台上吃过瘾了螺蛳粉，此刻嗓子正痛，听着靳西滔滔不绝的话，头也开始隐隐作痛了。她揉着太阳穴，随意地应付，完了状似不经意间问道：“对了，你哥在家干吗？”

“我哥不在家啊。”西西公主声音甜蜜蜜的。

所以他退房后也没回家？

“那他回学校了？”

“怎么可能，他回学校银楼怎么办？你们不是整天在一起吗？”

“啊……对！之前是这样。我这两天有事，去了趟外地，回来了找不到他。”乔茵敷衍道。

“那你去博物馆碰碰运气吧！”

博物馆？S市博物馆总面积四万平方米，乔茵踩着高跟鞋走了两圈才找到靳南！

这个展厅的光线格外昏暗，不知靳南在看什么藏品，很专心，根本没发现几步之外的她。乔茵是真累了，靠在一旁像研究古文物一样研究他。

好看的男人乔茵见过不少，年初还被影视圈的小鲜肉献殷勤，对方试图与她发展一段地下恋情，又被她故意作妖吓跑了。所以优秀的皮相不足以诱惑她，乔茵自问究竟喜欢什么样的男人？

文绉绉的知识分子？不可能。只会把她衬托得肤浅，且一无是处。那为什么她会在确认了靳南心意后感到欣喜？

难道真是越缺什么就越容易被什么吸引吗？或者她也是个看脸的俗货，跟医院里那群花痴小护士没区别？可那又怎样呢？靳南是定力强大，还不是被她拿下。乔茵得意地朝他走去。

靳南刚在馆内找到一丝平静，就听到一阵熟悉的脚步声，每一声都敲打在他心上。他无意识地回身看去，同时暗暗心惊。

“你怎么会来？”

乔茵先瞥了瞥他刚欣赏的字画，看不懂，又把视线移到他脸上：

“找你来了。”

“我以为你不会来这种地方。”

他的话虽是事实，但乔茴还是有种被小瞧了的气闷，单刀直入地问：“是因为想着我不会来，你才躲到这里的吗？”

“嗯？”靳南心蓦然颤了颤，但还是装傻。

“靳南，你是胆小鬼。”

“……”

乔茴眼睛也不眨，愈发逼近他，目光直直地望进他眼波，看到他一贯沉静的眸子掀起云浪，她嘴角勾起一抹笑。

两人靠得太近了，已到达亲密距离。她踮脚、仰头，两人呼吸相缠。

不知情的人见了，会以为这是索吻，只有靳南明白，这是拷问，不动声色的拷问。

靳南以为自己需要一点时间来收拾狼藉的心绪，一切还能回到过去，为什么乔茴一出现，这些就成了枉然？

温热的鼻息渐重，靳南放轻呼吸，乔茴也有些脸热，问道：“明人不说暗话，你是不是喜欢我？”

“没有。”靳南语气很轻，语速很快地给她答案。

乔茴笑了：“靳南，你骗不了我。”

她逼近，他撤退，直到后背抵上冰凉的玻璃，她绵软的嗓音又响起：“你骗不了我，你看着我的视线是有温度的。”说着，她手指抚上了他的眼，带来一阵迷魂的香风。

“我们试试吧。虽然你读书多，很讨厌，但胜在长得不错，我觉得我也不亏。回头常爷爷再让我们在病床前头秀恩爱，我们就可以本色出演了。”

提及常冬，靳南轰然清醒，痴缠的眸光变得清明，随即又冷冽起来，仿佛乔茴刚刚说了什么荒唐无稽的提议。

“我不喜欢你，更不是你一时心血来潮就移情别恋的对象。”他郑重地说道，“常冬还躺在医院里，也许明天后天就会醒来，你应该对他多点信心。”

乔茴乍一听说“我不喜欢你”时，暗骂靳南死鸭子嘴硬，听完整段话后，她又忽然平静。在他心里，她一直是名花有主，难怪这么难搞！不过这是不是能侧面说明他不会乘人之危，三观很正呢？

乔茴捧着一颗躁动的心默默为他加上一分，并打算马上给他一个惊喜。她咬咬唇，自以为含羞带怯："其实，你不用觉得喜欢上我是多么不可饶恕的罪孽。因为我跟常冬不是情侣，我们只是普通朋友。"

乔茴话毕，双颊颜色分外浓丽，像极了化妆时手重扫多了腮红。毕竟在她的觉悟里，这种误会解开，有情人终成眷属的唯美桥段，男主肯定要欣喜若狂地抱着女主亲上一口。

待会儿他要亲上来的话，她躲还是不躲？不躲好像不够矜持，连靳西都知道女孩子要矜持！可躲的话，会不会打击他的积极性？

乔茴已经脑补到这一步了，她望着靳南，靳南也看着她，然后她瞧见他摇了摇头。不仅如此，他还用锐气逼人的眼神告诉她"你简直无药可救"。

人生处处有乌龙。乔茴脸上明媚的光黯淡了，哑口无言了良久，末了只说："看来我留给你的印象真不怎么样。"

反正脱单无望，她索性破罐子破摔："我说了我跟常冬没关系，你爱信就信，不信拉倒。姐一个单身狗有恋爱的自由，从明天开始我就出去相亲，一个月内就嫁人，你休想拦我！"

这一定是气话吧？

而不管是不是气话，乔茴恐怕都暂时没精力出去相亲了，因为第二天，常冬的正牌女友终于隆重出场。

为什么要用"终于"一词？因为实在太久了，久到乔茴一度以为常冬在车祸前就跟女朋友分手了。

乔茴也是第一次见杨迪迪。

杨迪迪一早来医院向医生护士打听常冬的情况，一边听，一边红着眼眶哭哭啼啼，直到老馆长请来的护工告诉她，常冬的女朋友人美心善，把病人照顾得很好……

所以乔茴过去的时候，刚推开门就迎来了杨迪迪的怒火。杨迪迪中等身材，中等样貌，原本是个温柔的女孩子，可此时的她泪如雨下，崩溃地声嘶力竭。

乔茴的伶牙俐齿突然派不上用场了，只觉得常冬被人爱着好幸福啊。

“你冷静一点，这是个误会，我可以跟你解释。”杨迪迪毕竟是常冬的女朋友，对常冬有着真感情，所以乔茴听了难堪的话也不气，因为她也不算无辜。

“你不用解释，你破坏我们感情是事实！”杨迪迪并不听，流着泪问乔茴，“你们什么时候认识的，是你先勾引的他吧？”

“我没有勾引过谁，尤其是常冬。”愤怒的女人没有理智，乔茴很头痛。

乔茴说的都是实话，更激怒了杨迪迪：“你的意思是我才是第三者了？我跟常冬交往一年零三个月，当时我们都是单身，我相信他！”

乔茴正想说“我也相信他”，病房内就又闯进一个人，是姗姗来迟的靳南。他在外面已经听到了一些只字片语，了解了大致情况，虽然这个大致情况是错误的。

靳南首先将乔茴上下审视了一遍，确定没有打起来的痕迹后松了一口气，但投向乔茴的目光依然是不善的，仿佛在看一个不听话的孩子。

他介入她们的斗争，平静温和地开口：“杨小姐，我相信乔茴不是这个意思。常冬还没醒，这其中一定有误会。我是常冬与乔茴的朋友，如果你相信我的话，就给我一点时间，我会代常冬处理好这件事，绝不偏私。”

Part.05
为什么，为你啊

杨迪迪没有想过自己的感情会经受考验，更没有处理这种事的经验。她哭得不能自已，声音早已嘶哑，不再说话，算是默认了让靳南插手。

病房里不方便，靳南沉着脸，拉起乔茴的手腕带她出去。乔茴意外得像是心里有小鹿乱撞，水水亮亮的眼睛斜着他。

病房外，靳南松手，乔茴毫无危机意识地追上去，带了一点雀跃地问："你现在肯相信我是个冒牌货了吗？"

靳南惊讶她还笑得出来："你够有本事的。"

"什么意思？"乔茴觉得这不是好话。

"你跟常冬的事。"

"你还真信啊？"

"为什么不呢？"

乔茴有点生气了："拜托！今天又不是四月一号，怎么那么多愚人呢？我是不是演技太好了，才让你对我的身份深信不疑？常爷爷是出了名的顽固，他认定我不是常冬引荐给你的设计师，我为了解决问题，迫不得已才那样说的！"

见她恼怒又委屈，靳南不晓得该不该信："如果是为了工作方便，骗一骗常爷爷就算了，干吗连我也糊弄？"

乔茴冤枉！

“我从头到尾都没有跟你强调过我是常冬的女朋友，是你自以为是。再说我这样可爱的人，贴着心有所属的标签行走江湖也比较方便。”

言下之意是说，我怕你对我想入非非。

靳南被戳中心事，心头无声一抽，瞪眼：“多虑！”

“是不是多虑我自己有眼睛会看。”乔茴嘟囔，但这不是最重要的。

他不肯承认，她也不愿在这时逼他，只追问：“你现在既然知道了，那就老实告诉我，你真认为我是插足别人感情的坏女人？”

“不是。”靳南回得简洁，却是经过深思熟虑的。

乔茴冷哼一声表示不满，只觉他在敷衍，正要再提意见，又听他出声：“如果不是这段时间足够了解你，我差点信了。”

其实乍一听到杨迪迪的指责，靳南就下意识向着乔茴。这种莫名的信任他也觉得荒谬，就算他看错人好了，朋友一场，他会负责将她带回正途。

乔茴有些飘飘然，傲娇地努努嘴：“这听着还像句人话！你继续说。”

“嗯，你即便虚荣、肤浅、浮夸，但至少是个简单的人。”

“你前面说的我都懂，但简单……是指我没头脑的意思？”

“是夸你好的意思。”

她一直以来故作世故，其实是个难得单纯的人。

总算又能听到大教授褒奖她了，乔茴膨胀，连心也变得温暖了。

杨迪迪的事不难解决，乔茴完全用不着靳南出马，再说她也不信他能搞定，只有女人最了解女人。

再次回到病房，乔茴对杨迪迪说：“喏，你现在也冷静下来了，我们可以谈谈了。你其实不必把我当成情敌，你看看我……”她说着站起来，在对方的注视下转了一个圈。

真丝衬衫与鱼尾裙衬出她优雅的气质，长发妩媚地卷着，温软的眼波不经意放电，看起来十分迷人。

“你看我像付出型的女人吗？我叫乔茴，不知道常冬有没有跟你提过我。我们是同一所学校的师兄妹，认识好些年了，如果有缘分在一起，恐怕早在一起了。”

“常冬应该没送过什么贵重礼物给你吧？”乔茴拨弄着腕间的名表，笑道，“他太抠了。我是一个现实的人，我的男朋友，怎么着都得是个世家子弟。”话罢，她朝在一边冷眼旁观的靳南递了递眼神，暗示意味极浓。

杨迪迪之前是急疯了也气疯了，没有思考能力，如今平静下来，听着乔茴说起事情的来龙去脉，才发现自己真的误会了。

“乔小姐，我……”

“没事。”乔茴知道她要说什么，大方地表示理解，“你不知情，说了几句话这没什么，又没有动手打我。不过，你打我的话，我可是不会让你的。”

乔茴这句话说得风趣，杨迪迪果然轻轻笑了，人也不似之前那么拘束：“好，我明白了，不介意了，以后也不会再误会。”

“哪来的以后？一直哄着老人家也不是办法，你都不晓得我编故事有多难。反正我跟百芙合的合作已经开始，你现在回来了，我也好光荣退场。”

“不行不行，我还没准备好。”

“需要准备什么？”乔茴觉得莫名其妙。

杨迪迪似有难言之隐，隐晦地说：“我跟常冬算是地下恋情，乔小姐麻烦你再忍一忍，这事先别让常爷爷知道。编故事难的话，我可以帮你！”

女人真是奇怪，生气的时候，一口一个第三者，现在又拜托她继续当假女友，这算什么？

乔茴不解，抬眼去看靳南，他也不赞成杨迪迪的话。

靳南说：“乔茴说得对，欺骗老人家终究不好，常爷爷虽然固执了点，也是善解人意的，你与常冬感情那么深，他知道了一定很欣慰。”

杨迪迪摇头：“常爷爷不喜欢我。我以普通朋友的身份去常家做过客，弄坏了他们的传家宝……”

乔茴惊讶道：“你运气也太好了吧？”

“运气是不错……”杨迪迪向乔茴解释这段时间失踪的原因，“最初我们闹了别扭，之后我就跟着爱心支教队伍去山区了。大山里没有信号，偶尔去镇上给常冬发消息也没有回应，我还以为他一直在生气，原来是……”

见杨迪迪说着又红了眼睛，乔茵去握她的手，学着靳南的话去宽慰她：“别这样，我们都对常冬有信心，现在你回来了，常常来陪他，还担心等不到他醒来的那天吗？”

“嗯，只是还要麻烦你，我觉得过意不去。”

“没有，这算什么麻烦。”乔茵一时间豪情万丈，“你有什么需要尽管开口。”

杨迪迪是个省心的姑娘，除了要向老馆长隐瞒她与常冬的真实关系外，并没有别的难处。而靳南，一个公益男神，乔茵以为他最爱做这种吃力不讨好的事了，他却在接下来的三四天里频频冷脸。

“你最近怎么回事？刚才当着老馆长的面我不想说你，我哪里得罪你了？”今天的戏演完了，趁着下楼吃饭的空当，乔茵追在靳南身后责怪。

靳南不想跟乔茵说话。他曾以为她骄傲起来最好看，现在发现她不依不饶的幼稚神情也很可爱。她还很香，十月的浓烈桂花都不如她的味道好闻，这让他有些失神。

“你眼珠子都快掉出来了！”乔茵嘲笑道。

靳南移开眼，问道：“中午吃什么？”

“没钱！兰州拉面。”乔茵没好气地回道。

“我请客。”

“哦！那我换一个。”

“……”

乔茵头也不抬地干掉一碗蟹肉伊面，优哉地喝茶。她的对面，靳南意味深长地看着她，见她杯子空了就主动倒满，反复酝酿了一会儿后，问道：“你打算帮到几时？”

“什么？”乔茵正琢磨着要不要再加一份甜点，压根儿没留意靳南的话。

“假女友，还是说你戏瘾上来了，根本没打算停下？”

“你说这个啊！等迪迪不需要的时候再说吧。”

靳南闻言不爽：“逃避不是解决问题的方式，而且我从一开始就不赞同。”

“咦？”乔茴觉得意外，“你的大慈大悲菩萨心肠呢？”

靳南听出了她在拿公益帮扶说事，回道：“这不同，我现在觉得你快要假戏真做了。”

“那是迪迪指导得好。”乔茴难得谦虚了一次，不过话刚说完，她也品出了不对，玩味地瞅着他。

“靳南，你是不是吃醋了？”乔茴忽然问靳南。

“我没有。”心里有了答案的靳南拒绝承认真相。

乔茴当然不信他的鬼话，也没有逼他。百芙合转型的关键阶段，她作为设计师的确不方便在这时与他发展一段情。

她喜欢他，又确定他也喜欢自己，这就够了。

有了这个打算，乔茴抿唇，笑容很淡却很美，衬得餐桌花瓶里热烈静放的红玫瑰都失了几分颜色。

附加合同的事她反复斟酌了很久，昨夜才下定决心拟出来，现在她拿出来放到靳南眼前。

“放弃设计师署名权？为什么？”靳南不解。

乔茴既然这么做，就早已准备好了应对的话术：“我们要革新的是整个百芙合，以百芙合设计工作室的设计创新银楼，在舆论上更占优势，你总不希望大家日后说银楼设计师全是吃白饭的吧？你一个不上网的男人，网络社会说了你也不懂。这件事情就听我的，好吗？”

S 市已入秋，十月过去之后，百芙合会难上加难。乔茴日常看似轻松嬉笑，没人知道夜深之后，她比任何人都要耗神投入。

靳南也一样，昨晚写了一夜的银楼可行性研究报告。

此刻他落笔签字，将力透纸背的最后一笔收回，合上钢笔，声音很轻：“这样的话，谁知道你在背后的贡献？”

乔茴托腮，笑盈盈的，语气也柔软：“你啊。”

根据靳南与乔茴最初制订的计划，明年早春新品最迟在圣诞前亮相，现在距离目标时间仅剩一个多月，乔茴却连一件满意的作品都没设计出来。她白天依旧跟着靳南东走西走，靳南看她眼下的青色就知道向来美貌第一的人牺牲了多少睡眠，所以再心急也不敢问，怕给她造成压力。

“这一套怎么样？天际流星这个名字虽然取得梦幻，但使用了黄铂金工艺，佩戴率高，又区别于一般的传统造型，风格很适合年轻人。”

靳南最近看了不少专业书籍，从品牌定位到市场分析，每一个字都在他脑海里不断滚动，所以不算完完全全的门外汉了。

他看了一眼，摇头：“很精致没错，可人群定位是不是也会变得相对复杂？根据调查，喜欢铂金、K金、黄金的，往往不是同一批客户。”

“结合了两种金属材料的首饰，受益人群难道不是更广吗？”

“这事不好说，如果目前百芙合是一个有活力的品牌，倒可以试试看。”

听靳南这么说，乔茴也觉得自己冒险了，银楼现在的确经不起没把握的尝试。

“那再看看吧。”乔茴再一次将设计稿丢进粉碎机里，压力骤增。

留给她的时间更少了，这些日子，他们拟订方案，通过方案，最后关头又推翻重来的事已不是第一次了。

靳南的心情也不好，他不知道银楼之后会面临什么，他有些泄气了，于是又消失了两天。

正是这两天，乔茴的手机上收到了匿名短信：“你是在自寻死路。”

天下本就没有不透风的墙，更何况她的一言一行都是透明的。她知道这条信息是什么意思，但她不想认输。

有了先前的经验，乔茴这次找靳南没费什么力气。

博物馆里，他跟上次不一样，虽然看上去也是专注又心无旁骛地在欣赏藏品，但神思却像抽离了。

乔茴一步步地靠近他清瘦的背影，无法不责怪自己：“对不起，我可能是太自信了，或许我根本没有能力帮你。”

“这怎么能怪你呢？”靳南叹息，哪怕到了这个时候，他还不忘安慰她，“你有才华，现在也能听得进意见，以后只需注意别那么虚无缥缈、不切实际，未来一定可以成为有名的设计师。”

“你都说以后了，是打算放弃我，也放弃百芙合了吗？”也许是爱屋及乌，一想到百芙合可能就此沉寂，乔茴竟觉得难过不已。

靳南摇头：“我也不知道，最近的这些设计都很好，可我不敢就这样投入生产。”

“我们都没有勇气，那就说明不够好，还没有到最后关头，我们再试试？”

靳南不晓得该怎么告诉乔茴他的自责，沉默久了才从头说起：“之前，我对珠宝行业再没兴趣，也靠着百芙合带来的经济支持无忧无虑地过了数年。大家为了生活疲于奔命时，我在读几百年前某个神父为信徒洗礼的仪式；大家忧心薪资能不能支撑房贷的时候，我只担心报告字数会有上限。我在自己感兴趣的领域里深耕，学历史，做公益，到头来发现百芙合要败了，而面对需要帮助的它，我无能为力。”

“你在后悔没有早早进入公司，为百芙合做事吗？”

“说不好，也许有吧。”

乔茴想劝他别内疚，或许他进公司任职后，百芙合会死得更快呢？但眼下气氛沉重，善解人意的乔茴决定不在这时打击他：“不要悲观，百芙合这么有底蕴的品牌，我相信它。”

“还以为你多会安慰人呢。”靳南勉强地笑笑。

乔茴难为情地耸肩，顺着靳南的视线去看玻璃罩里的老古董，随口问道：“这是什么？”

“清代银发簪。”靳南不假思索地回答，口吻熟稔得仿佛在介绍自家客厅的小摆件。

“哦，原来也是首饰。”乔茴凑近多看了几眼，发现工艺水平还不错，“模压、锤揲、编累、掐丝。你别说，还有点漂亮呢。”

难得她有兴趣，靳南欣慰，带着她走走看看，又说了许多。

乔茴向来对古墓中挖出的东西避之不及，可靳南带着她穿透历史烟云，她又发现原来这一切并没有那么古板无趣。

“这就是点翠啊！第一次见到真的，跟我们现在的烧蓝工艺很像呀。”

“嗯，烧蓝是作为辅助工种出现在首饰行业，百芙合之前也做过嵌丝珐琅工艺的饰品。”

乔茴记得，连连点头：“那个我见过，特别丑！当时是要体现复古风潮对吧？用原始材料与传统图形作为设计元素，结果弄了个四不像，当时网友还说你家设计师一定是其他同行派来的。”

这话多多少少有点打击人，靳南暗自叹了叹：“其实那一次我有参与，也是唯一一次。”

“呃……”乔茴愣一秒，急忙挽救，“我刚才没说完，那一次的首饰，细品的话还是能看出怀旧之情的。你从传统文化上吸收借鉴，再逐一运用到首饰上，配得上百芙合百年品牌的底蕴，多聪明啊！”

这总可以了吧？彩虹屁满分有没有？乔茴目光灼灼，脸上还有以假乱真的崇拜。

靳南与她对视，不知是哪句话刺激了他，他的眼睛陡然明亮。

乔茴被瞧得不好意思：“怎、怎么了？”马屁用料太纯，剂量太猛，太子爷自我陶醉了？

都不是。

“你说多了。”靳南嗓音轻得像一阵风。

“嗯？”

“你说多了。”靳南重复，并强调，“我没有为银楼做过那么多，当初只是肯定了父亲的决定，可是让百芙合与博物馆深度合作，把可远观不可亵玩的藏品重新设计创作，推出文创联名，是不是可以？”

乔茴怎么也没想到自己居然能歪打正着，眨着亮晶晶的双眼疯狂地点头：“颠覆传统印象，实现文化传承，当然可以！”

可能这就是福至心灵了吧，两人默契地相视一笑。

就这样，他们以最快的速度把合作敲定下来，之后一度忙碌到只差让薛助把他们的日用品搬进博物馆了。毕竟是数十个专馆，近百万件藏品。靳南这次当起了解说员，乔茴执笔。

历代绘画馆内，乔茴取了仕女图上的团扇；古代玉器馆里，她拿了祥云图纹；到了明清家具馆，她又看上了精美雕花……

一周之后，乔茴郑重地将设计稿交给负责人靳南，向他介绍：“耳环、戒指、手镯，三款首饰，一个系列，名字还是你来定。耳环造型以团扇为主，祥云为辅，制作上用镶嵌、累丝、镏金等多种工艺，繁复了点，但效果一定出人意料。”

“现在已经出人意料了。”第一次，靳南拿起设计稿时，眼底没浮现迟疑的神色。

这无疑是对乔茴的鼓励。

乔茴喜出望外，语调轻快：“我在手链与手镯之间犹豫了很久，最后定了花丝珐琅手镯，面宽7.3毫米，镂空型，更方便做文章，设计灵感出自明清家具上的云型如意结纹样。”

“戒指呢？”

“戒指不算重头戏。”乔茴指给他看，“这个系列里，耳环精致，手镯华丽，已经足够耀眼吸睛。这枚戒指沿用了上面两款的祥云纹饰，用足金打造，线条圆润，造型小巧、讨喜，应该不错。”

“是，不错。”靳南附和，明明满意，声音却出奇的平静。

乔茴不解，抬头才发现靳南的目光落在绘稿上移不开。他不常显露情绪，可能是为人师表平和惯了，但望进他的眼里，乔茴读出了如释重负。

她也如释重负，叹息一声：“我总算对得起常冬的推荐，没有让你失望。”

“完全没有，是我小瞧你了。”靳南真心地说。

“人生不会一遍遍重来，但历史可以一遍遍重读，我没想到，在百芙合生死存亡的关键时刻，它会给我这么大的惊喜。”靳南突然变得很温柔。

他的眼睛很漂亮，眼窝深，眸色乌亮，与人对视时，眼眶中似盛满了笑意，乔茴好多次都被这样的目光盯得心颤。

就像现在，她用指甲掐着掌心告诉自己，来日方长。

靳南后来为新的设计取了系列名，经过百芙合内部员工投票，最后选定“梦回”二字。

乔茴对“梦回”系列格外看重，作为品牌合作设计师一头扎进生产车间里亲自监工。

靳南身为负责人更是毋庸置疑，从选料、重量估算，到熔金、浇铸都亲自把关。两天后，靳西也来凑热闹，她生怕靳南因为先前的事不让跟，所以在靳南开口前先把话说尽："我发誓我没有任何私心哦！我早不记得那个压模师傅了，现在是银楼生死存亡的紧要关头，我这个代言人一定要过来见证的。"

靳南哪有空理她："玩够了让薛助送你回去。"

"我没有在玩！人家薛助是高级特助，老被你当司机，他该觉得不被重用了！"

"一个助理连报告上的标点使用都不规范，他该得到重用吗？"

"你不要以你写论文的规范程度要求人家好不好？我看过资料，他学理的。"

靳南好像没听到，专心地跟乔茴说起压片的厚度。

西西公主撇撇嘴，努力插话寻找存在感："乔姐姐，'梦回'系列的材质为什么用黄金啊？我觉得K金比较洋气！"

"黄金也可以很洋气的。"首饰匣里几乎没有黄金元素的乔茴才不管这句话有没有说服力。

"大家说黄金是阿姨们才会戴的首饰。"

乔茴以前也这么想，此刻却说："看怎么设计，我们现在是复活百芙合，黄金最具代表性，而且黄金元素单一，性能稳定，保值又不褪色，如果在设计上赢了的话，那K金与它相比并没有什么竞争力。"

靳西是百芙合的代言人，几年前佩戴黄金拍摄广告被群嘲过，很长一段时间里她对黄金是有意见的。但现在不同了，小姑娘甜蜜蜜地表示："不懂！不过，我信你！"

西西公主骄傲地宣布自己是乔茴的粉头，无条件支持她。

乔茴受用，用手肘碰了碰离她很近的靳南，却没说话。

靳南正盯着工人化料拔丝，察觉动静后偏头看去，仅仅眼神一触，他就懂了乔茴的深意，十分上道地说："嗯，我也信你。"

听着像是在哄她，乔茴不自禁地脸红，怕靳西发现了不分场合起哄，急忙去看，谁知这一看，眼睛就深受伤害了。

她最近忙，没抽出时间指导靳西在时尚路上的成长，刚才也没留心，这会儿才发现靳西又穿成了礼仪小姐。

“你没其他衣服了吗？”乔茴拎着她风衣下的平肩掐腰小纱裙，嫌弃得明明白白。

靳南听到乔茴的声音，也抽空瞧了一眼，近来他经过多番审美洗礼，眼光终于有了质的飞跃，问靳西：“伴娘服是都卖给你了吗？”

突遭双重打击的靳西吞吞吐吐：“有那么差劲？应该……没吧？”

乔茴不作声，让靳西自己品。

靳南在一旁无声地笑起来，心道：她教育别人，自己也没有好到哪里去。明明来车间忙正事的，一身白色正装隆重得像是去参加新闻发布会。

顿了顿，他想起了什么，问道：“你不是说今天要下场参与制作？”

乔茴指着刚在金片上画好的纹样：“嗯，镂刻，我没打算失言啊。”

“好，拭目以待。”

绑发，挽袖，乔茴是奔着让靳南刮目相看去的，可她刚摸上镂刻工具，他好听的声音就幽幽地传来：“错了，要根据金片的厚度选择锯条型号。”

“我以为你说的拭目以待是指冷眼旁观。”

“我在教你。”

这话乔茴就不爱听了，红唇一掀：“你一个半路出家的，我还需要你教？”

“用入行时间长短来评断专业度，我觉得不够客观，还有，你又错了，镂刻时耐心更胜速度，要时刻注意锯条与金片垂直，感到锯条发涩时，麻烦你暂停贵手抹一抹蜡。”

这位是谁啊？能不能闭嘴？

这一股难以名状的恋爱酸臭味，让靳西没眼看。她跑出去晃悠，从化学区到锻敲区，小高跟“嗒嗒嗒”地四处影响他人工作，最后停在了一名花丝师傅的背后。

将熟金、K 金等金属材料用各种工艺制作首饰她见多了，但都是匆匆一瞥，从没上过心，更遑论兴趣，但眼前手指粗糙的花丝师傅灵活地掐丝却紧紧吸引了她的目光，连靳南与乔茴来了也不知。

“要掐制成什么形状？桃花？杏花？杜鹃花？”

“掐梅花。”手艺人都讲究专注，靳家大小姐在旁边站了那么久，人家连个眼神都分不出，连说话都是轻轻的语气，生怕影响了手上一分一毫的动作。

“果然老土。”乔茴的声音轻飘飘地响起。

当着大师傅的面呢，靳南暗暗瞪乔茴一眼，岔开话题：“靳西，我们先回去了，你要一起吗？”

靳西看得来劲儿，不舍得走，挥挥手和他们告别：“不是说薛助送我吗？你们先走吧。”

靳南同意了，刚转过头就低声教育乔茴：“你说话能不能委婉一点？那位师傅是费了很大力气请来的。”

“本来就土土的嘛！还不让人说了？”

靳南拿她没办法，捂了嘴将人快步拉离“案发现场”。

“放、放、口红、唔……”

小女人在手下吱哇乱叫，靳南也听不清，刚到工作室外就被狠咬一口，他咝了一声松开她。

“你干吗！把我口红弄花了！”咬了人的乔茴非常有理。

靳南低头望了眼掌心残红，心头一动：“百芙合因为经营不善，已经流失了很多掌握传统技艺的大师傅，你还在里面捣乱。”

“那你不会好好跟我说吗？”乔茴对着化妆镜补妆，美貌第一。

“我说了你听吗？”

“不听。”但她也不认错，还趁机勒索，“不管，我生气了，你要补偿我！”

“好，请你吃饭，吃你喜欢的螺蛳粉都行。”

“不吃！”乔茴拿出手机点点点，随后靳南微信响了，出现一条 TF 口红链接，“只有这个才能弥补。”

靳南不会网购，在微信上问靳西 TF 口红多少钱。

靳西这种没有金钱观念的世家子女，口红从来都是买全套，她直接从旗舰店截图了套装页面发过去，之后乔茴就收到了靳南转账过来的五千块钱！

靳南用商量的语气说：“我还没学会在网上下单，钱给你，你自己来好吗？”

乔茴浑身怨气为之一散，抱着这笔意外之财卖力地点头：“好好好，你有钱，你说什么都好。”

“我以为你要说我老土，连网购都不会。”靳南噙着笑意看她。

“本来要说的，此一时彼一时了。”盯着微信余额，乔茴眉开眼笑，“走呀，去吃饭，我请你吃螺蛳粉。”

盛情难却，靳南去取车。

上了车，乔茴又提议：“我们打包带回去吧。”

“这种东西不好带吧。本来就不好吃，再一耽搁更难下咽了。”靳南发动着车子，一眼看穿她的顾虑，“你又不是什么名人，不用担心别人拿什么眼光看你。”

“虽然我不是名人，可我是美人！我有点包袱怎么了？再说我这身西装是意大利工艺，精纺澳毛，坐在苍蝇小馆里像话吗？”

“怎么不像话了？你生活上也该接点地气。”

“我不！”

靳南当然拗不过乔茴。

乔茴别的本事没有，人前一丝不苟、端庄精致的意志力堪称一流。到了店门口，她把皮夹递给靳南，连下车都不愿意：“你去买。”

“不一起去吗？”

“我怕去了就被你按下再也回不来了。”

拎着螺蛳粉回到公寓，乔茴刚进门就东一只西一只地踢开高跟鞋，恢复本来面目。

有强迫症的靳南在她身后认命地捡起来摆正，两人都没注意，这种模式像极了小两口。

合上门，刚把午餐摆在桌上，还没动筷子，门铃就响起来。

乔茴离得最近，但她纹丝不动，靳南等了几秒钟，无奈地起身。

外面是对门刚搬来没两天的邻居，一位年轻的女孩子。她在看到靳南后难掩惊艳地笑了笑，举着手上的馄饨说：“你好，我是新搬进来的邻居，这是我早上包的小馄饨……”

“给我就好了。”乔茴咬着筷子，从靳南扶着门框的臂弯下探出头来，笑盈盈地宣布主权，“我是房东，他是我养的小男友。”

被动成为白脸小男友的靳南拿乍然探出的毛茸茸的小脑袋没办法，他微笑着把乔茴的头推回去，开口向错愕的新邻居道谢：“好，谢谢你，那我们就收下了。”

他竟然没有解释?

乔茴暗喜，等靳南客套完回来，调侃道：“你怎么不澄清，不怕我影响你的桃花?”

“这样很好，比较方便。”

乔茴不满：“还以为是我占了你便宜呢，原来反被你利用了。”

其实靳南不解释的另一个原因是怕乔茴下不来台，转而问道：“你家连个锅都没有，收下馄饨准备生吃吗?”其实他本来是打算婉拒的。

“我当你有多聪明。”一听他没解锁新的生活技能，乔茴又来劲了，拿过烧水壶给他演示，“等着吧，本仙女今天亲自下厨给你加餐。”

靳南最近来得勤，难免要喝杯水什么的，眼看着乔茴一顿操作猛如虎，他想起一件事。

“所以上次，我从白开水中喝出了泡面味道的原因是……”

“哦，那可能是水壶没洗干净。”

来得早不如来得巧，乔茴刚煮完小馄饨，靳西就到了。

靳西跟靳南一样，生平头次碰见这种烹饪方式，被震撼到了。

“神了！乔姐姐你也太聪明了！”与靳南不同，靳西给了乔茴热烈的掌声。

乔茴得意地一甩头发：“还好还好，只比你哥哥厉害一点儿。”

靳西赞同，猛点头：“嗯！”

吃饭的时候，乔茴那份让给了靳西，靳南那份让给了乔茴。

靳西嗦着粉不明就里：“我哥既然不吃，他那份为什么不直接给我?”

靳南把乔茴看得透透的，代替她回答：“她是主人嘛，不这样没办法体现她的好客之道。”

乔茴闻言从打包盒中抬头，竖起大拇指赞了一句：“Nice（非常好）！”

第二天的同一时间，也是在这个房间里，靳西刚点了小笼包外卖，靳南就接到了工厂的电话。

“‘梦回’完工了，我们现在过去。”

“好。”乔茴马上去穿外套。

靳西还心心念念着小笼包，犹豫着问：“小笼包不吃了吗？骑手已经接单了，这家店很有名很好吃的！”

这种紧要关头，谁还顾得上小笼包，乔茴一边揪她出去，一边说：“就知道吃，最近不管你，胖几斤了心里有数吗？你们银楼再这样下去，你连馒头都吃不上。”

靳西最听乔茴的，顿时乖得像个鹌鹑。

金工首饰工作室内，玲珑剔透古色古香的“梦回”系列被置于托盘上，花丝繁杂丰富，錾花深浅不一，远远看去，那祥云像在随风而动。

加工区的工人们见到靳南与乔茴走来，齐齐鼓掌。

成品比设计稿还要惊艳十分，这是他们都没想到的。

她目不转睛地说：“黄色不愧是明亮度最高的颜色。”

靳南赞同：“耳环秀丽，手镯典雅，戒指精致。”

而靳西只会感叹：“哇！真好看呀！”

因为是文创，所以“梦回”系列加入了很多传统工艺，比起现代制作方法，靳南也一直更钟情于传统手艺。“梦回”系列一定可以使百芙合得到喘息之机，他几乎在瞬间就决定了品牌未来的发展方向。

“第一套能送我吗？”如果不是没有镜子，靳西怕是已经戴在身上了。

靳南仿佛对她的话充耳未闻，只说道：“可以批量下厂了，同时拍摄作品，发给各市门店负责人，统计订货量。”

“那第一套……”靳西还不死心。

靳南终于看一眼妹妹，冷冷地说：“第一套陈列展示区。”

靳西快哭出来了：“你哪怕说第一套要送乔姐姐，我也不至于这么难受。”

乔茴当然也喜欢，但比靳西还是懂事多了，安慰道：“别急，第一套虽然不属于你，但你是品牌代言人，是第一个戴上的呀。”

“对哦！”靳西恍然，忙问，“什么时候拍摄呀？我已经迫不及待要投入工作了！”

“不急，正式上市前咱们还有得忙呢。”

这话吸引了靳南，他看过来：“还需要忙什么？接下来的大部分工作交给生产车间就可以了。”

“我说的不是这些。”又一次涉及他的知识盲区，乔茴露出逐渐自信的笑容，“我们要找营销公司、微博，以及其他平台都要联系一些高人气的博主做商业推广，让更多人快速了解这个产品资讯，简单来说，就是造势。”

靳南当然了解过营销，但他拧眉拒绝了乔茴的提议：“不用，全都不需要，为什么要弄这些虚假的东西？尤其是营销。”

他的态度很坚决，乔茴完全没想到，十分费解：“为什么？你抗拒的样子好像我正在逼你犯罪。”

靳南眉梢眼角的冷然的的确确都在传递“没得商量”这四个字，他扭头，用冷漠的侧脸对着乔茴：“你的意见我不会采纳的，你死心吧。”

乔茴有些气结：“你怎么这么顽固迂腐！你又不是活在20世纪，这不过是一些营销手段罢了，最终目的是为了银楼更好而已，你们公司难道没有营销部门吗？”

“没有。”

“什么？”乔茴不太明白。

靳南以为她没听清，一字一顿地重复：“没有营销部门。准确来说，以前有过，后来解散了，等于没有。”

见乔茴不作声，靳南又问：“你不信？”

“我只是突然有点服气。”乔茴是发自真心地服气，“商场上大风大浪，百芙合这么单纯，是怎么经得住市场考验留到今日的？”

“当然是靠品质。”靳南不假思索地回道。

“这话我没法接。”

Part.06
藏起的心意

之后的三天，因为要不要推广营销这事，乔茴与靳南每天都在争论。靳西不知道该帮谁，只好安静地“吃瓜”，然后回家跟靳母更新剧情，今儿谁谁占了上风，明儿谁谁又处于劣势。

靳百林听完后说：“小乔会输，我生的儿子我了解，他是理想主义，他认定的事谁说都没用。不过小乔也是真心为公司好，她是不是喜欢你哥？”

乔茴是常冬的假女友的事，除了老馆长，没有不知道的了。

靳西当然希望乔茴成为自己的嫂嫂，但这些天女神在她心中的形象不断拔高，现在连自小崇拜的亲哥都要排在后面了。

“乔姐姐估计不会喜欢我哥。我哥多无聊呀，上次我们吃饭时看古装剧，他把人家气死了。”

“你胳膊肘往哪儿拐呢？”靳母朝靳西的腰拧了一记。

“是真的嘛！他说电视剧不尊重历史胡乱篡改，而我们还得意扬扬地以为学到了知识。乔姐姐当然不服气啊，就说自己看过《明朝那些事儿》，结果又被我哥嘲笑了。”

靳母：“……”

“妈，你暂时别指望他俩能互生情愫了。”靳西好心地提醒，“我哥极有可能孤单一生。”

此时，乔茴正跟靳南吵得筋疲力尽，许是感应到了有人念叨她，她对着靳南的脸狠狠打了一个喷嚏。

“呼……爽！”

靳南不爽，他再次强调：“你说什么都没用，我知道靠一己之力不能纠正歪风邪气，也要确保百芙合不随波逐流，不弄虚作假是我的底线。用真诚的作品打动大众，从而带来循序渐进的影响力，我相信‘梦回’做得到，你也应该相信自己的设计。”

乔茴早已经口干舌燥了，她自诩为了银楼好，为了靳南好，但到底不是百芙合的负责人，没有一票否决权。

“随你吧，反正该说的我都已经说了。”总要有一个人让步，这个人当然是地位悬殊的她。

靳南此时听到她终于肯放弃营销的念头，语气也柔和下来：“也不是完全不能做，代言人广告还是要拍的，公司每年都拨出了广告经费。”

“所以才说你们品牌独树一帜啊，连代言人都用自家人，这经费左口袋出右口袋进的，拨再多有什么区别？”乔茴托着腮，认输认得不情不愿。

“西西代言的效果是一般，今年不同了，不是还有你在吗？”

乔茴惊讶，唯恐自己出现幻听：“你再说一遍，我没有听清，刚才真是你在说话吗？”

靳南轻笑：“年纪轻轻的耳朵就不好使了吗？”

“太难得了，我怕是自己幻听！”

“那恭喜你，你的听觉暂时没出现问题。”

乔茴撩着头发哼了一声：“算你说对了。等着吧，今年有我在，保证让你对西西刮目相看。也还好有我适时出现，否则你们百芙合恐怕都要完蛋。”

靳南清浅地“嗯”了一声：“不错，还好你及时出现。”

不常说好话的人，偶然说一句杀伤力是极大的，乔茴就不太能扛得住。

“如果不是知道你的作风，我会以为你刚刚在撩我。”

靳南没留意刚才自己语气中的暧昧，被她一提红了脸，训道：“不要联想太多，有那么多灵感不如用到设计上。”

乔茵翻了个白眼：“用你提醒？”

因为乔茵的妥协，靳南当晚就回绝了几家找上门的营销公司，又害怕她不高兴，特地买了甜品给她带过去。

靳南到时，乔茵刚刚洗完澡，擦着湿发出浴。他看得愣了愣，顿觉来得不是时候。

“我就是路过，给你带点吃的，没什么事，我先走了。”

一东一西的方向路过?

乔茵没戳穿他，用琉璃浸水一样的眼睛望着他：“来都来了，喝杯水再走。”

想起上次那杯泡面味的凉白开，靳南内心是拒绝的，可与她对视着，身体却自有主张，等回过神来，人已经站在了客厅中央。

乔茵没有倒水，而是从冰箱拿了酒递给他。靳南犹豫着不想接，在寂寂长夜里，总觉得会发生什么。

乔茵看出了他的顾虑，又往前递了递，说：“啤酒，酒精度很低的，不至于让你犯错。”

怎么又打趣他?

为防止她说出更过分的话，靳南急忙接下：“我喝，你也少喝点。”

她还是心情不好啊……

十一月的夜已经很凉了，乔茵衣着单薄，推开了客厅与阳台连接的推拉门走出去。靳南操心惯了，拿了毯子跟着。

他站在她身后给她披上，说：“这次没有听你的意见，你很失望吧？”

“没有。”乔茵摇头，“是清醒。”

清醒？一个喝着酒的人说自己清醒，靳南不知该不该信。她素面朝天，眼眶里似乎溜进了浴室的水汽，很明亮，脸颊又泛红，更显得不施粉黛的小脸玲珑剔透，似乎已经微醺。

“你不信？”乔茵了然一笑，“你不要以为我自始至终都喜欢这个样子。虽然，你眼前看到的这一切都是真的，我住在黄金地段的公寓里，吃西餐，穿名牌，过着普通人向往的小资生活，实则负债累累，苟延残喘，不切实际，不接地气。但最初，我也不是这样的。”

她在倾诉，不接地气的话也不是故意说给他听的，只是……他的确不止一次这么说过，靳南忽然感到后悔。

一个女孩子独居闹市，却没见有什么家人朋友，从前自己怎么忽略了？

靳南自问，很快有了答案。他并非一开始就将她当朋友，她不过是银楼聘请的一位合作设计师，不过是百芙合的员工，除了她的工作以外，他没必要关注她的生活。

那么现在呢？

晚风吹得靳南心头内疚更甚，他将手中的酒一饮而尽，顺着心意说：“抱歉，关于对你的评价，我说得过于草率了。”

“谁想听你道歉啊？”乔茴才不接受，她又不生气，“你是对的。”

“你不用特地跑过来哄我，跟你争辩时我虽然用尽全力，但是输给你我并没有真的生气。你跟大家不同，这很难得，我在名利场里社交久了，也觉得你太另类。但我知道你是对的，我应该谢谢你。”

她话已至此，靳南不好再说什么。

“那恭喜你，找回了本心。”

“嗯。”酒后媚眼如丝的乔茴冲他甜甜一笑，轻轻一点头。

这一幕在之后很长一段时间里，靳南都无法忘记。他读过《洛神赋》，知道所谓的惊鸿一瞥，在这个月影西斜的夜晚，他想他遇到了。

以往，靳西都在摄影棚里拍海报，今年她的服装造型都由乔茴操刀，常规影棚乔茴是看不上的。

“两天后有一场雾蒙蒙的秋意小雨，那时我们再拍。”

靳南在手机上翻了翻天气预报，S市两天后依然是朗朗晴天，哪来的秋雨？

“你看的哪里的天气？”

“C市。”

“C市？”本来还像事不关己的靳西马上从阳台摇椅上起身，两眼放光，“我们要去C市吗？我一直最羡慕人家外派工作了，还可以顺道旅个行，我终于也等到这一天了！”

C市，江南小城，古色古香，老人缓缓走过石板路，乌篷船轻悄划过水面，有一股难言的悠然，那里还有不少晚清时期的园林，的确适合“梦回”系列的拍摄。

“三百公里也不远，开车就能去，只是雨天方便拍摄吗？”这是从未尝试过的事情，靳南有些担忧。

“无风，又是若有似无的蒙蒙细雨，到时给机器套个罩子，我给西西用的化妆品也都是防水的，没问题。”

“棒呆了！我可以去玩喽！”靳西为自己欢呼。

她总是这样，一点事就开开心心的。

乔茴朝她勾手：“你来。”

“怎么啦！”靳西上前。

她的脸与脖子都还好，只是这手……

乔茴叹了口气：“你又不做家务，怎么关节处还有色素沉淀？只有两天时间了，你抓紧时间白回来。”

靳西没有注意过这些，想了想，问道：“靠后期不行吗？PS大法好。”

乔茴白她一眼：“我们要拍视频，一帧一帧修太贵了，我还请了一位古风歌手，经费不够。”

这事靳南知道，他正要问呢，就听乔茴继续说起：“自己写词自己作曲，很有才华，我先卖个关子，回头给你们看。”

“好。”靳南信得过她。

靳西纳闷：“哥，我还以为你要说什么样的歌词都没有繁体竖排的文言文美呢。”

“他真这么想？”乔茴也好奇。

靳南不好说不是，算是默认了。

当晚，偷懒不成的靳西把闲置了八百年的身体磨砂膏都搬了出来，来来回回用了三五遍，几乎要搓掉一层皮，完事了又抹美白精华，睡前还不忘戴上凝胶手套，力求一夜间复原一双白白嫩嫩的爪子。

临时抱佛脚还是有用的，两天后乔茴检查，虽然不甚满意，脸上也不至于写满嫌弃了。

“嗯，就这样吧，先上车。”

靳西应着好就往靳南车上爬，中途被亲哥哥拦住：“后座上放了服装道具，位置已经满了，你坐摄影师的车。”

靳西看了眼空荡荡的副驾驶，正想说这不是还有空位，余光一瞥瞧见乔茴，瞬间福至心灵，冲着靳南笑得意味深长。

“好呀，我坐后面去，不跟你们挤。”她答应着扭头就走，特别好说话。

乔茴将这一切看得清清楚楚，心底很欢喜靳南把位子留给她，却又觉得他赶人赶得直接了点儿，凑近了小声提醒：“西西在家可是团宠，你这么说话不怕她有落差啊？”

“你不是怕晒？摄影师那辆车没贴防晒膜。”靳南解释着，耳后渐渐红了起来。

“哦。”乔茴踮着脚，此刻是极罕见的小女生模样儿，她一点也不恼自己自作多情，反而说，“原来你这么贴心啊？”

有吗？靳南目光变得游离飘忽。

三辆车陆续驶上高速，靳南的车走在最前面，他们出发时是早上九点，S市晴空万里，暖烘烘的秋阳高挂，半降的车窗灌进凉爽的风，惬意舒适，不过不一会儿乔茴就嫌靳南开车像蜗牛！

“时速100到C市都十二点了，还拍什么啊？直接吃午饭得了。你干脆让我来开，十点半肯定到达C市收费站。”

靳南做事追求稳妥，不放心乔茴：“两天都等了，不急在这一时半刻吧。”

“你懂什么？”乔茴口头禅又冒出来，皱着眉嚷嚷，“雨天能拍摄的时间短，万一等不到好的天光，还要在C市住一夜。”

“那就住一夜，又不用你自费。”

“不要，我没带衣服和化妆品。”

“我买。”靳南挑眉问，“还有问题吗？”

乔茵摇摇头，闭嘴。

与预期不同，靳南一路控制着没超速，到了C市也不足十二点。车子一路开到当地最负盛名的4A级园林，下车后乔茵把事先准备好的面包塞给摄影师与靳西。

“我们赶时间，午饭先将就点，等工作完成后，想吃什么找靳总，他都可以满足。”

“你这么会慷他人之慨，谁教的？”

乔茵笑嘻嘻道：“你是靳大方嘛！”

虽说给每个人都发了牛奶面包，但靳西的那份，乔茵送出去又没收了。

可怜靳西早晨起得早没胃口，车上睡一觉精神恢复了，饥饿感也跟着来了，愁眉苦脸地哀求：“就吃一口好不好？”

“好啊，不过我准备的衣服都是小号，万一你小肚子凸出来……你要是不怕丢脸，我无所谓的。”

靳西怎么会不怕丢脸，她就算人送外号土味小公主，那也是个小公主，立刻噤了声。

因为不是周末，天空又飘着细雨，所以园子里行人并不多，难得的是光线也不错，这倒方便了他们。

“西西跟我去房车里换衣服，可以准备开始了。”

C市位于江南，但也入了秋，又是阴雨缠绵的天气。靳西到了车上一看是裙装就笑不出来了，哆哆嗦嗦地说：“有暖宝宝吗？给我贴两片。”

“衣服修身，贴暖宝宝痕迹太明显不好看，而不好看的人活着也如同死去。”

乔茵祭出她对美丽的终极定义。

靳西听着头脑发热，跺跺脚：“拍！我要脱胎换骨！”

“嗯，还算有点骨气。”

“不过还没化妆呢，我不能先化妆吗？”

刚夸了她一句的乔茵淡淡地说：“会蹭到衣服。”

“哦。”靳西又变成了鹌鹑。

给靳西换上带着暗纹的白色长裙，把长发绑成低马尾，乔茴开始对靳西脸部改造——野生眉修成了弧度自然的古典细弯眉，柔和的咖啡色眼影层层叠加，层层晕染，少量多次，过渡自然。

靳西化妆期间一直紧闭双眼，期待乔茴能带给她惊喜。

也的确是惊喜，不止是靳西的，更是大家的。

两人一起下车，走在前面的西西公主这次轻易赢得了大家的注意。

是因为化妆的技巧，还是因为这小雨淅淅沥沥下个不停的天气？她的脸看起来雾蒙蒙的，眼角眉梢的风情婉约含蓄，穿着一身白裙站在细雨中随风摇曳，透出一股独特的韵味与灵气。

摄影师在掌握技术之余，也需要拍摄灵感，靳西今天的惊艳出场令他灵感迸发。

“有了有了，我们开工！”

靳南立即拿出首饰匣，乔茴取出为靳西戴上。

靳西不知是不是紧张，在这时开起玩笑：“乔姐姐你看，这像不像电影里妹妹出嫁，兄嫂送行的画面？”

小姑娘又胡言乱语，难得的是靳南与乔茴都默契地没说她什么，反倒乔茴还安慰地说：“别担心，你看你多美呀。”

靳南也摸她的头，说：“紧张什么，今天的风格是你熟悉的，一定没问题。”

靳西照过镜子，知道自己有多好看，她还想说很多话，可来不及了，摄影师已经调好角度，乔茴推她入镜。

靳西不是专业模特，没受过训练，从前穿着长礼服在棚内拍摄时，举手投足极不协调，一个短片要磨大半天，能用的海报照片往往要从几百张中选出来，整场下来摄影师满头大汗，她也累得不轻。

今天，在自然环境下，不要求她来来回回换姿势，只需仰头，闭眼，望着镜头随意走上几步就好。她放松很多，片子出得异常快，简直顺利得意外。

园林拍好了换场，他们到了悠长雨巷。靳西换了一身碧色旗袍，手里撑着油纸伞，脚下踩过斑驳石桥，背靠着城墙看云影浮动，惊艳得摄影师连呼：“这才是烟雨江南，丁香姑娘！”

靳西接收到大家的赞美，信步间越发自然自信。

等全部拍完竟还不到下午四点，不过天色暗了很多，路面湿滑，实在不方便返回 S 市，更何况靳西还淋了雨，靳南做主就近住下。

一行人走进酒店时，靳西还依依不舍，倒不是不舍园林中诗意秀丽的风景，她惋惜的是脸上好看的妆，一再问道：“我待会儿洗澡注意不弄湿，先不卸掉好不好？”

乔茴说：“好啊。”转头又恐吓她，“你想毁容烂脸，我拦你干吗？”

“有这么严重？”靳西惊恐，捏着房卡小碎步跑得可快了。

晚上大家到餐厅用餐，饿了一整天的靳西恨不得每样菜式都来一份，不停地加菜。

乔茴懒洋洋地吃着布丁，用手肘碰了碰靳南：“这可不是我慷他人之慨哦。”

都是女生，都得宠着，靳南温和的目光锁定乔茴：“你尽量点，没关系。”

“我不加入了。”说着话，乔茴又去阻止靳西，“那么贪心，吃不完我让你兜着走。”

“行！那就这些吧。”听女神话的西西公主将菜单一合，要多乖巧有多乖巧。

一起用餐的摄影师们很久没拍过这么满意的片子了，美食在前也顾不上，抱着笔记本给大家看：“这张很好，角度光线都很到位。”

靳西的关注点与众不同：“我都看见我手臂上的鸡皮疙瘩了，太冷了。”

靳南也觉得好，小轩窗，篱笆前，配上天青色的光线，每一张照片都透着幽幽古意。

“辛苦你们了。”他向摄影团队致谢。

乔茴闻声看他一眼，靳南没接收到信号，她哪里肯死心，觉得饭菜都不香了，时不时递给他一个眼神，而靳南没有半点回应。

散场后各回各的房间。

走廊尽头，他们俩面对面住着，眼看着靳南道了声“晚安”就要回房，乔茴伸手拽了他一下，冷若冰霜地提醒："你忘记了一件事。"

"什么事？"早发现她有话说的靳南故作不解，还不许他捉弄一下她了？

这种事，说出来显得她小心眼，不说的话，闷头做事不求回报又不是她的风格。

"摄影师的辛苦你是看到了，怎么没看到我的呀？"乔茴低头盯着脚尖，低声抱怨，"难道我是陪跑的啊？"

靳南勾唇，他就知道……

"你说这个？我以为我们都那么熟了，不用客气。"

怎么办，没有台阶下，乔茴想找个地缝让靳南钻进去。

"我走了。"乔茴连晚安都懒得说，只想快点回房，再也不看这个狗男人一眼！

"你等等。"

"干吗？"她被拦住，低着头没好气地问。

靳南没说话，风衣下摆轻轻一闪，人就回了房。

啥意思？乔茴一头雾水，他在逗她？

他一定是在逗她！乔茴想不出还有第二种可能，她不知道靳南比她以为的要细心得多。

折回来的靳南手上多了只黑色纸袋，他走上前递给乔茴，眼神带着玩味在她小脸上打转，像在取笑一个要糖吃的孩子。

乔茴猜出了几分，轰然觉得脸热，还故作傲娇："神神秘秘的，什么呀？"

靳南的语气倒一直很柔和："你打开看看。"

乔茴嘴上别扭地说不想拆不稀罕，手已经掏出来，硬硬的蓝色外盒，上面压着暗纹，她以为是个精美的笔记本，顿觉没意思，不过将盒子打开后，她眼睛亮了。

是一面团扇。扇面是光泽极好的月白色，摸上去的触感……丝绸？是丝绸！上面的玉兰刺绣，竟然比开在树上的花还要传神。

"哇……"乔茴小心地抚摸着，发出惊叹，"你什么时候买的？"

"你不知道的时候。"见她的反应跟他预期一致，靳南轻笑，"喜欢吗？”

乔茴脸疼，不说话。

靳南终于不再吊她胃口了，将她等了一整晚的话说给她听：“最近你也很辛苦，没有你不可能有今天的成功，谢谢你。另外，礼物我只买了你的，不要告诉靳西。”

乔茴甜蜜得冒泡，声音都嗲了，回道：“好的呀！”

收了礼物又得到肯定的乔茴快乐得睡不着，靳南这么用心，她是不是也该回份礼？或者约个地方一起走走？旅行能使两颗心靠得更近。

但是他会喜欢什么，喜欢哪里，乔茴一无所知，所以大半夜的，她敲开了靳西的门。

“你哥喜欢什么？”她问夜猫子靳西。

靳西正咔嚓咔嚓吃薯片，想也不想就说：“世界史。”

这是啥？乔茴莫名其妙：“有小范围一点的答案吗？”

“有。”靳西掰着手指头数，“古埃及、古希腊、波斯帝国什么的，他都感兴趣。古代史也是他的心头好，近代史他说太沉重，但是也爱读，你说他花不花心哦？”

这些研究全不在乔茴的认知范畴内，她痛苦得揉了揉额角，又问：“那他平时喜欢去什么地方？他出过远门吗？旅行之类的。”

“有。”西西公主继续数，“秘鲁，他去了马丘比丘古城和纳斯卡线遗址，还有智利、埃及、墨西哥，这些算远门吗？”

这都是什么鬼地方？乔茴只知道墨西哥鸡肉卷！

“有没有近一点，接地气一点的地方？”

这个男人凭什么敢嫌她不接地气？

“有了！他去过敦煌！”靳西说着打了个响指。

“去……去那里干吗？环境那么恶劣，他该不会还吟了首‘大漠孤烟直，长河落日圆’吧？”

“考察。”

“那你知道他喜欢什么样的女孩子吗？”

靳西怎么会知道，她自己的感情还一塌糊涂呢，才不会去留心靳南的，便说道：“我哥可能注定孤独一生吧。他佛系，事实上，他们整个院系都佛系，本来学校里还会组织一些联谊活动，可他们历史文化院的呢，不争不抢，重在参与，所以就都落单了呀！”

靳西说的话，并不是一点信息含量都没有，靳南佛系没问题，乔茴主动啊！

靳西的这番话打消了乔茴想跟靳南一起旅行的念头。开玩笑，要她去那种没有商场没有餐厅又荒无人烟的地方，还不如让她在家待着。既然他以前每天都是看看看写写写，那不如就送本书吧！

靳西刚刚说的都是什么史来着？说起朝代只知道唐宋元明清的乔茴脑袋打结了。她知道送书危险系数高，或许他已经读过了，又或许他会直言不讳地嫌弃她选的书不够专业。

一定不能被他看不起！乔茴睁着眼百度了大半夜，终于找到了目标——绝版书。

绝版书可遇不可求，她乐滋滋地打开旧书交易网站，然后，她死心了……

一本破书卖那么贵，上面的字是烫金了吗？

就这样，被绝版书的定价劝退，乔茴又打消了回礼的念头，但回程路上，她给了靳南另外一个惊喜。

手机连上车内的蓝牙，乔茴将阿离的几句清唱放出来。

“指尖祥云，耳畔云扇，腕间绕着一抹黄，梦回三百年。”

靳南从不混圈子，在认识乔茴之前，他连“饭圈”一词都没听说过，更别提什么古风歌手，可当媚而不俗的绝妙细嗓静静流淌，他才发现自己又一次低估了乔茴。

“阿离的唱腔悠长婉转，堪称完美，后期还会配上琵琶和古琴的伴奏。”

靳南按了循环播放，肯定道：“这果然是个惊喜。”

收了靳南的礼物，又被另眼相看，乔茴飘飘然，一路上都对靳南和颜悦色的，连他过于稳重的车速也没再引起她的不满。

沿途风景那么好，走慢一点也好。

Part.07
再靠近一点点

当然，享受美好是短暂的。

回到S市，靳南忙着产品布局，乔茴也没日没夜地忙着，直到某天醒来，她看到专柜服务员的微信，这才惊觉圣诞节到了眼前。

柜姐问道："乔小姐，要看看我们新到的 mini box 吗？"

乔茴最近花钱花得很有负担，大约是没能及时买到那本绝版书，她拒绝："不了吧。"

"这个新款是一包难求哦。我们店里就到了一只，您不要的话就留给其他客人了哦。"

"包起来。"

"好的。那今天给您同城邮寄过去，预祝乔小姐圣诞愉快。"

圣诞？圣诞要到了？乔茴转账的手指一顿，突然想起一件要紧事。

按照计划，"梦回"系列也该进入尾声了，现在生产线一切顺利吗？海报有没有精修好？会不会出现什么不可控的意外？

乔茴打电话给靳南，才知道计划提前了，"梦回"的首次亮相就是今天，不过……

"你不要告诉我你不清楚广告投放是什么模式。都21世纪了，谁不是线上线下全方位覆盖的？线上网站流量入口，线下商场楼宇的Led显示屏，这些你们银楼不配吗？"

靳南像是刚醒，嗓音哑哑的，撩人心弦：“不是不配，是没钱。”

乔茴愣了愣。

“而且我说过，希望用作品说话，广告只能带来短暂的热度，这种昙花一现的风光不是银楼需要的。”

乔茴恨自己一再被他说服，鼓着腮道：“你又有道理！”

靳南轻笑，顿了两秒后问道：“几天不见，你真的要和我在电话里吵起来吗？”

乔茴才不想跟他吵架，事实上她很意外他会这么说，他期待着能像之前一样频繁联系和见面，是这个意思吗？

“在忙什么？”靳南追问。

“之前接下的一些工作，已经赶完了。”

“想不到乔设计师的行情这么好。”

乔茴黯然：哪里是行情好，分明是她求来的。

乔茴不怪靳南，知道他只是找话聊，他却并不知道这是她心底深埋的一根刺。

冗长的静默里，靳南毫无察觉地一直等着她出声，直到靳西敲门。

“哥，你今天有事吗？”

“要去工厂看看，怎么了？”

“我想去找乔姐姐。”

电话还没挂断，乔茴屏息凝神，好像过了很久才听到他说：“我送你。”

他要来了。

乔茴这些天过着宅女的生活，目光所及的一亩三分地真是不能看，所以在靳南送靳西来之前，她一直卖力体验保洁人员的辛苦。

“乔姐姐怎么自己收拾，没有约阿姨吗？”撞见乔茴手上拎着的最后一包垃圾，靳西发问。

乔茴心里说着还不是来不及，嘴上却答：“闲着没事，随便收拾一下。”

靳南站在靳西身后，脸上有稍纵即逝的浅浅笑意，恰巧被乔茴捕捉。

乔茴问他："你不是要去工厂？"

靳南意会，回道："口渴了，上来讨杯水喝。"

靳西才不会留意他们之间的眉来眼去，她现在满脑子都在想自己能否咸鱼翻身，便咋咋呼呼地拉着乔茴倒计时："还有一分钟。"

十点整，刷新官博，百芙合"梦回"系列如约而至。乔茴与靳西第一时间转发点赞，靳南没有微博没有参与。

她们转发后接着重新计时，可三分钟后……

靳西不解地问："怎么没动静？是不是我的脱胎换骨太震撼了？"

乔茴镇定地说："再等等，网友还没看完微博呢。"

靳西起初觉得有道理，可五分钟后……

靳西有些情绪低落："薛助说，如果不是置顶的微博浏览人数在增加，他会怀疑这是意外设置了仅自己可见，网友都懒得吐槽了吗？"

乔茴回道："不可能，我和靳南都相信你，也相信我们的心血。"

也正是乔茴说话的这个时间，微博下出现第一条评论。

"这个仿真号没有仿到百芙合的精髓，哈哈哈，不过怪好看的。"

评论已经出现，第二条还会远吗？

"这不是仿真号，这是真的百芙合！"

"这是土、土味小公举？！"

"化妆师是谁？我打算寄头过去！"

……

21 世纪的今天，网络的速度是最快的，在没有水军没有控评的前提下，# 百芙合 绝美"梦回"# 仅仅一个小时就喜提了热搜。

靳西欢喜得快疯了，一直说自己要红了。

"啊啊啊！夸我了，夸我了！看到没，看到没？"她拉着乔茴旋转跳跃。

乔茴被她晃得头晕，没睡好的脑袋嗡嗡地响："两只眼都看到了，你圆梦了没？"

"何止是圆梦，简直是做梦！"靳西抖着肩笑，笑完又非常多虑地问，"不过有评论说我这妆容特别适合在古装剧里演个大小姐，可是我爸一直不喜欢娱乐圈的快餐文化，你说万一真有剧本找我，我去还是不去？”

乔茴没回答，扶着额去看靳南：“你们兄妹俩是不是两极分化太严重？之前我还觉得你老气横秋的不好，现在看着西西，我又觉得她能有你的一分稳重也好。”

靳南从头至尾淡定得不行，已经坐着喝完两杯水了。他点点头表示同意：“你说得对，我要去工厂了，晚点来接她。”

他明明是在说靳西的事，口吻却像在与乔茴做短暂的告别。

对上他因专注而变得幽深的眼睛，乔茴轻轻“嗯”了一声。

靳西沉浸在一大波彩虹屁中，才不管靳南是走是留，眼睛一刻也不愿离开手机屏幕。

乔茴送人回来见她这副样子，笑道：“你是多久没被夸过了，评论刷不够了。”

“不是因为这个！”靳西辩驳，“我是在暗中观察，看有没有熟人趁机酸我。”

乔茴睨她一眼：“熟人指谁，钟媛媛？”

“以她为首的好多人！”

乔茴不屑一顾地冷哼一声。

靳西：“她自诩是圈子里引领风潮的时尚名媛，也就是没碰到像乔姐姐你这样的对手。”

乔茴心说：我们八百年前就碰到过了。

“你不用跟钟媛媛计较，珠灵发展再好，不过是这数十年间才风靡起来的新兴品牌，百芙合再被人诟病，那也是民族品牌，两家公司的文化底蕴都不一样。”换言之就是珠灵不配。

靳西没想过这些，谁欺负她谁就是她的仇人，跺着脚，小脸气鼓鼓地嘟囔：“不跟她计较任由她打压我吗？你知道百芙合出事后，珠灵居然还想收购银楼吗？这当然不可以！这事要成了真，我还不被她彻底踩在脚下啊？”

珠灵一向贪心，乔茴比谁都清楚。她托着腮，眉眼有一闪即逝的厌恶，嗓音凉凉地问靳西：“就算没收购，你就不被她踩着了吗？”

“踩了……”靳西垂头丧气，“她就是嫉妒我根正苗红还不肯承认，收买拉拢了一个小圈子，一有机会就挤对我。”

“你反击了吗？”

“反击了……”靳西仰脸，模样可怜兮兮的，“不过好像成效不大，我一直都在努力，但难听的声音越来越多，我在行头上也赢不了她。她的铂金包有喜马拉雅鳄鱼皮，我只有Togo皮和Epson皮。所以乔姐姐，你是我的救世主。”

“我可当不了你的救世主。”乔茴撑着头安慰靳西，“你不要自卑，更不要把这些事放在心上。你们靳家属于世家中朴实低调的那一类，你待的环境和受的教育都不主张你过度奢靡。可钟媛媛不同，她是用钱堆起来的钻石人，又有明星造型团队，你单枪匹马的怎么比？”

靳西以前是没得比，可现在不一样了，她认为乔茴能以一敌百！

“乔姐姐，我忽然想起一件事。”

见小丫头有所求的目光太明显，乔茴强撑着被取暖器烘烤得昏昏欲睡的眼皮，声音懒洋洋的：“直觉告诉我不会是什么好事。”

“怎么会？”靳西扑过去，兴致勃勃，“这周四下午芳疗品牌在半岛酒店有沙龙活动，我被邀请了。”

“嗯，所以呢？”

“我们一起去啊！你说过的，反击！钟媛媛也会去的。”

乔茴没什么精神地斜眼看靳西，不置可否。

要见钟家的人，乔茴并不期待。如果可以，这一生她都不愿意再和她们有什么牵连，但手机上时不时收到的匿名短信又在提醒她，只要还在设计界混饭吃，她们就不会忘记她。

“好，那就去吧。”乔茴从摇椅上站起来，踱步到穿衣镜前打量自己。身材高挑，气色红润，眼底也不像从前如一片死海，而是燃着勃勃生机，怎么看她都过得还不错，也是时候打照面了。

“那周五就是圣诞节了，我们一起过吧。”

乔茴这个孤家寡人有什么拒绝的理由，点点头答应下来。

“周四是平安夜，我们参加完活动跟我哥一起吃饭？”靳西趁机得寸进尺。

说到靳南，乔茴心头一动，脱口而出一句："好呀。"

周四转眼就到了，靳西想着要在大家面前扬眉吐气，激动得一宿没睡好，清早就吵着靳南把她连人带衣服地送到乔茴那里去。

可怜靳南，之前作息多规律啊，最近为了百芙合全乱了不说，早上也起不来了。就像现在，如果不是靳西提到了乔茴，他会蒙着被子告诉她想去哪里自己打车。

"你要跟乔茴一起出去旅行？"靳南看着靳西手边立着的行李箱，问道。

"这么冷的天去哪里旅行啊？我下午要跟乔姐姐参加一场品牌沙龙，这里面全是我精挑细选的战袍。"

靳南不懂这种场合有什么好玩的，一群人在那边装腔作势、争奇斗艳。

"你所说的战袍，乔茴她……"靳南本来想问乔茴她看不看得上，话到了嘴边又觉得应该肯定妹妹，便立刻换了口风，"下午的事那么着急干吗，你中午过去都不晚。"

"当然会晚！化妆、弄头发、配衣服、配首饰，哪一个不需要时间？"

靳南无言以对。

靳西生怕耽误了她出风头的大事，早餐都来不及吃就催着靳南出门。

两人空着肚子在路边小店打包了三碗馄饨，算着时间开到玉兰公寓，馄饨刚好是不烫口的程度。

乔茴也是刚睡醒，裹着毛茸茸的睡袍，眯眼问靳南："你怎么也来了？"

靳南觉得她迷迷糊糊的小模样有几分可爱，忍不住多看了两眼："过来当司机。"

乔茴以为他说的是下午送她们去半岛酒店的事，连连点头："嗯，百芙合的大公子亲自接送，有排面。"

早晨一向不太吃东西的乔茴只喝了几口热汤就丢下了碗。她打开靳西拉来的行李箱，试图从里面翻出能备战的单品，哪怕一件。

“为什么都是长裙，你箱子里这些衣服有什么不同之处吗？”乔茴拎着一条蕾丝裙，头疼地感觉到这阵子白教了。

靳西正在用塑料汤匙费力地打捞乔茴碗里的小馄饨吃，她闻言噎了噎：“长裙不是比较隆重吗？这些可都是明年的早春新款。”

“是新款没错，但你穿这些，赢面不大。”

“会撞衫？”靳西疑惑，“谁丑谁尴尬？”

乔茴摇头道：“你哥哥说，首饰要有可戴性，裙子也一样，要有可穿性。我当然欣赏知名设计师的表现力，可这些看起来很美的裙子，无论剪裁还是轮廓，都不会完美贴合你的身形，无法突出优点，反而暴露缺点。你不是骨瘦如柴的T台模特，所以不要轻易被时尚杂志煽动，买回一堆能看不能穿的垃圾。”

“垃……”败掉三个月零用钱的西西公主受伤了。

“你可以二手转出去。”因为生活窘迫而常年活跃在二手平台的乔茴诚恳地建议。

“那我整个衣柜岂不是都可以卖掉？”

“我认为可以。”

“唔……”靳西又一次受伤了。

“你总穿连衣裙，可事实上，连衣裙能发挥的空间很少，可塑性差，不能搭配出属于自己的风格。还有，每个人的上下身尺寸往往不同，除非私人订制，否则很难恰到好处。”

靳西听得一知半解，蹲下来在箱子里扒拉，最后找出一件有弹性的针织半袖，问乔茴：“这件怎么样，配小裙子，露大长腿！”

乔茴扫了一眼，喝了口水后缓缓说：“一百多年前，它只是你哥身上的紧身内裤。”

“噗——”被点名的、同样在喝水的“她哥”失态了……

“你那么激动干什么？”乔茴明知故问。

靳南避开乔茴的视线，耳朵以肉眼可见的速度红了起来。他怎么都想不到这女人会这么解释一件衣服的来历。

他不正眼看她，也不回答她的话，硬邦邦地问：“拖把在哪里？”

乔茴恶作剧成功，忍着笑意指了指浴室。

靳西看着她哥落荒而逃的身影彻底愣住，好像气氛怪怪的，自己也亮亮的，是不是应该回避一下？

“要不要去我的更衣室看看？”乔茴在这个时候问靳西。

靳西猛地回头：“我可以穿你的？”

乔茴抬腕看表，假装思考：“现在去买似乎也来得及。”

“来不及来不及！”靳西瞬间将回避的事忘到了九霄云外，现在谁也休想带她离开这个房间！休想！

乔茴的更衣室并不大，不到靳西的衣帽间一半的规模，但颜色从深到浅排列整齐，看上去十分舒适。

靳西已经算见多识广，来了这里却好像来到了什么天堂，笑容一直就没收起来过：“乔姐姐，你的客厅与卧室看上去都没什么特别，衣帽间怎么收拾得跟商场展示柜一样？”

“因为这是我幸福感最强的地方啊。”只有看着这里，乔茴才会觉得自己过得很好。

靳西若有所思地点头附和：“我也是！”

“你不一样。”乔茴垂眼说话，挑了件衣服给她，“试试这件吧。”

“好呀！”

靳南从浴室出来就见不到人了，他犹豫着要不要先行离开，但这样一走了之的话，乔茴一定又有话说。

正值天人交战，对面门锁“咔嗒”一声开了，靳南下意识地抬眼看去，随即微微一怔。

又在玩换装游戏？这是他的第一反应。

两个妆容清淡的女孩子，头发卷着微微的弧度，驼色大衣下配着衬衫与半裙，再往下是经典的方扣高跟鞋，兼顾了温度与风度，既不用力过猛，又能从一众争奇斗艳中脱颖而出，这是她聪明伶俐的小心机。

“怎么样，我们像不像从杂志里走出来的姐妹花？”乔茴抬手搭在靳西肩上，歪头撩发问现场唯一的观众。

羊绒柔软服帖，衬得人柔美恬静，解开两颗纽扣的衬衫恰好显出女孩子晶莹的锁骨，随着乔茴的动作，一丝黑发落在上面，靳南的目光也跟着沉了沉。

“咳……”靳南手掌虚握成拳，抵住唇偏头，含糊其词，“还可以。”

乔茴一步步靠近，高跟鞋踩地时发出清脆的声响，每一步都像是踩在靳南的心上。她伸出手，摊开的掌心，露出一副精细的耳坠。她弯唇，嗓音软软的：“靳先生，帮帮忙。”

靳南僵直了身体站定，眉心打结，满眼抗拒：“我没经验，你让西西……”

“啰唆。”乔茴打断他的话，转过身背对着他。

靳南叹息，这女人……

耳坠小小的，精巧纤弱，靳南几乎捏不住。他弯腰低头，拨着她垂下来的柔软发丝别在耳后，全神贯注，动作也分外小心，唯恐伤了她。

“痛吗？”他连声音都放轻了，清冽气息轻轻地洒在她耳畔。

乔茴脸颊陡然升了温，幅度很小地摇摇头。

怎么会不痛呢？靳南想不通，他反复调整角度，一而再地试探都找不到章法，短短时间里，手心都出了汗。在他的指尖之下，乔茴原本白皙的耳垂也变得通红。

这抹红悄悄蔓延，像是会传染。

离他们几步之遥的靳西似是撞见了什么少儿不宜的画面，缓缓地捂住眼。

乔茴有些后悔了。

耳垂上他慢条斯理的摩挲是致命的，她咬牙闭眼，试图硬撑，可时间太慢，她的心跳又太快，为防止心脏骤停，她打断了靳南新一轮的尝试。

“我自己来吧。”

靳南如闻仙音，甚至向造成这尴尬局面的始作俑者道歉：“不好意思。”

“没事。”“始作俑者”也很大方。

“没什么需要的话，我先回去了。”

“等等——”乔茴叫住他，“你不是过来当司机的吗？”

午后，靳南驾车驶出玉兰公寓，后座上并排坐着两位衣着精致的女孩，一个清新可爱，一个优雅婉约。

只是，有些人表面看起来光鲜，背地里却……

“乔姐姐，脚好胀哦，我能先脱了高跟鞋吗？”

乔茴闭目养神，怡然回道：“随你。”

靳南：“……”

靳西本不该质疑乔茴，但身上又是裙子又是大衣的，她总嫌自己穿多了，一路上都在担忧待会儿不能艳压群芳，所以免不了去烦乔茴。

乔茴眼睛酸胀，闭着眼安抚靳西的紧张情绪：“你大可放心，这次品牌方只邀请了二三十人参加，这种规模的沙龙活动一般以交流学习为主题，只需穿得简单大方，随性的美丽有时也是制胜的法宝。”

靳西嘴上“哦哦”地应着。

两人说话间，靳南已经把车子停到酒店门前，靳西一眼望出去，顿时乐了！

“乔姐姐，你看她们，一个个光着腿，裸着背，裹着聊胜于无的披肩在寒风中走得多快啊。”

乔茴瞥了一眼，教训她：“你有脸笑话她们？你如果穿上那些走红毯的拖地小长裙，还不是一样瑟瑟发抖。”

“所以喽，还好有你！”靳西说着去抱乔茴的胳膊。

活动下午两点钟开始，她们算是踩点到的，会场内暖气开得足，烘得花香也浓烈。靳西一进去就想打喷嚏，捂了捂鼻子。

“乔姐姐，怎么办？我快忍不住了……”

说好了来一鸣惊人、扬眉吐气的，还没开始就显露出不雅姿态可怎么好？

乔茴暗骂她不争气，说道：“转过身，用虎口与指关节捏住鼻子，这样声音会小一些。”

靳西忍太久了，听到乔茴说完也没什么感觉了，喃喃道：“我好像憋回去了。”

“那正好。”乔茴环顾四周，注意到三三两两的目光，暗暗提示靳西，“自然一点，面带微笑，有人凑上来你就打招呼。”

靳西等这一天实在等太久了，本来就是她熟悉的场合，如今在乔茴非凡功力的加持下又美得冒泡，自然不紧张。来人大多她都叫得出名字，但凡有了目光接触，她便点头示意，举手投足还真有几分大家闺秀的文静样子。

小声叠细语，有诧异靳西脱胎换骨的，自然就有打听乔茴的。

乔茴一一听着，不露声色，直到对上钟媛媛骄矜的视线。

钟媛媛是个二十岁出头的女孩子，从头到脚无一不是精品，除了打扮比以前成熟些外，变化不大，仍旧一副刁蛮小姐的模样儿。但于钟媛媛而言，乔茴的改变应该是比靳西还要天翻地覆的，可钟媛媛看在眼里却没有一丝惊讶。

她们从未忘记过世间还有钟媛媛这个威胁。

“乔姐姐，就她就她……”靳西暗暗去拽乔茴的袖子。

再次见到钟媛媛，乔茴不可能不难受，她定定地望着钟媛媛，看见钟媛媛神情倨傲地朝这边走来，跟靳西说话。

“西西，听说你跟你们百芙合一起重生了，恭喜呀，这东山再起看来也没有很难嘛。”

钟媛媛说话一向带刺，哪里是真心祝贺。

靳西最见不得钟媛媛虚伪的样子，每一次碰上了都要针锋相对，你死我活！不过“死”的那个往往是她罢了。

钟媛媛善于伪装，明明先一步挑起事端，却惯会装无辜，这样一来，靳西的直来直往只会给人留下“不识好歹”的刻薄印象。

但，这一次不会了。

靳西回忆着乔茴的教导，闭眼，深呼吸，紧紧地咬住溜到嘴边的那句“黄鼠狼给鸡拜什么年”，拿出十二分的平和情绪回道：“是的，过程真的很难，市场不景气，好多设计师都被对家挖走了，公司也险些被收购，还好都挺过来了。”

靳西的反应不在钟媛媛的预料之内，但也不是完全没有准备。靳西今天能这样风光出场，钟媛媛就已经意识到靳西不再是一个人人都能捏的软柿子。

钟媛媛嘴角勾着不屑的冷笑，微不可察地轻哼一声，方才热络的态度也陡然降了几分，傲然地说：“不过是一套文创首饰罢了，还妄想能拯救整个百芙合？”

“能有喘息之机也是好的，那就代表还有机会。媛媛你这么悲观，万一哪天珠灵也出现了危机……”靳西说着顿住，看着她，声音轻飘飘的，“你不得吓得赶紧跳楼大甩卖啊？”

靳西突然牙尖嘴利，让钟媛媛充满戾气的嘴脸险些绷不住。

钟媛媛暂时没有做出任何反应，身边跟着的几个塑料姐妹花也都面面相觑，充满敌意地盯着靳西，仿佛要将她生生灼出一个洞来。

“怎么，还真这么想？”靳西视她们的恼怒为无物，乘胜追击，学着乔茴撩了撩头发，春风得意地笑说，“媛媛，过来人的经验告诉你，凡事还是不要那么快认输，毕竟风水轮流转。”

靳西一语双关，在场的众人都听出来了，尤其是钟媛媛。钟媛媛脸色变了变，怒极反笑：“到底是百年品牌，果然厉害。”

“嗯。”靳西骄傲地点头，“谁让我们有秘密武器！”

靳西不打招呼地突然供出乔茴，这让乔茴有些不安。虽然她们早已经知道……但乔茴还是在靳西话落音的第一秒在她背后拧了拧。

“秘密武器？”钟媛媛问着，将目光移向乔茴。

也不知道这个暗示靳西能懂多少，乔茴别过头，一颗心高高挂起。

幸好，靳西并没有在关键时刻掉链子，她不仅懂了，甚至趁机踩一脚：“媛媛，你都不看新闻的吗？我哥身为银楼继承人正式接手了百芙合，一出手就能令银楼起死回生，这难道还不算秘密武器？你的消息真的好落后哦。”

钟媛媛与靳西不合多年，认识了多久就互掐了多久。这大约是钟媛媛第一次输人输阵，又不偏不倚地被模仿崇拜她的小姐妹们目睹了整个经过。

她羞愤、难堪，咬牙切齿地冷声警告靳西：“你别得意太早！”

靳西不屑一顾，狠话谁不会放啊？她得意地去挽乔茴的手。

乔茴一直很沉默，垂着精致的眉眼，看上去事不关己，心里却冲动又后怕地想着要与百芙合尽早切割。

没错，她已经放弃了她能放弃的，可保不准依然会误伤靳南，误伤百芙合。

送走了气鼓鼓的一群人，靳西在会场中间两米高的圣诞树摘下一颗糖果，笑眯眯地递给乔茴：“来呀，吃颗糖庆祝庆祝。”

乔茴没有心思，转身拿了杯酒一饮而尽。

靳西最不会看人脸色，被拒绝后一拍脑袋，恍然大悟：“对嘛，胜利了应该喝酒呀！今天高兴，我们多喝两杯，我每年过生日时都没现在这么快乐。”

说起生日，靳西又开始掰着手指头算日子，末了问乔茴：“乔姐姐，你几月的生日？什么星座？”

乔茴摇摇头：“我不过生日。”

“啊？从来不过吗？那成人礼呢？”

“没有这个传统，所以没办法跟你分享。”

靳西果然一脸失望：“早一点认识你就好了，我十八岁那年去了纽约哦。在丽思卡顿的总统套房过的，早点认识你就可以邀请你。”

乔茴羡慕着别人的十八岁，与她干杯：“不晚，你二十八岁的时候一样可以邀请我。”

靳西一听有道理，笑嘻嘻地点头：“对！”

大获全胜的靳西一喝嗨了就没完没了，跑前跑后拿了一杯又一杯。

乔茴心情沉重，来者不拒，可是果酒也醉人，乔茴不久便有些喝多了，眼前人影重重，倚靠着罗马柱硬撑。

至于靳西……

靳家的基因很特殊，靳西对靳南的过目不忘羡慕不已，但她千杯不醉，靳南这个当哥哥的也是望尘莫及。

“乔姐姐，你要再尝尝这杯吗？好像是玫瑰荔枝味的。”

乔茴在外从不让自己多喝，今天真是一时大意，又庆幸身边还有一个清醒的，她撑着昏沉沉的脑袋摇头说：“你酒量不错啊。”

“嗯。”靳西不以为意，“这种果酒我在家都当水喝的。”

说着话，靳西又往乔茴手里塞了一杯，被乔茴拒绝。乔茴用看怪物的眼神瞅着靳西，软软地嘟囔：“酒神，原是我不配……”

沙龙活动两个半小时才结束，散场时人手一只礼盒，是蒂芙尼蓝的雪花盒，很精美。靳西平时最爱晒各个品牌送的礼物，好像只有这些才能证明她挤进了时尚界的核心圈一样，但今天为了醉酒的乔茴，她顾不上拿了。

她们坐在角落里，等人都离开了才偷偷溜出来，这一切当然是乔茴要求的。

乔茴包袱那么重，怎么会容许自己行动迟钝、眼神呆滞的样子出现在大众视野里？她一直掐着手指来保持一丝清醒，叮嘱靳西不要声张，不要让大家发现。

再过几小时就是平安夜了，外面天气阴沉沉的，像是要飘雪的样子。的确也没人会去注意她们，唯一将她们视为眼中钉的钟媛媛因为嘴仗打输了，脸上挂不住，所以中场就离开了。

外面，靳南在车上都睡了一觉又醒来了，两个女生还没从酒店出来，他不断抬腕看表，担心里面会不会出事了。

打扮夸张的女人们陆续离开，却迟迟不见她们，靳南拨乔茴的手机，无人接听。

真出事了？他悬着一颗心，刚急忙下了车，一抬眼就见阶梯上的靳西与乔茴，将她们上下扫了一圈，没事。

“哥。”靳西喊道。

“嗯。”靳南微微点头，接着去看乔茴。

乔茴没说话，两人目光接触，她扬着唇朝靳南笑，自嘲又悲哀的样子，倒令他觉得不真实。

感觉不太对劲，靳南原本已经停下的脚步又往前迈去，走得越近越肯定自己的揣测，眉头也皱起来。

乔茴的目光一直没从靳南身上收回，因为身高的差异，她微微仰着头，脸颊红得像刚补了胭脂，眼眶笼着一层水汽，似冬日偶有薄雾的湖面。

靳南将乔茴仔细地一一看过，沉着脸质问靳西：“你灌她酒了？”

“冤枉！是乔姐姐先喝的。”靳西解释着，双手一起挥动。

没有她扶住乔茴，醉醺醺的乔茴踩着高跟鞋站不住，摇摇晃晃地往靳南怀里栽去。

靳南瞪一眼靳西，搂住乔茴，让她靠在胸前，问道:“感觉怎么样?觉得晕吗？”

乔茴也不是完全迷糊，还有余力翻着眼皮反问他：“你试试不就知道了？”

她能这么说看来也没多大事，靳南放了心，半搂半抱地带着她走，还不忘训斥靳西：“没几个人有陪你喝到尽兴的本事，就算是她先开始的，你就不会拦一拦吗？手长着不用可以捐出去。”

不仅没拦反而劝酒的靳西心虚，跟在靳南身旁一脸丧气。

一起到了车边时，她手脚并用地爬上去，又被靳南赶下来：“你打车回去，我先送她回家。”

“啊？不是说好了一起吃晚饭的吗？待会儿到药店给乔姐姐买点葡萄糖，她喝一喝应该没问题的。”靳家传统，不过洋节日，所以靳西一早就打算好了。

靳南知道乔茴醉得不厉害，奇怪的是她周身弥漫着低落情绪，他不知道发生什么事，唯一能确定的是她此刻与这种欢喜热闹的节日格格不入。

“改天吧，醉酒难受，你没试过不知道。”

“敷衍……”靳西不满地嘀嘀咕咕，跺着脚扭头走了。

Part.08
想对你说晚安

傍晚五点多了，又是阴沉沉的天气，天色早早暗了下来。因为是平安夜，马路上的车子比平日里更为密集，堵车时，远远望去像一条缓缓流动的灯河。

乔茴看得头晕眼花，找靳南搭话：“西西要失望了，筹划了好几天，被我们放鸽子。”

靳南因为乔茴的事心头烦闷，又面临无止境的堵车，眉宇间浮现少见的焦躁，可同她说话的语气还是轻柔的。

“干吗在意这些，平时一起吃饭不行吗？”

乔茴无声地嗤笑，撑着头满眼都是“你这个不解风情的老古董”。她教育他：“这就叫仪式感啊。吃了饭，在市中心的四十八楼上看烟花，再一起倒数迎接圣诞，怎么能说没意义呢？”

靳南开着车静静听着，偶尔点头，俨然受教了。

乔茴因为得意，连胸口的不适都轻了些许。

靳南忽然说：“其他都可以满足，但是放烟花……污染环境，现在没有了。”

乔茴：“……”

待车子驶进公寓的停车场，天色已经全黑。靳南扶着乔茴上了楼才想起没买葡萄糖，随后便开始满房间找蜂蜜。

他以为乔茴家里该是不缺蜂蜜的，毕竟它传说是美容圣品，可他仔仔细细地翻了冰箱后才发觉，她真的没有在好好生活。

真像她说的一样要将精致进行到底吗？可他环顾四周，怎么觉得她一直在将就过日子呢。

靳南站在床边审视她，觉得看不透她。

卧室没开灯，不远处的灯光从窗前映进来一些，五彩斑斓地打在墙壁上。乔茴这时幽幽醒来，一睁眼吓了一跳，靳南在昏暗的光线里看到她缩了缩。

“哗——”一声，靳南拉上窗帘，转头问她：“吓着了？”

乔茴还晕着，看着站在床前的黑影，她有一丝错乱：“靳南？”

“嗯，是我。”

楼下热热闹闹的动静传到楼上来，衬得暗夜里轻声说话的他格外温柔。

乔茴想起初见时，觉得眼前场景很不真实，醉意更深了，问道：“你怎么还没走？”

靳南不放心她一个人，但关切的话怎么也说不出口，他默默站着，在黑暗中看她。

乔茴认真地在等，他却没有半分反应。

半晌后，她不知联想到什么，猛然把自己埋进被子里，连一根发丝都不露，只有闷闷的声音传出：“你不会想乘人之危，对我做什么吧？！”

靳南无奈地在她身边蹲下，将被子掀开，看着被子里发丝凌乱得像小疯子一样的女人，说：“可真是醉得不轻。”

乔茴即使醉着也知道这不是一句好话，噘着嘴十分不满。靳南的目光被吸引，适应了黑暗的他细细打量她。

眼前的女人，妆容实在称不上精致，口红全掉了，脸上也只有残妆，一贯柔顺的长发被她攥在手心揉得像团草，却意外顺眼可爱。

乔茴一直在生闷气，后来气着气着睡着了，但又睡得不安生，翻来覆去不说，嘴里还念念有词，当然了，都是骂靳南的话。

靳南几时这么憋屈过，挨着骂还要伺候人。他不放心丢她一个人在家去买蜂蜜，只好打开手机，艰难地摸索外卖 APP，好不容易学完全新领域的课程，配送时间又弄错了，外卖送到的时候，早已经夜深人静。

他烧了水化开蜂蜜，乔茴彻底睡熟了，喊不醒她，再看看时间，还有一个小时就是凌晨了，只好作罢，白折腾一场。想起她在车上说的话，靳南的心柔软无比地想：不如就陪她过一个平安夜吧。

卧室的角落里有张单人沙发，靳南靠着休息，闭目养神时脑海中还一番盘算：等下过了十二点就马上走，这应该也算与她一起迎接圣诞了……

是他的嗅觉先醒来的，迷糊间只觉鼻端萦绕着一抹甜香，很熟悉，在哪儿闻过？他拼命回想，而后记忆中某个影子就冒了出来，他的眼睛也缓缓睁开。

室内一片刺眼的光亮，至于那个影子本尊，现在正距离他不过一指。无论是她俯身或者他仰头，两人的鼻尖都能稳稳贴在一起。

靳南一醒来就面对这样的挑战，紧张得都不大敢呼吸了。他维持着仰躺的姿势动也不动，问乔茴："现在、几点了……"

乔茴已经洗漱过了，现在，焕然一新的她一脸兴味地瞅着靳南，眼底是明晃晃的笑意，回道："不晚啊，才九点。"

"九……你是说早上？"

乔茴用"不然呢"的眼神看他，这次换她替他拉开窗帘。冬日清晨的太阳温暖明亮，一缕一缕照亮房间的角角落落，提醒着靳南面对现实。

"你、能离我远一点吗？"

也算如愿见到了她想要看到的反应，乔茴直起腰，大发慈悲地解释："昨晚照顾一个醉鬼辛苦了吧？太累了所以不自觉地在沙发上睡着了？"

"嗯。"靳南点着头，拿起大衣就要离开。

乔茴追上去，在客厅里挽留："都待一夜了，不用急着走吧？我给你做早餐啊。"

"没关系，我不饿。"靳南只觉对不起她，怕影响她的名声着急离开。

乔茴上前一步把他拦住："我很快的，洗手间里有新的牙刷，你可以先去洗漱。"

乔茴说着脸热，她并没有囤这类生活用品的习惯，新的牙刷与毛巾，都是她趁靳南没醒时偷偷下楼买的，那是她第一次素颜下楼！

拗不过她的执着，靳南妥协。为了打破这份尴尬，他伪装自然地问道："你会做早餐？你要做什么？"

乔茴把水壶接满水，拿了两个不晓得从哪里翻出来的鸡蛋，朝他微微一笑："高端的食材，往往只需采用最朴素的烹饪方式。"

靳南洗漱好，贤惠的乔茴也煮好了蛋，两人在工作台上面对面坐着。靳南刚敲开蛋壳，医院就来了电话，是老馆长打来的，他用喜极而泣的声音说起一个好消息——常冬醒了。

已经三个多月了，虽然谁也没敢说，但是大家都以为常冬不会醒了。

靳南这次是真的不尴尬了，站起来就往外走。乔茴也想跟着去，可她还没化妆呢！人到了门前又停下。靳南察觉到回头去看，见她踌躇着，一脸想跟又为难的样子。

她穿着浅咖色的高领毛衣与同色针织裙，自有一股子恬静，素面朝天的脸庞也一改妆容加持下的高冷，格外温柔，有什么不好呢？

"怎么不走，你不去？"

乔茴肯定是想去的，可一定要那么急吗？她原地跺脚："去的，但我不能就这么去啊。"

靳南明白她在顾虑什么，他就是要拆解掉她这些根本不重要的执着："为什么不能，哪里见不得人了？还是你担心大家妒忌你哪怕素颜也一样好看？"

怎么这样？乔茴内心天人交战："你不要以为吹一句彩虹屁我就听你的了。"

靳南挑眉："不中听吗？"

乔茴咬牙忍耐：中听当然是中听的，但一丝不苟的服装与完美无缺的妆容是她的底线，绝对不可以！

半小时后，靳南驱车来到医院，下车时副驾驶上没有动静，素颜出门的乔茴生闷气，恨自己为何头脑一热就任他摆布，现在清醒过来悔不当初，拿出镜子一再地照，嘴里还喃喃：“清汤挂面，索然无味！”

靳南的审美得到调整后只知道她漂亮，气质是清纯与妩媚杂糅，很与众不同，渐渐地才发现她还有稚气的一面。肤质白皙细腻，不扫腮红气色也很好，唇上是浅浅的樱色，明明很好看啊。

“你想多了。”靳南拉开车门，一边否定她的自我评价，一边逼她下车。

乔茴不肯，赖在座椅上哼哼唧唧：“没有化妆的我感觉就像在裸奔……”

靳南无语，静默了半晌开始说大实话：“那不像，你裸奔的话，回头率一定比现在高得多。”

“喂！”

靳南以笑眼看她，又一次催促：“好了，快跟我走，常爷爷说，常冬醒来后几乎与正常人无异，连主治医生都很震惊，你不想看看？”

乔茴还是迟疑，将贝雷帽压了又压。

靳南没耐心了，握住她的手腕一把将人拉下来，同时关上车门，断了她坐回去的念头。

“留在停车场吹冷风，还是跟我上楼吹暖气，你自己选。”

乔茴露着半截小腿在寒风中不说话。

靳南了然，看似强硬地推着她走，给她台阶下。

一路上，乔茴用头发遮着脸，见不得人似的生怕被人看到，但到了病房她没这份闲心了，因为杨迪迪也来了，正好被老馆长撞见杨迪迪抱着苏醒的常冬卿卿我我，所以她乱认男朋友的事，东窗事发了。

值得庆幸的是，常冬醒了，有他解释。

老馆长虽然意外，觉得乔茴乱来，但也没有说什么。毕竟比起孙子，什么都不再重要，就连对突然冒出来的准孙媳也是和颜悦色的。

“师兄！”

“茴茴！”

真是感天动地的一次相见。

靳南微微皱眉，常冬都这么称呼她的?

常冬清醒后，医生对他的身体机能做了各项检查，一切正常。他语言功能没受到影响，手脚还有一些僵硬，不过用不了多久就能下床。

他安慰女朋友，又宽慰老爷子，之后才想起靳南来，连忙问："你们合作得怎么样?"

话题切换太快，靳南怔了一下才回道："嗯，很好。"

常冬一脸"我就知道"的骄傲，略有些费力地拍着乔茴向靳南炫耀，与有荣焉的样子仿佛他们是一家人。

"我没说错吧? 茴茴很有才华的，你能跟她合作简直不要太幸运。"

靳南只点点头："多亏了你。"

常冬一直暗暗地关注靳南，他想他们需要一点独处的时间，便使劲地赶闲杂人等离开。

老馆长舍不得孙子，但今天协会实在有事，常冬这么一提，他也没多停留。杨迪迪被打发去买奶茶，常冬说了，不能喝闻闻味儿也是好的。乔茴出去接电话，于是一屋子人顷刻间散了个干净。

常冬裹着病号服懒洋洋地躺着，靳南坐在一边给他削苹果，眼皮都没抬，就问道："你有话说?"

"嗯。"常冬也不兜圈子，告诉他，"我都听到了。"

靳南的苹果皮"咔嚓"一下断了，他停下手里的动作，问道："听到什么了?"

"你的忏悔。"

靳南窒息，这是一个怎样的世界? 他长久没作声，因为无话可说。

而常冬躺得太久，眼力见全躺没了："你别削苹果了，我又吃不了，我们来聊点正经的。我跟茴茴真没关系，不过你们俩倒是挺配的，你既然喜欢她还磨蹭什么呢? 别再把我当成你们之间的绊脚石了啊，我躺着也躺枪，实在很无辜。"

靳南的自我谴责不止一次，他曾经频频向常冬说着抱歉，这些事证据确凿，他连否认的余地都没有。

"不是磨蹭，是没有等到合适的时机。"

常冬跟乔茴不愧是一个设计学院出来的师兄妹，连嫌弃的语气都一模一样："什么叫合适的时机？百芙合如日中天的时候？"

"我不是这意思，不过……"

"我知道。"常冬截断他的话，语重心长地说，"你别看乔茴好像虚荣又拜金，但其实她不是这样的，她并不怕跟人一起吃苦，只怕不能真心换真心。"

常冬的话很有深意，靳南蹙眉，感觉有些不对劲。

靳南无心窥探乔茴的秘密，只是心里不是滋味儿，他以为自己与乔茴已经是朋友了，原来还不够。

"喂，出什么神呢？"

"没有。"靳南脸色不虞地扯了扯嘴角。

常冬还不肯放弃游说，一再鼓动靳南："我说的你认真考虑一下，提早一天脱单就提早一天步入幸福生活。"

常冬当然不知道此刻的靳南正疯狂心动，可感情是那么私密的事，在他人面前展露情绪从不是靳南擅长的。

靳南撇开眼，声音轻淡："你别管了。"

"我怎么能不管？"常冬瞪眼，"我躺着都能成就一段美满姻缘，这简直是奇迹好吗？我必须要将奇迹进行到底。"

靳南头痛不已，他最了解常冬的荒唐行径，不禁担忧自己的未来，怕再没有清静日子。

走廊上，乔茴接听靳西的电话。

靳南一夜未归，靳西是来八卦的，又听说常冬醒了，她必须要赶来凑凑热闹。

"乔姐姐，那你先别走哦，等我！"话刚落音，靳西就掐断通话，乔茴耳边传来"嘟嘟"的忙音。

"谁的电话？"靳南这时找来。

乔茴扭过身子，咧着嘴笑，声情并茂地说出一个名字："嘻嘻。"

她俏皮的模样让靳南措不及防吃了一记，说话倒还一切如常："她有什么事吗？"

乔茴回忆了下，摇头道："应该没事吧，她待会儿就来了，你自己问她。”

靳西到得快，一路风风火火地跑来，径直闯入常冬的病房。

常冬记得她是靳家大小姐，笑着说：“靳小姐，我还是病号，受不了刺激，你能不能学学你大哥的稳重？”

他的话靳西恍若未闻，盯着常冬看了几秒，确认他真的清醒着才惊呼：“哇！我第一次见到植物人醒来。”

靳南从外面进来，听到了问她：“你见过几个植物人？”

靳西立马改口：“哇！我见到的第一个植物人成功地醒来了，我好幸运！”

“好了，你幸运过了，也见证了奇迹，出去吧。”靳南赶靳西走。常冬出事前正与杨迪迪闹矛盾，现在好不容易醒了，他们应该有一些私密空间。

“去哪儿？”靳西浑然不觉自己成了电灯泡。

靳南头疼她的迟钝，轻描淡写地祭出一张王牌：“你乔姐姐找你。”

“好呀！刚好我也有事找她！”

医院小花园，环境幽静，正午时分阳光充足，唯一遗憾的是有风，吹得花木沙沙作响，也险些把两个美女吹成了疯子。

“咦，乔姐姐今天素颜哦！”靳西扒拉着头发，惊讶不已。

乔茴险些忘了这件事，经她提醒马上紧张起来：小丫头不会趁机脱粉吧？

“女神不愧是女神，素颜也这么有气质，我输了……”靳西又说。

乔茴微笑，一边替靳西理了理头发，一边心想：不愧是世家教育出来的孩子，品位就是不俗。

乔茴如一只骄傲的波斯猫被捋顺了毛，心情舒畅格外温柔，问：“你不是找我有事？说吧。”

“你也有事，你先说。”

乔茴哪有什么事，都是靳南的借口罢了。靳西这么问她就沉默了两秒，随意找了个话题：“昨天还开心吗？算不算报了一箭之仇？”

“才不止一箭呢。”靳西掰着指头细数，“光算半年的我手指头都不够用了。”

“你们怎么总能碰上？”

靳西耸肩：“冤家路窄呗。”

“格局放开一点。”乔茴突然正色，说得靳西一愣。

小姑娘不说话，等乔茴继续说下去。

乔茴不是教师，不知道怎么措辞才最合适，只能从头说起：“你很好，你温暖、热情、善良，跟钟媛媛那种金玉其外的人是不一样的，所以不要把她当成你竞争的对象，她不配。”

乔茴踩一捧一，靳西眼神热切了几分，依旧不说话，静静聆听，仿佛这是多么难能可贵的教诲。

“你除了给百芙合当代言人，毕业之后工作过吗？”

“没有……”

“你看，你辛辛苦苦念了那么多年书，连对自家品牌的奉献都不多，更不要说在这个社会上找到自己的定位。你哥哥就不一样，虽然他此前对银楼也没有什么付出，可他有自己热爱的工作，教书育人，培育祖国花朵，是不是既实现了自我价值，同时也很伟大？”

“嗯。”靳西乖乖地点头。

“钟媛媛是独生女，要风得风要雨得雨，所以她成了自家品牌的设计总监。其实她哪里懂什么设计，闹着玩而已。可哪怕这样，她都瞧不上你了，还不是觉得自己的社会地位高于你。但这种草包你也不必学她，我并不希望你成为这样的人。”

“乔姐姐，你是不想我继续当一个米虫……”靳西小心翼翼地说。

怕话说重了刺激她，乔茴捏她的脸，调整了一下语气：“也没有米虫那么夸张，不过你难道不想更成功一点吗？你自己也会更有成就感。”

靳西点头，眼睫扇动，似乎陷入了某种回忆，然后慢慢地说道：“我哥跟我讲过，他说我做什么都好，有没有成就都没关系，只要踏实去做，他都支持，公司没人继承也没事。但我一个学渣什么都不会，也不知道自己对什么有兴趣，这辈子最成功的一件事就是投了个好胎。”

“不要妄自菲薄。”安慰着靳西，乔茴有些黯然。

同是学渣，靳西还有本事投个好胎，她却什么都没有。

不对，曾经也是有的，也像她今天对靳西说的那样，实现自我价值，可惜老天不开眼……

悲怜完，乔茴平复了一下摇摇欲坠的心神，努力挤出一抹笑容，明媚地面对靳西。

“不要想太多，更不要低估自己，做事情还是选择你熟悉的、喜欢的，这样才不容易厌倦，像上次你对花丝工艺那么感兴趣就很好啊，好好去做，你肯定能找到更好的自己。”

真的吗？靳西陷入沉思。

本来无事，一聊却聊了那么多，乔茴话说完了，人也累了。

靳西抿着唇垂头，像是也有一丝羞愧，原本准备拷问乔茴的事都忘了。

“乔姐姐，我明白了，我会好好想想的！”靳西保证。

靳西能听进去，就算她的话没白说，乔茴感到欣慰，轻轻“嗯”了一声。

“那我先走了。”

“好。”

目送靳西离开，乔茴还不打算走。此时风停了，她撑着头在木椅上晒太阳，脑海中不合时宜地想，“裸奔”的感觉还不错。

靳南不知是什么时候过来的，更不知他听了多久，听见了多少，温柔的眼中是对她的刮目相看。

“想不到你劝起人来，比我这个老师还奏效。”

“过奖，过奖。”乔茴嘴上谦虚，可得意的小表情藏都藏不住。

靳南也坐下来，冬日暖阳将他们笼着。因为离得近，靳南能闻到乔茴身上清浅的香味。与她素日的香氛味不同，今天的香味极清淡，却更蛊惑人心。

靳南揉着眉心防止自己再次沉醉，又想起常冬的话来。

其实，也差不多了吧……

最初是他误会乔茴跟常冬的关系，误会解除后又一时看不清自己的心，更何况营救百芙合迫在眉睫他也没有心力，再加上合作期间生出恋情对她的影响实在不好，才会一再地望而却步，那么现在总没有什么牵绊了。

“你……”话到嘴边，靳南突然不知道该怎么说。

“嗯？”不懂他的欲言又止，饥肠辘辘的乔茴暗示他，“中午了，常冬醒来这么高兴的事，我们是不是应该代替他去庆祝庆祝，吃点好的？”

靳南口袋里还装着一个早晨的水煮蛋，听了她的话掏出来递给她：“先垫垫。”

乔茴扭头：“我不要！”

医院附近好吃的馆子寥寥无几，乔茴费劲地从中选了一家格调最高的中餐厅。带着财神爷就是倍儿有底气，她点了一桌子的浓油赤酱，都是她爱吃的，但都吃得不多。

“你每盘尝一口就饱了？”

乔茴本来已经停下了筷子，听了靳南的话又多夹了一块鳗鱼：“看过即吃过，保持身材是女人终身的事业，你不懂。”

“‘你不懂’几乎可以变成你的口头禅了。”靳南瞥她一眼。

“事实嘛，而且我的口头禅丰富着呢，才不止这一句。例如，不漂亮的人生就算活着也如同死去。”

“都是歪理。”

“都说了你不懂，不过还是谢谢你的大餐。”

“是我应该谢你，开导靳西。”

靳南是认真的，可听他这么说乔茴就觉得自己亏了，咬着筷子讨价还价：“这样啊，那这顿先不算吧，谢我的事咱们晚餐再说。”

靳南颔首应下，点了头才发现自己如今对她很有耐心。

午饭后，回医院的路上，靳南想起要给常冬买点东西，乔茴也有这个想法，不过，两人的意见难以统一。

“选什么果篮啊，他现在又不能吃。”

靳南回忆起削苹果的事，沉默了两秒：“打成果汁也一样的，比花好，至少实用。”

乔茴腹诽他送个东西也这么无趣，打算立刻跟他划清界限：“等下你挑你的，我买我的，咱们谁也不用迁就谁。”

靳南说不行，乔茴扭头瞪他，脸上写满了“你多管闲事”！

靳南真不想多管闲事，他叹了口气，提醒道：“你出门没带钱包，手机也没电了，不能微信支付。”

这……乔茴一下子偃旗息鼓了。她撩了下刘海，恍若无事地将视线投向窗外，心累，人活在世间，尴尬真是无处不在。

付钱的才是老大，所以这一次由靳南做主?

呵……不存在的。

水果店旁就开着一间花舍，乔茴下了车站得远远的，一副靳南此行目的与她无关的模样，可见靳南真买了水果礼盒更生气了。

靳南当然感觉到了乔茴身上散发出的“靳南勿近”的冷漠气息，他暗暗地笑，最终在乔茴的注视下拐进了花店。

马路旁停着一辆豪车，豪车上又走下一对俊男美女，花店小姐姐隔着玻璃窗一眼就看到了。她盼星星盼月亮地盼到靳南进来，红着脸问他：“先生，请问需要什么？”

“嗯……”靳南不太精通，送病人一般都送百合吧?

他的迟疑那么明显，花店小姐姐便有了自己的理解，微笑着说：“我大概明白先生买花的用意了，如果相信我的话，我帮你搭配一束？”

这里离医院很近，靳南手上又提着探病必备的水果篮，所以他下意识以为她真明白了，被解救的他赞道：“好，谢谢，你很专业。”

小姐姐说着“不客气”，话罢眼睛往外瞟了瞟，然后暧昧一笑。

男朋友惹小女友不开心，买花赔罪，她懂。

五十二支娇滴滴的粉玫瑰配了尤加利叶，裹上雪梨纸后有很大一束。靳南再不济也认出了这是玫瑰，原来玫瑰也适合送病人?

新学到一课的靳南满意地付款，店里的小姐姐也很开心，好久没卖出大单了呢！晚上必须给机智的自己加个鸡腿。

靳南一手提果篮，一手抱着花，由于花束太大，有点影响视线。

而一直等在外面的乔茴看他搂着束玫瑰出来，一副见鬼的表情：“你买给谁的？”

“买给你啊。”靳南自然地回答。

乔茴：“……”

见她的神色着实古怪，靳南以为她短时间里又变卦了，问道：“你不是要送花？”

乔茴不太情愿地接过来，不晓得该不该一笑泯恩仇，心想：他会不会选啊？

到了医院，杨迪迪正在喂常冬喝米粥，见两人去而复返还带着东西，一个劲儿地说靳南太客气。

乔茴把手上的花往前一递，杨迪迪不由得一愣：“这……”

乔茴一本正经地说：“探病嘛，聊表心意。”

杨迪迪心想哪有探病送玫瑰的，但还是伸手接了，笑说：“还挺重，我还以为是谁的大手笔拿来送你的。”

曾也这么想过的乔美人此刻不屑一顾，冷哼着强调：“这么嗲的颜色，才不符合我的审美。”

常冬行动不便，一直坐在床上看热闹，最后也忍不住出声，说话流利得一点都不像沉睡了三个多月的病人。

“我看是茴茴你弄错了，这分明就是靳南送你的玫瑰嘛。”

靳南早上才想过将来的自己或许不得清静，却不想来得这么快！他倏地连耳根都红了，心虚地从乔茴身上挪开视线。

见常冬说得煞有其事，乔茴也生出几分怀疑，这五十二支玫瑰花，怎么瞧都是情人节爆款，常冬是不是真的在隐晦地暗示什么？

抱着宁可错杀不可放过的谨慎心态，乔茴移步到靳南眼皮底下，忍着被围观的羞赧，问道：“他说真的？”

其实真不真的常冬怎么知道呢？胡诌罢了，可乔茴如明镜般的眸子照着他，靳南避无可避。

靳南喜欢乔茴，这毋庸置疑，可是……

“你跟我来。”靳南拉起乔茴的手腕，在众目睽睽下将人带走。

杨迪迪满脸遗憾：“看，你把人逼急了吧？靳南不经逗。”

同为男性，常冬这时就比较了解靳南了，十拿九稳地说：“我这叫推波助澜。”

靳南攥着乔茴的手腕，避开擦肩而过的医生护士，又把人带到了上午的小花园里。他在这里有未了的心事，如果今天非得坦白一切，他也希望是在这里。

“乔茴。”靳南松开她，声音略有一丝沙哑。

乔茴预感到了什么，莫名紧张。她小心翼翼地吞咽口水，轻轻“嗯”了一声，望着欲言又止的靳南，角色互换一样，话多起来。

“有什么话不能在病房说？

“你逛花园逛上瘾了哦！

“今天天气还挺好的……”

“乔茴。”靳南再次叫她的名字，截住她一句又一句没头没尾的话，神色也变得严肃起来，像是在做某种准备。

他目光灼灼，让之前还跟着常冬一起逼他就范的乔茴忽然不敢面对。她眸光闪烁不定，靳南急了，捧住她的脸，人也跟着凑近了几分。

他的眼神清亮真挚，这是乔茴曾接触过的任何一个男性都没有的。他们现在这样对视着，在彼此的眼睛里看到自己清晰的倒影。

乔茴摇曳不定的心神竟安宁了。

男性温热的气息轻拂，如春风和煦，他的掌心很凉，似乎也很紧张，掌心之下她的脸颊却滚烫。

担心被他取笑，乔茴抬手捂脸，刚好覆在了他的手背上。

“嗯？”他不解她的举动。

乔茴意识到这有一丝傻气，低垂着眉目放手，问道：“你要和我说什么？”

慌到极致，她意外地平静了。

这个反应是靳南没料到的，乔茴淡淡询问的样子他突然看不太懂了。

“你在生气？”

乔茴没有回复，任由长而密的睫毛轻轻扇动，扰乱了靳南呼吸的节奏。

她自问：生气吗？似乎是有的，不过却不是气他。

她更气自己啊，那么沉不住气。两情相悦虽然难得，可如果他还没有准备好，她也不想强迫他与自己在一起。

乔茴刹那间心思百转，再抬眼时做好了打算，从容地轻声说："刚才在病房里，我是逗你的。"

所以你不用觉得为难。

靳南没有为难，只是意外，捧着她脸的手都松开了，清俊面容上满是狐疑："你认真的？"

没有人知道乔茴多么用力地在克制，靳南还不顺着台阶赶紧下来，现在好了，迎面一阵冷风吹来，她自诩的严控部署随之消散，露出端倪后生气地破罐子破摔："你这人怎么回事？那么难伺候！放你一马你还磨磨蹭蹭。"

果然。

靳南莞尔一笑，牵了乔茴的手摩挲，嗓音淡淡的："谁让你放我一马了？"

"你……"乔茴想说你有病吧？话到了嘴边还是决定给他留面子，"你懂不懂感恩啊？"

"不懂。"靳南居然很理所当然。

"你误会我了。"他又说。

被他捏着手指，乔茴的整个思绪好像都被他牵扯着。她微微一怔，人也有些失神，安静地听他解释。

"我不是要再推开你。"

乔茴腹诽：都那么明显了还说不是……

靳南看穿了她的想法，忽然怜惜。

"我原本准备慢慢来的，常冬的方式我不喜欢，也不认同，我不希望我们的感情是在一群人的起哄下促成的。你那么讲究仪式感，我想你也是不喜欢的，对吗？"

年轻男人的声音低沉，但这样耐心地一一说起未来打算，又出奇地温柔，乔茴正是被这种温柔冲昏了头，乖巧地应声。

靳南在四周的风吹草动里心里一片柔和，只觉得再说什么都很多余，在花草树木无声的见证下，他执了乔茴的手，心动又克制地亲吻了她的手背。

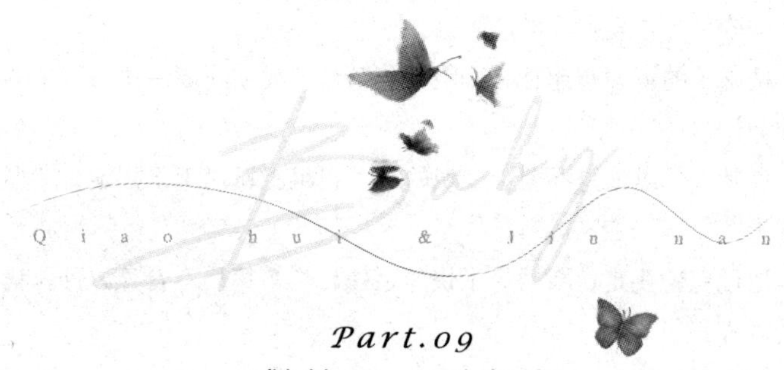

Part.09
很绅士，不淑女

靳南低调地完成表白，而爱好高调、享受掌声的乔茴好像被下了定身咒，稀里糊涂地一切随着他。

后来，靳南在狂风骤雪中送她回公寓，临下车时摸她的头，语调里有不自知的缠绵：“我就不上去了，你回去早点休息。”

乔茴尚且没从这种结局里回过味儿来，点着头，整个人柔顺得不像话。等上了楼，她放水泡澡，却误开了凉水，躺进去的瞬间冷得一个激灵，人也清醒了。

“哗”一声从水里钻出来，她一边瑟瑟发抖地裹着浴巾，一边觉得不可思议！

就这样？两人恋爱了？

靳南口中的仪式感就是说两句不咸不淡的话，然后亲一亲手背吗？

当晚，乔茴气得一夜没睡。

靳南就不同了，一朝脱单，神清气爽，驾着车回到靳家，在玄关换鞋子时居然还哼了两声曲子，被下楼找零食的靳西当场撞见。

“哥！”靳西大惊失色，望着靳南的眼光格外诡异，“你是不是被什么乱七八糟的东西附身了？”

靳南后知后觉自己的反应，黑暗中脸上一热，咳了咳赶靳西去睡觉："晚上少吃零食，早点休息。"

楼梯上的靳西想起什么，笑得狡黠："我今晚要用功，下来煮咖啡的。"

"哦。"应该是乔茴上午说的事，正事上靳南不干扰她，"那你忙去吧。"

他说完就要走，靳西见了快速拦住："等等！不着急。哥，我有事请教你。"

"你说。"

"昨晚……"靳西拖着嗓音笑着，黑暗中像个扇动翅膀的小恶魔，"你没有回来哦。"

这件事她本来打算问乔茴的，谁知被女神一番教育忘得一干二净，幸好还有一个人，这个人很不幸，靳西为亲哥叹息。

"是不是留宿了？"靳西探着头追问，激动得像是嗑到了什么真人 CP。

她一度觉得哥哥的时尚触觉不足以相配自己的女神，但除了亲哥她又不舍得把乔姐姐让给别人！

现在，她瞅着靳南，期盼他点一点高贵的头。

靳南的确是意外的，这一天发生了那么多事，他早将昨夜抛到遥远之外了，谁承想还有靳西在这儿堵着他。

不过，也不难回答。

"告诉你一件事。"

"嗯嗯。"靳西点头。

"我有女朋友了。"

"谁？"靳西眼睛一亮！

"乔姐姐吗？是乔姐姐吗？什么时候的事，你怎么现在才告诉我？"

靳南当然不会说是今天，那样的话，昨晚的事实在不妥，只好糊弄她："也没多久，你现在知道了也不迟。"

"啊——"靳西遗憾极了，满脸抱怨，"为什么不让我在场呢？我想第一时间给你们祝福啊！"

“现在也不晚。”

“不行！”受不了独自扛下这份遗憾，小姑娘咖啡也不煮了，赤脚跑上楼敲开母亲的房门，“爸妈，你们儿子在外私定终身了哦！”

时间还算早，还没睡的夫妇二人四目震惊，披着衣服出来。

靳百林还站在二楼就高声问：“是谁，是那个小乔吗？”

“哎呀，怎么不早说？这么重要的事。”靳母附和着西西公主的话，转头又同丈夫寻求意见，“明天让儿子带小乔回来吧？我们正式再见个面？”

“明天会不会太赶，见面礼来不来得及准备？”

“我们守着银楼，需要准备什么？”

“也是！”

靳南担心父母亲敢说敢做，无情地回绝：“暂时不行，‘梦回’系列的发布会没几天了，我很忙，你们暂时也见不到她，别折腾了。”

楼梯上的靳父靳母面面相觑。

靳西顾不了那么多，女神变嫂子真是天大的好事，像快乐小鸟一样飞回了房。

第二天，说很忙的靳南连早饭都没吃，一起床就发动车子扬长而去，说是找乔茴有事。

靳母托着煎饼追到院子里没追上，回到厨房还在念叨，喝着豆浆的靳百林笑她少见多怪。

“年轻人嘛，一日不见如隔三秋，你懂什么？当年我追你时，也是整宿地睡不好。”

相安无事过了大半辈子的夫妻感情尤其好，靳母难为情，将给儿子的煎饼塞进丈夫嘴里，堵住他更多的话。

而驾车赶往乔茴公寓的靳南，一路上心都是飘的，停车帮女朋友买早餐的时候，排着长龙也没有丝毫不耐烦，只感叹老板娘生意真好。

可惜，太可惜了，紧赶慢赶想要和乔茴一起吃早饭的靳南扑了空。

才九点，乔茴通常不会起那么早，靳南不死心地又按了几下门铃，终于听见门锁“咔嚓”一声，却不见动静。靳南感到奇怪，一回头，原来是惊动了对门的邻居。

见还是上次见过的那个姑娘，他有些不好意思，颔首说：“抱歉，打扰你了。”

“没关系，你来找女朋友吗？”

靳南点头。

“她出去了，我早起丢垃圾的时候看到的。”

靳南道谢，脑中不合时宜地想起乔茴上次的话，她还说没有人一早起来倒垃圾，谁说没有？

“上次的小馄饨很不错，谢谢你。”礼尚往来，靳南把特意买给乔茴的蟹粉小笼包递给她。

找不到乔茴，他一个人也不想吃了。

“啊！太客气了，那我就收下了。”

有女朋友的人不适合与异性过多交谈，靳南下楼，窝进暖气充足的车厢拨乔茴的电话，无人接听。

奇怪，去哪儿了？

开车找人，途中靳南顺道去瞧了发布会的现场，一切都按照他的预想有序地进行，没有任何不妥，只是这里没有乔茴。

下一站去医院。常冬今天下了床，坐在轮椅上待在床边看雪看太阳，见靳南这么早过来，问：“就你一个人？”

他都这么说了，靳南只好收回搜索的目光，怔怔地点头：“嗯，过来看看你，你没事我先走了。”

常冬的手还不是很灵活，僵硬地挥了挥，同杨迪迪埋怨：“瞧，看得多敷衍。”

“他在找人吗？”

“谁知道，奇奇怪怪的，跟媳妇儿跑了似的。”

门外靳南还没走远，听了常冬的话脚步一顿，嘴角牵了牵，没说话。

能说什么？说常冬真相了吗。

之后，靳南又去了乔茴爱吃的早餐店，百芙合工作室也跑了一趟，都没见到人。

这是躲起来了？嗯，这一定是躲起来了。

为什么？靳南百思不得其解。

昨天送她回去的一路也都好好的，她乖巧地坐在副驾驶，模样比他见过的任何一个时刻都要可爱。

那么是害羞了？

中午随便在外吃了碗面，午后靳南继续乔茴的躲猫猫游戏，找啊找，找到日落西沉，街边薄雪消融，他累了。

他点开乔茴的微信头像，长指飞跃，打下一行字，点击发送。

博物馆内，乔茴刚数完今天新任男友打来的未接电话，正要将手机收回口袋，它又“叮”一声推送了微信消息。

不用看也知道是谁的，乔茴一点也不意外地点开来，定睛一看后，脸色意外地变了。

对话框上，安安静静地躺着男朋友的一句话。

“你在连卡佛吗？我看到一个极像你的背影。”

瞎了你的眼！乔茴在心底破口大骂！她翻出号码就要拨回去，即将拨通时她又改了主意，立刻按掉。

怎么会不清楚靳南是什么打算，被将一军的乔茴才不会让他那么轻松得逞。

她返回微信界面，先是认输地发送了定位消息，确认靳南接收后，她又施施然出了博物馆，在路边拦了辆车就扬长而去。

博物馆也快到了闭馆时间，靳南没那么傻，车子转了方向就往小女友的公寓楼狂奔。

这是百芙合未来的大当家，昨晚临睡前还信誓旦旦大言不惭地说着“明天我好忙”，转眼，这位大忙人就光阴不要钱似的轧马路轧了一天。

两人几乎同时间到达玉兰公寓。乔茴一认出靳南的车就知道他没上当，踩着高跟鞋撒开丫子飞奔。靳南远远瞧见，她戴着红色的围巾，耀眼绚烂如冬日里的一团火，急得连引擎都没关就下了车追赶。

怕她再躲着他，更怕她在冰面上摔跤。

乔茴不承他的情，眼瞅着被追上了，竟然心急地大呼：“救命！”

得亏了靳南常来，门口保安都认识他了。

靳南追上去一把抓过乔茴揽在怀里，无奈地笑着冲保安室解释："没事，闹别扭呢。"

对方点点头表示理解，丝毫没有上前的意思了。

乔茴被控制着无法动弹，横眉竖眼地瞪靳南，靳南只当瞧不见，搂着人塞进一旁的车里。

上了车，乔茴还不安分，控诉道："你绑架！"

"谁先玩失踪的？什么时候学会恶人先告状了？"靳南教训她，捏了一下她软软凉凉的脸。

乔茴扭头挣脱："不用学，我本来就会！"

靳南笑了，手指抵着唇，神色里有几分宠溺，说："看把你骄傲的。"

乔茴闻言头偏得更厉害了，瞧不见他才好呢！

一起上楼时，乔茴的气还没消，出了电梯又偏偏遇到对门女邻居。她今天烤了蛋黄酥，一直等着要送给他们，准确来说是送给靳南，因此言语间乔茴才知道他们今天已经见过面了，靳南还买了吃的给她。

他什么时候这么热心肠了？火上浇油，乔茴更气了。

靳南也后悔了，谁能想到对方还有回礼？现在接也不是，不接更不是，他迫切地想要寻找一个理由，连说谎都不顾了，满口胡诌地告诉人家："谢谢你的好意，但是我和乔茴对蛋黄过敏，吃不了这个。"

"啊？那上次包馄饨时我也和了蛋黄进去，你们没事吧？"

"……"

别过邻居，乔茴一合上门就质疑靳南："你是不是傻？瞎说什么蛋黄过敏，翻车了吧？"

这对靳南来说不是要紧事，他抓住她的肩，强迫她的视线面向自己："躲什么？"

乔茴不作声。

"我昨天做了什么让你不开心？"

乔茴这次在心底轻轻"嗯"了一下，没敢真的出声，她怕他觉得自己麻烦。

其实她也不是那么矫情，只是不太习惯被别人掌控，尤其又是在她看来那么草率的方式。虽然靳南是无心的，是她先沉浸在他的温柔下，但这就叫迁怒啊！

“一再招惹，你以为你还走得了？”靳南屈指弹她的脑袋，怕她痛，又亡羊补牢地揉一揉。

乔茴被这些挑衅的小动作搞得烦不胜烦，拉下他的手算旧账：“你还没解释呢。”

“我以为该解释的人是你。”靳南正色道。

“我害羞了可不可以！”乔茴胡说八道，说完催促，“换你。”

靳南半信半疑，却不打算追问了。每个人都有自己的空间，他的女朋友看似简单，事实上也有很多小秘密。

“你说蛋黄酥的事？”

“嗯哼，蟹粉小笼包的事。”

无妨，都是同一件事，靳南沉吟：“我那么早过来，又带着某人爱吃的早餐，你为什么还会以为我是专程过来谢她的？”

乔茴面上还赌着气，心已经软下来了，宛如冰箱里的黄油遇了高温飞速融化，她问道：“你干吗不自己吃？”

蟹粉小笼包那么贵，贫穷又醋大的乔茴把账算得明明白白。

哄女友这种事本该是靳教授的知识盲区，可实话也能说得像情话一样令人动容：“一个人吃有什么意思，食之无味。”

乔茴再见惯了世面也顶不住，揪着他的大衣软在他怀里，浑身散发着幽怨的气息：“其实我也没吃，在博物馆熏了一天，试图沾上点你们文化人的气质。”

“不用，做你自己就好。”

“骗人。”乔茴不信。

“真的。”

“之前我也以为我会像你说的那样，喜欢上一个知性文艺的女孩子，不是没有遇到，是没有心动过。”

如果真要选一个跟自己一样的，那么也不会喜欢你了。

乔茴努力地解读靳南的话，简而言之就是她让他心动了呗！觉得这勉勉强强算是一句情话了，她打算先这样放过他。

“我饿了，你饿吗？”她忽然转了话题。

靳南勉强跟上她的思维：“那我叫外卖？我已经学会了。”

乔茴朝桌子上努努嘴：“不是有现成的蛋黄酥？”

谁知道她是不是在试探他，保险起见，靳南摇头拒绝：“我不喜欢吃蛋黄酥，太甜。”

乔茴盯着他，琉璃一样的眼睛眨啊眨，在夜色笼罩下流光溢彩，格外好看。

靳南被吸引，心神都有些恍惚。就是在这时，乔茴猛地踮起脚往他唇上一撞，即刻又分离。

“有我甜吗？”她问道。

靳南愣住，为那从未有过的柔嫩触感。

而强吻后的乔茴脸也红了，为缓解这针落有声的寂静，她出声打破沉默：“你是绅士，我可不是淑女。”

靳南想了又想才明白她在暗示什么，不自然地说道：“昨天，我以为我该尊重你，我怕太热情会吓着你。”

“谁吓谁还不一定呢。”乔茴不服气。

靳南扣住她的腰贴向自己，将下巴抵在她头顶：“不要装了，这难道不是你的初吻？”

被拆穿的乔茴觉得丢面子，不由得气恼，鼓着腮从他胸前抬头，女流氓一样邀请：“谁装了？不然今晚就一起睡觉！”

“不要胡说八道。”

“谁胡说八道了？”

她仰着脸，脸颊鼓鼓的，像可爱的小仓鼠，这可人的一面全落进靳南眼里。

靳南心思有些飘远，修长的手指在她脸颊上游移，怎么看都觉得她的样子是在索吻。

他倾身。

乔茴脸色红艳如烈日骄阳，她还是青涩，不如靳南无师自通，没多久就推开了身前长驱直入不断索取的男人，背过身气喘吁吁。

一室的朦胧暧昧，靳南盯着她曼妙的背影，眼神暗了暗，喉咙发紧，嗓音也比平时更为低沉：“再绅士的男人，动情起来都是危险的，明白吗？”

乔茴长发凌乱，咬着指甲没敢动，点头如捣蒜。

靳南调息，努力地转移话题：“你不是饿了？要吃什么？”

“乌冬面，在冰箱里。”

靳南果然找到了两包，有些意外：“难得你冰箱存放了真正的食物，可是跟香水摆在一起，不怕串味吗？”

乔茴还红着脸，接过来就要撕开包装倒进水壶里。

靳南阻止，问道：“一样是用水壶煮？”

“不然呢，我家没有其他会咕噜咕噜的容器。”

“你这样生活下去不是办法。”靳南提议，“我帮你置办一些厨房用具吧，小巧的，不会占你太多空间。”

“不用。”乔茴一口回绝，两年前高压锅的盖子飞到天花板上，那是她一生的噩梦。

“客气什么？”

“不是客气，”乔茴满脸的“你不懂”，无奈地坦白，“是我不会用。”

哦，这是一个生活不能自理的女朋友，靳南记下了。

用承受了太多的电水壶顺利煮好了乌冬面，两人头对头吃得很香。

乔茴速度快，先一步吃完，一抹嘴就把家务交给了靳南：“谁最后吃完谁来洗碗。”

靳南早知道会这样，完全没意外。

乔茴瘫在椅子上，望着靳南化身居家美男，周围又是一派柔和的宁静，她满足得冒起粉红泡泡，对他说：“下次我给你做阿萨姆奶茶，电水壶的功能早已被我充分开发，它是无敌的。”

靳南洗着碗，隔着一道房门与她喊话：“你之前一个人，一直是这样生活的吗？”

不是。某些记忆从脑海深处呼啸着闪现，乔茴陷入沉思。

如果不是经历了那漫长的圈养，她不会变得像现在这样无用。

“是。”但面对靳南，她这样回答，“我喜欢自由，成年人就想要独自生活，一个人挺好的，你看我把自己照顾得还不错吧？”

她语气轻快，靳南却意外地听出了嘲讽的意味。他擦干了手上的水珠出去，一抬头就看到她泛着雾气的眼尾。

“怎么了？”他突然难受起来。

乔茴摇头，笑着说：“被自己感动的，我太厉害了！”

靳南夸不出口，靳西这样的，衣来伸手饭来张口，都还觉得自己有百般苦恼，乔茴一个人除了出门的时候光鲜亮丽，其余时刻哪里有半分岁月静好。

乔茴情绪上来了，有些忍不住，怕露出端倪被靳南盘问，便出声赶人：“好啦，饭也一起吃过了，你是不是该回去了？我怕你劳累过度再昏睡过去，这一次我可不知道会对你做些什么。”

这是什么虎狼之词?

靳南不认同的视线定在她脸上，反复确认她真的安然无恙，这才取了大衣准备走，到了门前还不放心，他回过头，说道：“如果有什么事，你觉得方便的话，可以随时跟我说。”

乔茴心底酸楚，人却跟在他身后嬉皮笑脸：“你磨蹭什么呢，不会舍不得我吧？”

靳南克制住收拾她的荒唐念头，用刚碰了冷水的凉手去贴她的脸。

乔茴冷得一缩，尖叫着关门躲起来，隔着门大喊：“靳南！你变幼稚了！”

外面没什么动静，乔茴等了一会儿才将门拉开一条缝，小心翼翼地探头，走廊上连个鬼影都没了，再看看电梯，已经下到了一楼，他走了。

“唉……”她扶着门框叹息，安全通道里这时涌来一股风，毫无意外地将她吹了个透心凉。

靳南身份升级后很自觉，以往到家，别说电话了，微信上都没个只字片语，可现在不一样了，乔茴躺上床的时候接到了他的电话。

“我到家了。”

“嗯，那你早点睡。”

那边沉默，乔茴等了半晌见他没收线，问道：“你还有事？”

靳南没事，只是想听听她的声音，于是主动寻找话题：“明天我不过去了，发布会和工厂那边我都要去盯一盯。”

应该的，乔茴闭着眼酝酿睡意，声音低低地说：“你大概是最忙的继承人了，一场简单的发布会，你却连酒店的选择、纪念品的设计，甚至是主席台的大小都要上心，不会太辛苦吗？”

“不止，还有投影设备。”靳南补充。

他的语气倒轻松，可乔茴笑不出来：“没事，你去吧。”本来也不用天天见面的。

“后天，你来吗？”他问道。

黑暗中，乔茴睁眼，没说话。

“嗯？”靳南还在等。

毕竟有自己的一份心血，她肯定想亲眼见证的，但那隐患……她不安心。

“我不去了吧，我没有合适的衣服，反正也没什么事，我可以在家看直播啊。”

这谎言就有些不走心了，出席这种场合的战袍，她怎么可能少得了，再者，她又不需要上台，穿得大方得体就行。

靳南希望她去，这是他第一次以百芙合继承人的身份正式在大众媒体前亮相，跟在大学里开讲座不同，没有乔茴在下面坐着，他怕自己会不习惯人群与镜头。

“只是衣服问题的话，我来准备。如果到时候我走不开，就让司机去接你。”

乔茴不置可否，又握着手机磨蹭了一会儿，在被梦境彻底笼罩前和他道了晚安。

靳家的二楼，某个亮灯的房间里，靳南听着听筒里传出的细微呼吸声，不禁失笑。这个女孩子，平时哪会那么早睡，为了躲他在博物馆游荡了一天，对她来说肯定又累又无聊吧。

小礼服……线上的购买渠道都有哪些？

冬日夜里的月光格外清亮，靳南在没开灯的走廊上行动自如。他敲开靳西房门的时候，她正在涂面膜，脸蛋似被泥巴糊住了，乍一看像个鬼！

靳南没心理准备，吓了一跳，沉声问道：“半夜不睡觉你吓什么人？”

怎么还怪她了，靳西反问：“你不主动来找我会被我吓到吗？”

“赶快去把脸洗了。”

“才不要！时间还没到。这是新款，要敷二十分钟才有效。你找我有事？”

“嗯。”进了靳西的房间，靳南去找她的手机，“你打开来我看看。”

什么情况？靳西下意识地听话，解锁解到一半又顿住：“哥，你要干吗？手机是私人物品，像日记一样私密，怎么可以随便给人看，除非你先答应我一件事。”

靳南一听这熟悉的口吻就知道靳西又要趁机敲诈勒索，理都不理，随便试了一遍密码就解开锁，还扬起来给她看。

靳西痛苦地抱头：“你为什么会知道？”

靳南语气淡淡的：“以你的记忆力，也不可能设置太复杂的密码。”

“你少小瞧人了，到底要干吗？”

靳南翻了一圈眼花缭乱的界面，没找到，不得不问：“你之前网上买衣服，能送到家里的软件叫什么？”

“某宝啊。”

“不是这个，线上品牌，下单后周边商场专柜立即派送的那个。”

“你要给我买衣服啊？”靳西惊喜不已，热泪盈眶，“哥哥，你真好！我们果然是血缘之亲心灵相通，你都知道我在想什么。”

最近因为策划发布会的事，公司超了预算，账上资金流转不过来，所以靳南给乔茴选礼服的金额也有限，而在有限的经费里，他只想努力办好一件事，于是他毫不留情地拒绝了亲妹妹：“你买了那么多衣服，再不穿都过时了，想留着当传家宝？”

“那女生的衣柜里永远都缺一件衣服嘛！”

“我也缺一样东西。”靳南环胸。

“嗯？什么？是什么？”

“一把剪刀，剪掉你的副卡。”

靳西倒吸一口凉气，拿口红唰唰唰地在杂志空白处写上软件名称，双手奉上：“您拿去，您慢走。”

这晚，习惯早睡早起的靳老师又熬夜了。他在网上商城冲浪，精神越来越好，就着一盏小台灯的光，靠在床头挑挑拣拣，不断想象着这些衣服穿在乔茴身上的样子，兴致盎然，依稀懂了小时候妹妹翻来覆去给芭比娃娃换装的乐趣。

乔茴眼光好，他知道。他直男加复古的审美，他也很清楚。什么样的衣服才不至于让乔茴挑剔？这是他今晚要攻克的难题。

城市另一端，让靳老师焦虑的对象正缩在被子里睡得舒舒坦坦。一觉到天亮，她睁开眼，还不知道有份惊喜正在来的路上。

乔茴正刷着牙，门铃响了，她一时没多想，以为是靳南口是心非，含着一嘴泡沫去开门，看到来人她愣了。

是跑腿小哥，见了她咧开嘴笑：“请问是乔茴小姐吗？您的包裹请签收。”

除了靳南，乔茴还没在别人面前这么放飞过，她下意识地整理了一下仪容，包着满口的牙膏沫微笑地点头。

扎着丝绸的白盒子，烫着黑色 LOGO，是一家剪裁优良的意大利时装品牌，盒子里是一件中规中矩的小黑裙，包肩，窄腰。

乔茴眨眨眼，果然是靳南的审美。

黑色的确经典，又不容易出错，但不是她喜欢的，因为这并不是加分项。不容易出错的同时就意味着容易泯然众人，但靳南一番心意，她无论如何都不能辜负了。

Part.10
胆大包天

周三那天，果然像靳南说的一样，他派了司机过去接乔茴。

乔茴坐在车上跟他通电话：“准备得怎么样了？”

“正在换衣服。”

“哦。”乔茴瞄了一眼前面的司机，压低了声音不正经地说，“那太遗憾了，为什么我没早点去。”

彼端靳南正扣着风纪扣，闻言被撩得面红耳赤：“这里无聊得很，怕你来早了不开心。”

“有美男看，怎么会不开心？”

“你也就嘴上占点便宜了。”

乔茴弯着眼笑，娇滴滴地与他告别：“你说得不错，待会儿见。”

“嗯。”

半个小时后，车子在酒店门前停稳，迎宾员替乔茴拉开车门。寒意袭人的冷风瞬间涌入，乔茴猛地缩了缩，下一秒就端起高贵优雅的姿态，咬着牙，凭着惊人的意志力从容地迈步。

百合饭店建于民国，文艺复兴建筑风格，在百年饭店里进行百年品牌的发布活动，是乔茴提议的。

乔茴找到靳南的休息室，敲门进去，两天没见，在看到他的那刻，她怔了怔。

第一次见他穿正装，乔茴的眼睛移不开，合上门从上到下地打量。

浓密黑发全梳了上去，显得本就清晰的面部轮廓更加棱角分明，丝绒的西装裹着精瘦颀长的身材，气质矜贵。更要命的是，乔茴发现他直挺的鼻梁上架了副眼镜，好一个衣冠楚楚的靳教授。

“我今天才知道，原来你近视。”乔茴视线定在他身上，走向他。

靳南深邃的眼睛一样看着她，站直了身躯，说道：“度数不高，日常不戴也没问题。”

“那今天为什么戴了？”

“视物。”

台上与台下隔着一段距离，我想要看清你。

“好看，我喜欢。”

靳南不答，目光定定的。

乔茴怎会没瞧见，故意问道：“那我呢？”

她穿着小黑裙，露出消瘦的肩头与薄薄的背，往下是收得恰到好处的纤细腰肢。她还配了串珍珠项链，一层一层叠在锁骨上。那珍珠色泽极好，粒粒精圆，只是那细腻的粉润光泽竟也不及她脸上的颜色。

“很衬你。”他回道。

“迷人吗？”

靳南的视线黏在她脸上，低喃：“迷人得都有点危险了。”

乔茴语笑嫣然：“尺码很合适哦。可是，你又没有量过我的尺寸，还是你用眼睛……”

说着，她的手指抚上他眉骨，用口型说了几个字。

靳南意会后俊雅的脸“腾”一下热了。

乔茴笑意更深，手指往下划拉，抚过靳南高耸的性感喉结，见它上下滑动，又佯装无事地理了理他的衣领。

靳南还以为她的玩闹终于到此结束了，却在下一秒被扯住了领带。他不受控制地低头，与她两唇相贴。她轻啄，发出暧昧的一声“啵”。

乔茴身体力行地证明了她就是要在嘴上占便宜，却假模假样地歪头道歉：“不好意思，情不自禁。”

靳南拿她没办法。

“不过，你为什么不回应？”乔茴不满他无动于衷的表现。

靳南很诚实地说：“怕弄花你的口红。”

哦，这倒是个要紧事。

乔茴退开，到镜子前审视妆容，喃喃自语：“已经有些花了。”

她从晚宴包里摸出斩男色，一抬头见到镜子里靳南从后面走上来。

“我帮你。”

发布会即将开始，乔茴入场。

靳西坐在主席台，远远看到乔茴，挥手道：“乔姐姐，这边！”

乔茴看到自己的席卡在她的旁边，于是走过去，拿了席卡没有坐下。

靳西赞叹：“乔姐姐，你今天是角色扮演赫本吗？好古典！项链也好优雅，果然每个女生都值得拥有 MIKIMOTO 的珍珠。”

乔茴甜甜一笑，喂她吃狗粮：“裙子是你哥哥的审美，项链是我的品位，没想到和会场蛮搭的。”说着，乔茴审视现场，除开金黄的灯光就是厚重的黑色，一明一暗，产生视觉撞击，并没有落了俗套。

靳西吃醋了：“你什么都有了，老天爷为何如此厚爱？”

乔茴看了看她，笑着说：“你今天也不错啊，维多利亚时期的古董项链古董戒指，配得很美。”

“要对得起乔姐姐的教诲嘛！”

乔茴拍她的头：“好了，快开始了，我先走了。”

靳西直到这时才发现乔茴一直站着，纳闷地问：“你位置就在这里，你要去哪儿？”

“我不用上台，不必坐在这里。”最重要的是，今天有记者在场，为了不节外生枝，乔茴需要尽可能地隐藏自己。

“哎！乔姐姐……”靳西喊不住她，发现她连贵宾席都不坐，居然跑去了最后面。

百芙合有个名正言顺的继承人大家都是知道的，可靳南低调，说起来今天是第一次抛头露面。

来客与记者都诧异靳百林居然生得出这样颜正条顺的儿子，靳南一出场，摄像机便“咔嚓咔嚓”一通乱拍。

演讲稿都是靳南亲自写的，他用词严谨，稿子又念得熟，一字一顿的声音透过麦克风传至现场各个角落，清晰富有磁性，格外好听。当时就有人觉得百芙合命不该绝，早派这样的美男子掌管大局，还愁没有少女们冲动消费吗？

大家都看着靳南，乔茴也远远看着他，看他骨节分明的手掌紧握，他在紧张。这令她想起不久前的休息室里，他捏着她的下巴为她补妆，动作亲昵细致，她明白那是他含蓄的爱意。

跟初次见面相比，他的确变了很多，她也是。

像现在，乔茴何尝不觉得这样的自己很陌生，她一向享受瞩目，却因为他不敢再站在镁光灯下。她不禁唏嘘，情字还真是毁人。

台上，英挺夺目更胜今日主角“梦回”的靳南也在想这件事，好不容易在密密麻麻的人群中找到乔茴。他皱起眉，肯穿他选的礼服，却不肯坐他预留的位置，这是为什么？

他十分不解，事后问她。

乔茴答道：“怕我美色误人，影响你的发挥，故意坐到你看不见的地方去。”

靳南勉强信了她的话，说：“你躲到哪里我找不着？”

会场里形形色色的人确实多，可找到她也没那么难。她也许不知道，即使不戴那些闪亮的宝石，她极白皙的皮肤也发着光，在幽暗的环境下，明艳如盛放在夜色里的白玫瑰。遥远的距离里，两人目光相接，给了他一股说不清的力量。

次日，媒体发稿，“梦回”系列的反响非常好，不过同样反响很好的还有靳南。

靳母打来电话的时候，靳南正陪乔茴吃午饭。

靳母不明情况地说：“儿子，你都不知道妈妈有多骄傲！从今天早上开始，我那些八百年不联系的塑料姐妹都打来电话发来短信，你猜怎么着？向我打听你啊！话题转来转去总能转到你身上，大概就是想给你相亲的意思，你说我怎么今天才知道你是个万人迷呢？”

“早知道又怎么样？”

靳母脱口而出："早知道就该在公司最艰难的时候给你来个商业联姻啊！"

靳南电话开的外放，乔茴吸溜着螺蛳粉，一字不落都听到了，用冷冷的眼风扫着他，觉得螺蛳粉也不香了。

靳南深知妈妈在玩笑，还是出声提醒："后悔也来不及了，我有女朋友了。"

靳母也不晓得有没有听懂儿子的暗示，好在终于不掉线了，恍然说道："对了，昨天你们怎么走那么早啊？你爸爸还打算跟小乔一起正式吃个饭呢，一转眼就没影了。"受靳百林影响，靳母如今也喊小乔。

昨天的事，靳南是故意的，他隐约察觉到乔茴对和长辈正式见面有一些排斥，再者也是刚交往，实在有些操之过急，他便趁现在一口回绝了："我们的事你别管了，她害羞，还需要时间。"

应付了母亲，靳南收线，发现对面的女孩子还剩了大半碗粉就不动了，双手环胸看着他，满脸写着"你欠我一个解释"。

靳南当然知道乔茴在介意什么，失笑道："我也没办法，我一点都不想这样。"

乔茴是相信的，可怎么办？她就是气不过嘛！自昨天靳南的照片流传到网络之后，百芙合的官博就沦陷了，下面一水喊老公的，让乔茴莫名觉得自己被绿了，说话也口是心非起来。

"骗人，指不定多享受呢，别看平时清心寡欲的，其实一点撩拨都受不了！"

靳南闻言也放下筷子，目光锁着她，意味深长地说："我确定在你之前，我定力非常好。"

"你怎么能确定？"乔茴警惕地问。

"被挑逗过。"靳南自然地回道，语气清淡。

乔茴神情阴恻恻的，问："结果是什么？"

"没有任何生理冲动。"

哦，那可以暂且饶他一次。乔茴继续阴阳怪气地说："看不出来，你还经历过这些呢，真够狗血的，我都没有，难道拜倒在我裙下的人会比你少吗？"

怎么连这个都要比？靳南忍不住笑了，黑眸中闪着细碎的光，看她的神情像在看一个无理取闹，但十分可爱的孩子。

“不会，是你比较多。”

“嗯？”乔茴可不接受敷衍。

靳南也没打算蒙混过关，从容地缓声解释：“因为我很确定我们之间，是我先喜欢上你的。”

什么他先？什么喜欢？乔茴目瞪口呆。

靳南手肘撑着桌面，掌心托着下巴，望向女友的视线分外纵容。看着乔茴呆掉的懵懂样子，他分神地想，好像也没有那么难以启口。

“梦回”系列一经上市就卖爆了，官网上线当天，一分钟破五千，十分钟全部售罄，各个门店都在请求调货。靳百林看着公司的账，直呼乔茴是大功臣！

这功劳不是乔茴一个人的，她才不要独自揽下，但在靳南跟前，她偶尔还是会撒撒娇：“如果不是我，银楼这一关只怕难过哦，你说我是不是银楼的救命恩人？”

靳南正盯着电脑屏幕研究一台新型珠宝机床，闻言背过手将身后磨蹭的小女人捞过来压在腿上，圈住她的腰，问道：“恩人希望我怎么报恩？”

乔茴第一次坐在异性腿上，哪里还有心思为自己谋福利。隔着几层衣物，她感受到他肌肉的温度与力量，满脑子都在想：最近普拉提有些偷懒，夜宵也没少吃，似乎胖了一点，骨架再小身高也有一米七，万一他嫌自己重怎么办？

有了这个担心，乔茴身体僵着不敢完全放松了，脚尖也试图点着地面减轻一点重量。

靳南发现了她的小动作，拧眉问道：“怎么了，腿抽筋？”

“怕压坏了你……”

靳南这种直男，压根儿不可能听得出女生这么委婉含蓄的话，当即就表示：“我虽然很少去健身房，但喜欢夜跑，该有的锻炼都不少。”

言下之意就是别把我当成一个文弱书生。

乔茵知道他不文弱，虽然没有擂台猛男的那种鼓囊囊的肌肉，但身体也是结实有力的，可……

她难以启齿，靳南倒发现了什么，托着她的腰掂了掂，问：“你是不是太瘦了？”

“什么？”乔茵不敢相信，他不嫌她胖而是嫌她瘦？这是真心话吗？她虽然细胳膊细腿，但该有肉的地方一点都不含糊好吗？

“我是……硌着你了吗？”乔茵意有所指。

靳南没听懂，依旧表示：“没，太瘦了，抱着很轻。”

这话在乔茵听来绝对是称赞！她很开心，骄傲地问：“你听说过，什么叫好女不过百吗？”

一向对学问极度严谨的靳教授没听说过，提出质疑：“有这句话吗？”

乔茵点头。

不过很久以后，一次采访中，主持人问了几个非正式话题，其中一个就是：“靳先生会约束另一半的身材吗？”

靳南当即表示：“我不会约束，乔茵对自己有严格要求，一直告诉我，好女不过百。”

“那乔小姐她……”

靳南笑了笑，接话：“我女朋友身轻如燕。”

“不管怎样，健康就好。”靳南现在对乔茵只有这一个要求。

乔茵甜蜜得冒泡，叠声应着好，沉溺在他的温柔里还没忘了问他：“下一步你有什么打算？”

乔茵旋身从他腿上站起来，针织的裙摆荡出了一朵花，露出莹白小腿，迷了靳南双眼，却还不自知。

“你应该有其他打算吧？只靠着‘梦回’，结局同样是死路一条。”

靳南颔首，肯定她的话，更肯定她的付出：“你说得不错，‘梦回’只是暂时给品牌提供了新鲜血液，不足以延续它整个生命，但没有‘梦回’，也许明天百芙合就要进行破产清算了。‘梦回’系列挽救了百芙合销量连年下降的颓势，你做得非常好。”

“你的褒奖，我接受。”

靳南将内心的想法说给她听："百芙合一直说要革新，可我反复调查了市面上同类型公司，大家无不例外地都采用了最先进的技术与设备，百芙合是民族品牌，理应跟它们区分开来。"

"你是说，百芙合的理念没问题？"

"嗯。"靳南看着乔茴的眼睛，郑重地说道，"手工艺被提倡的今天，消费者更加追求唯一性。比起现代化的工业生产，手工制作也更具备情怀与话题。将现代工艺与传统匠心工艺结合，为百芙合全线大换血，完成一次彻底的转型。"

"这并不新鲜，不算百芙合独一无二的特色。"乔茴有些忧心。

靳南明白，他点开一个网页给她看："百芙合的确尝试过，结局也不尽如人意，但我想再试试。"

"这是谁？"乔茴以为自己眼花了。

"非遗錾刻大师季容。"

"还有它。"在乔小姐目瞪口呆的同时，靳南手指一翻又点出一个页面。

那是一顶宫廷花丝镶嵌技艺的凤冠，出自花丝镶嵌传承基地，不久前刚刚斩获了国际大奖，乔茴还记忆犹新。当然，现在她的震撼不是惊艳，而是觉得靳南简直胆大包天！

"你要与他们合作？"乔茴不敢置信。

诚然，他们很好，非常好，拥有非一般的名气与国宝级的手艺，真要与百芙合达成合作协议，自然万事不愁，但乔茴想都没敢这么想。

她不由得对靳南鼓掌："你入行不深，野心倒不小，他们可是顶尖人才，要请他们下山，只怕不容易。"

靳南当然知道："百芙合关联企业五家，其中股东三家，高管两家，'梦回'系列上市之际，我已经让薛助开始处理股权转让了。"

"有魄力，够下血本的。"

靳南苦笑："这算什么魄力，退无可退而已。百芙合走到今天这一步，我还能有什么顾虑？但愿我开出的条件他们能看得上。"

"你有几分把握？"乔茴问着他，心底一点着落都没有。

"说不清。"靳南摇头，尽可能地乐观面对，"我只是觉得，百芙合曾也是耀眼瞩目的，以重振民族品牌来宣传民族传统文化，将金银的精致发展到极致，这不是双赢的事吗？”

“是。”她应得这么干脆，靳南一时间倒不敢相信她是真心支持，问道：“你真的没有异议？”

“我没有。”乔茴摇头，笑容淡淡地说，“我只是银楼聘用的设计师，推得再近一点儿，我也仅仅是你的女朋友。你身为银楼的决策者，不管有什么决定，都不用顾虑别人的想法，但我知道你是真心问我，所以我也认真地回答。

“这件事与不与我有关，我都没有任何异议，别人笑你初生牛犊不怕虎也好，我却觉得你好有胆量。珠灵如今这么风光，怕都不及你的远见，对于你的决定，我当然是惊讶的，可能是你做了别人包括我都不敢想的事，但相信我，这没什么不好。”

靳南没料到能得到乔茴全力的支持。这件事他已经搁在心底想了一阵子，他并不确定这是一个好主意，但听乔茴这么说，他的心莫名就安定了。

“谢谢你的支持。”他突然正色。

乔茴可爱地歪了歪脑袋：“谢谢就不必了，你只要清楚，我是要跟你共进退的就够了。”

靳南笑了笑：“求之不得。”

当晚，靳南回去跟靳百林提了自己的打算。靳西不晓得从哪里冒出来，自告奋勇地表示她也要立战功。

“去请燕京八绝之首的花丝镶嵌大师？让我去不好吗？我也该为百芙合尽一份力的！而且我对花丝镶嵌有兴趣！”靳西字字铿锵。

靳家早些年也是大家族，到了后来人丁单薄，股份也越来越集中，最后竟集中到一起去了，正因为这样，所以能为百芙合出力的人不多。靳南原本觉得靳西不是合适人选，但靳百林是个天生的乐观派，对儿女一向自信得很，发了话：“让她试试呗，反正闲着也是闲着。”

靳南不认同：“这是多大的事，怎么能试呢？”

“这有什么？银楼那么大的企业，我还不是说交给你就交给你了，你也没让我失望不是？让她去吧。”

靳南不接话，他用沉默来反抗父亲的意见。

后来，靳南说给乔茴听的时候，她居然赞道：“不错。”

靳南一脸不敢置信：“你认真的？”

乔茴认真得不能再认真了，她将吸了一口的果茶塞给他，咽了咽说：“叔叔心宽也不是坏事，而且他说得不错，要不是因为心宽把百芙合交给你，我怎么会认识你呢？”

算她有些道理吧，靳南动摇了，他看着手上多出来的浑浊液体，问道：“不喝了？”

“果糖太高，尝尝味道就行了。”

两人在一起后，靳南已经习惯了在饮食上替她分担，但这一杯……他神情中有显而易见的迟疑。

乔茴发现了，问道：“怎么了？”

“喝不下去。”

“你都还没喝！”乔茴下意识地以为他嫌弃她。

“西汉古墓中出土过一只青铜壶，里面存放的液体与它颜色相近。”

乔茴最听不得这种事情，更别提还是吃下去的东西，顿时有些反胃：“那是什么？”

“硝石与明矾。”

“毒药？那你放心好了，妾已以身试毒，就算有毒，它也是美味的毒药。”

乔茴近来馋甜品饮料馋得不行，她想靳南赶紧喝掉眼不见为净。

靳南劝她人生得意须尽欢，乔茴当然不听，在自我管理上，她的自制力一向惊人：“每多喝一口，我就要多做两套普拉提，稍有松懈，腰上就软了。”

靳南一句“腰软了不好吗”即将脱口，话到嘴边才反应过来她在说什么，连忙止住，脸色也变得不太自然。

乔茴没意识到靳南想歪了，她将扯远的话题拉回来：“对了，我记得你说过跟西西联姻的陆家也是工艺世家，你们之间不合作吗？”

提起陆家，靳南稳了稳心神，斟酌着开口："陆家家庭结构复杂，掣肘也多，加上当初的合约制定得有些模糊，爷爷在世时就因此闹得不太愉快，更何况西西她……我觉得婚约取消是早晚的事。"

"既然都是早晚的事了，为什么不早点取消？不要耽误靳西的青春，她也好光明正大地跟其他男孩子谈恋爱。"

这件事靳南不好做主，现在被乔茴一提，他才发觉他对靳西的事不够上心，霎时有些内疚："因为很麻烦，陆家也没明确表示过要解除婚约，虽然没订婚，但见了面都是以亲家相称，那么谁先张口提必然要多吃一点亏。等百芙合这一关过了之后，我回去商量商量。"

"嗯，西西一定开心，如果你能对她委以重任，她会更开心。"

靳南低头看乔茴，到底没扛住她的这波攻势。

事情就这样定下来，靳南以最快的速度安排好百芙合的一切，三个人就分成两组准备去冲锋陷阵了。

元旦节前一天，寒风凛冽的车站，临行前的靳西与乔茴依依不舍："呜呜呜，乔姐姐，我好惨，你们出双入对的，而我只有一个人。"

"我还以为你是舍不得我。"

"那当然也是舍不得的。"

"不然我撇下你哥，跟你一起？"

靳西一愣，眼见高兴得要点头，靳南这时从后面走上来，将两人拉开，训道："现在退缩了，当初是谁哭天抢地争着要去的？"

"我才不是退缩！"靳西不服，"你小瞧人了，等着吧！我一定会带大师傅回来！"

靳西包里带着一份拟好的合同，上面白纸黑字列得清清楚楚，百芙合这次大出血，给合作方开出了极优渥的条件，所以带着价值千金的承诺去寻人，她非常有自信！被靳南这么一激，小姑娘捏着车票就头也不回地进了站。

乔茴怪靳南太严厉，看着靳西的背影讨伐他："你这当哥哥的，态度不会柔和一点？"

靳南看向乔茴的神情倒是柔和："她需要这样，往往顶着一股冲动才能把事情做好。”

“怎么连亲妹妹都算计？”

靳西的车是开向B市的，那是一座比S市更加寒冷的北方城市。订票的时候靳西算错了时间，下车时正值凌晨十二点，也是新年的第一天，元旦。

订的酒店不到入住的时间，又没有空房，裹着笨重羽绒服的靳西拉着行李在车站欲哭无泪，太惨了！

火车站附近的快捷酒店倒是很多，但环境十分一般，再对比住惯的宝格丽酒店，靳西怎么也接受不了。她赌着气站在夜色与冷风中，出租车一辆接着一辆开来，司机摇下车窗揽客，她也充耳不闻，大有要站成一尊雕塑的架势。饥寒交迫时，她甚至绝望地想，就这样冻死街头算了，就当为百芙合献身了。

可毕竟是细皮嫩肉的小美人，车站外面各色人等来来往往，她气着气着就有些怕了，默默拖着行李箱迈向离她最近的客栈。

靳西要了一间环境最好价格最贵的商务房，走在走廊上还捂着鼻子。这里似乎刚刚装修过，一股子酸酸的味道，她嫌弃地皱皱鼻子，觉得自己这一次牺牲太大了！可惜她不知道真正的牺牲还在后面。

陌生的环境，恶劣的居住条件，靳西半宿没合眼，好不容易天一亮，她收拾妥当就直奔传承基地，盼望着能尽早迎回花丝大师，结束这一次变形记，连趁机在B市停留游玩的心思都没有，可惜……

乘着臭烘烘的出租车从早晨兜转到了中午，好不容易到了传承基地，竟然找不到人。

“小姐，我已经说过了，六时老师不在这里，你怎么不信呢？”

靳西当然不信，只觉他们在刁难她，难道是她诚意不够？但合同又不好随便拿给不相干的人看。

她捏了捏包，顿了片刻，昂头问道：“前阵子六时师傅的作品获了奖，不就是出自这个基地吗？”

“那是之前，六时老师不常留在这里，你如果是谈商业合作的话，可以回去了，老师不接这些活儿。”

靳西再笨也听得出这是什么意思，顿觉丢脸。这种大师傅，一定是抢手的，自然也不止百芙合想要找到他。

所以才第一天，靳西就被打击得魂不附体，当晚就想打道回府了。可她又不死心，连人都没见到就被拒绝了，一点都不酷！

不知道是嘴硬还是懂事，她跟家里打了个电话报喜不报忧，又多续了几天房，摆明要打个持久战。可再过去却不敢说自己是百芙合二小姐了，而是伪装成了一个醉心花丝工艺崇拜六时师傅的小萌新。

前三天，靳西的唠叨大致如下——

“大哥，我是真的喜欢花丝工艺。”

“咦，六时老师今天还没来吗？”

“六时大师是我的偶像！我做梦都想跟着他学手艺！”

三天以后——

“六时老师是不是病了？”

“老师那么久不露面，你们都不着急吗？”

“现在亚健康群体太多了，老人家突然病倒在家中也是很常见的，我觉得你们还是应该联系一下。”

今天被靳西缠住的年轻人是六时带出来的弟子，闻言嘴角抽了抽。

他想了想没辩驳，只是叹气：姑娘家家的怎么这么唠叨？不知道的还以为是老师招惹出来的风流债。

“小姐，我再说一次哦！六时老师真的不在基地，你就当他闭关去了。还有，不要再试图诅咒老师，这不好，他没病。”

可惜靳西除了“闭关”二字啥都没听到，这么多天耗下来，这是仅有的有用信息了。她顿时眼前一亮，像猫咪见了沙丁鱼罐头，忙问道:“闭关？在哪里？怎么走？”

她这么急切的样子……着实令人想入非非。

“你找老师，真不是为了什么吧？”

娇滴滴的小姑娘，花招用尽死缠烂打的，怎么看都很像风流债。

靳西不解他的深刻含义，以为是说与品牌合作的事，便死死隐瞒自己的真实目的，一口咬定：“我一心崇拜老师出神入化的技艺，除此之外没有任何目的！”

Part.11
赌 约

靳南与乔茴倒比靳西顺利不少，他们要找的季容就在本市，一大早开车去蹲守，才蹲了两天就逮到了人。可季容……实在是个长得人模狗样的怪人!

他真人比电视上显得更年轻精神，穿一身湛蓝色棉服，帽子遮住半张脸，被他们喊住时转过头，露出周正的五官。

靳南递出的名片，季容看也不看，视线掠过靳南，直直盯着后面的乔茴。他默了半晌，忽然说道："你不错。"

"嗯?"乔茴不确定季容是在对自己说话。

而靳南……他拧了拧眉，不太喜欢这个人直勾勾地黏在乔茴身上的视线。

"季先生，我是代表百芙合来……"

"今天不谈生意。"季容陡然打断靳南的话，眼睛没动，走到乔茴面前，伸手，"你好，我是季容，这位小姐贵姓?"

乔茴来不及反应，靳南脸已经黑了，来之前他想过或许会碰壁的一百种可能，唯独没料到会出现眼下的情形，这就是他千挑万选的艺术家?

靳南不着痕迹地往乔茴身前挡了挡，逼视季容："季先生，请自重。"

乔茴原本过来只是打酱油，谁承想一下成了风暴中心，头痛不已。

季容给出“今天不谈生意”的原因有两个：一是得遇佳人，大喜！二是早上排队没买到好吃的水煎包，大悲！

佳人乔茴想到季容的第二个理由觉得好笑，但一想到自己也占了其中一个，便不敢说话，乖乖巧巧地立在靳南身边，一副死心塌地女朋友的模样。

靳南情绪不太好，季容不给面子他也不多纠缠，拉着乔茴就要离开。他人高腿长，因为不悦，步子迈得又急又快，乔茴穿着高跟鞋辛苦追逐，脸上却笑意盈盈。

“小靳总，怎么啦？”

她听起来还很得意？靳南脚步稍顿，侧过头，用不善的眸光望着她。女孩子穿着一身柔顺服帖的羊绒大衣，贴身穿一条高领毛衣裙，行步间露出窈窕曲线，再往上是引人注目的乌发红唇，的确明艳动人。

“嗯？吃醋啊？”见他沉默不语，乔茴踮着脚追问，浅浅眸色中酝着令人怦然的戏谑。

靳南受够了总是被动接受她的放电，加上季容的刺激，他鬼使神差地当街一把捞起她的细腰，小腹紧紧相贴。

乔茴难以置信，细白的脸颊蓦地红了。

“干什么？放我下来！”被搂得脚尖不着地的乔茴捶他的肩膀。

靳南无动于衷，环视了四周，发现并未收集到多少目光，视线又重移回她脸上，嗓音沉沉：“明天起，不许化妆，不许穿漂亮衣服，不许花枝招展，不许随意放电。”

乔茴一怔，笑了：“这个画风不错，有点霸道总裁的意思了，可是……”

她顿了顿，正经地解释：“可是你的女朋友天生丽质，你说怎么办才好？”

巧笑倩兮的小女人，妩媚天成，性感又可爱，靳南总算被她逗得有了反应。他牵了牵唇松开她，语气也和缓下来，顺着她的话说：“依我看，就该关在家里，哪儿都不准去。”

“咦，那不就是金屋藏娇了吗？你们百芙合最不缺金子，那就不算你吹牛好了。”

冬日晴朗的清晨，金黄的阳光一缕缕洒入深巷，携手同行的两人有一搭没一搭地说着话，明明穿着打扮与市井气息的老巷格格不入，可他们并肩走着，却活生生将这平凡场景渲染出了不一样的温柔韵致。

靳南方才的话当然都是脱口而出用来解恨的，他喜欢乔茴，也尊重她的一切，不会干涉她任何爱好与自由，言行间气的都是季容罢了。今天碰了钉子，平白生出乔茴这个意外，他已经萌生了放弃的念头。

两人回到车上，靳南开了空调给乔茴取暖，说道：“就这样吧，明天我们不要再来了。”

乔茴刚打开美容养颜保温杯喝了一口，闻言只觉得喝进去的花茶真烫嘴，险些没喷出来，她转头望着靳南。

靳南与她对视，勉强理解了她无声传达出的深意，骨节分明的手指轻点方向盘，有些烦躁：“艺术家就这副德行？我没办法接受与这种品行的手艺人共事。”

比起他的大惊小怪，乔茴亲身经历了那么多，实在见怪不怪了，她好言相劝：“那是我魅力大嘛，更何况他又不清楚我是不是名花有主，或许人家本来不这样。再说如果不是有了你，大街上我若看到一个合眼缘的小鲜肉，一样会去搭讪聊大加微信呀，这属于正常操作。”

“你说真的？”靳南睨她。

“嗯！”乔茴重重地点头。

怎么能因为自己临时修改银楼复活方案呢？她才不要当红颜祸水，便又补充：“你待在纯洁的校园环境里太久了，思维过于顽固保守，不信问问你那些学生，也让他们给你这个老师上一课。”

“我是说加小男生微信的事。”

“呃……这世上没有如果！”卡壳两秒钟，一朝翻车的乔茴突然腾起求生欲。

一大早的，这位靳先生饭都没吃，光喝醋了，先是因为季容，他当街禁锢她，面不改色却用眼神令她伏法。而现在身处环境幽闭的车厢内，吃一堑长一智的乔茴更觉危险，边审视他的情绪变化，边小心翼翼地吹起了彩虹屁："小男生算什么？鲜肉再鲜也比不上你秀色可餐，谁都没你好！"

怎么这么夸他？靳南不适应，稍微愣了一会儿发动车子。乔茴系好安全带正襟危坐，随着车子缓缓滑出，她松了口气。

乔茴的规劝是奏效的。

第二天，靳南以难以言喻的心情继续任务，只不过相同的时间与地点里，乔茴没有再露面了。

靳南清晨五点就起床了，冬季的这个时间，天光都没有，他已经开了两个小时的车来到巷子里排队，为了买大师傅昨天没抢到的水煎包。

这边是年代久远的弄堂，居住人群普遍是年龄偏大的本地人，老年人习惯早睡早起，中心场地里打拳的、遛狗的、喝茶的、下棋的一样不少。靳南看着看着就好像掉入了八九十年代的时空隧道，连眼前青灰的光线都泛着老旧的黄。有那么一瞬，他居然觉得自己没有置身繁华的S城。

季容，錾刻工艺的非遗传人，工艺美学大师，不缺钱不缺名，靳南以为这种清高自持的传统手艺人最爱圈个山头过独居生活，可事实上，他住在生活气息盎然的弄堂里。

靳南努力挖掘着季容大师的与众不同，但这不妨碍靳南在排队期间一直黑着脸。

帮一个男人排队买早餐，这算什么？

诚然，如果不是乔茴，他不会这么做，事情要回溯到昨天将她送回玉兰公寓之后。

"明天我们早点过去吧，讨好一下季师傅，他不是没吃到水煎包吗？我们买给他。"

靳南斜乔茴一眼，语气漫不经心，眼神却暗含警告："你的贴心与心细如发可以不用放在他身上。"

乔茴扑哧笑了，睫毛往上掀了掀："怎么还酸溜溜的？你不信我啊？"

"当然不是。"

靳南与她对视，认真道："你明天不要过去了。"

这么强的占有欲？乔茴暗暗发笑，从善如流地应下："也好，冬天还要早起实在艰苦，更别提还要来回奔波，那就辛苦你自己送早餐了。"

"一定要这样吗？"

"当然。"

"……"

"你不要不情愿，我也牺牲很多啊，这可是女朋友特权。你为一个男人做这些，我却大方地没有斤斤计较，你说我多么懂事。"乔茴捧着他的脸，浑身散发着"为了大局我真的付出了太多"的强烈委屈。

靳南投降。

季容昨天起晚了没买到心心念念的包子，今天又把时间提早了一刻，可饶是这样，生意火爆的早餐摊也被邻居瓜分个干净。

靳南坐在车里看他两手空空地往回走，万般不情愿地下了车。

"季师傅。"靳南叫住他，称呼上改了口，而这当然是来自乔茴的调教。

季容回头，见到靳南也不太意外，目光匆匆一瞥就下意识地朝他背后看去，空荡荡的。

"是你，乔小姐呢？"

"病了。"靳南面不改色地胡诌。

许是曾经当过教授的缘故，靳南身上有一股区别于普通人的十分微妙的气质，再加上他外形条件优越，眼神也清明，所以一本正经说话时，总是格外令人信服。

"哦。"见多识广的季容也信了，用长达三分钟之久的时间毫不遮掩地表示了他的遗憾之情。

靳南压根儿不想听，将手上的早餐袋子往上提了提，吸引季容的视线。

季容光闻味儿就闻出来了，居然一点也不客气，伸手接过，还假意地问道："给我的？没想到靳先生还放在心上，辛苦了。"

谁想放在心上了？靳南气闷，也不说话，脸上写着“吃了我的包子就要跟我合作”这一行字。

季容回了一个“包子照吃，但合作免谈”的眼神给他，无耻得很坦荡。

这边季容不拘小节地坐在门槛上，一口水煎包就一口浓茶。靳南连给女朋友的福利都使出来了，却连艺术家的门还没进去，他空腹站在台阶上感受冷风呼啸而过，浑然不觉得饿，气饱了。

季容吃饱喝足，将手中残留的包子渣倒出来喂刚发现的两只蚂蚁，像是感受不到靳南的低气压，兴致勃勃地说：“今天都零下三度了，蚂蚁这种变温性昆虫不在蚁巢中冬眠，却出来觅食，真是蚁生艰难。”

靳南并不是多心的人，可总觉得季容的话一语双关，没那么简单。他想了想，极尽周全地出声：“昨天拜访得突然，也发生了一些误会，都忘了介绍来意，今天这一趟，还要占用你一些时间。”

季容的确不太清楚靳南是什么人，但能来找他的，目的性都很强，所以靳南是哪一行的，他用脚指想都知道，不过还是打算装傻：“靳先生气质不凡，家学渊源吧。”

“不敢，家父靳百林。”

是了，靳南就算最近红了一把，但业界的边缘人士抑或不关注新闻的也不一定知道他的存在，但靳百林的大名在珠宝界还是如雷贯耳的，虽然没有多好的口碑，可黑红也是红啊。

季容果然知道靳百林，眼底掠过一丝了然，别有深意地“哦”了一声：“听说过，你父亲是个实践家。”

这也不是什么好话，靳南轻哂，没有计较，谁让季容说的都是事实。

靳老爷子还在世时，将银楼分散的股份从旁系亲属那里一一收了回来，他主张稳定发展。靳父全盘接手后，在企业管理模式上与他一脉相承，可随着时代变迁，百芙合一年不如一年，等靳父终于意识到老一辈的观念需要革新之后，短短三五年间搞出了许多大动作，却是一步错步步错。那几年，各行各业都把靳家当成笑话在看，还遭到无良媒体调侃：“百芙合总裁靳百林唯恐企业死得不够透，变着花样折腾自家银楼，这是被下了降头？”更有甚者参与对赌，看百芙合能撑到何年何月，也亏了银楼根基深厚，财富积累非一朝一夕，不是外强中干的虚壳子，这才勉强靠着流水的资金强撑到现在，不过，也快撑不下去了。

眼下靳南的心平气和也快撑不下去了，他拿着一份起草的协议，一边介绍百芙合的现状，一边将装订后的文件递给季容，言语间还层层剖析，希望季容能看到自己的诚意。

季容看不到，他连眼都没有抬一下。

靳南已有了心理准备，点点头收回来，问道："所以今天又是什么理由？天气太冷？"

闻言，季容腰板一直，抬眼看了看阴暗的天，又瞧了瞧靳南，仿佛在说"原来你这么聪明"。

靳南看着清冷沉静，可耐心并不好，在学校时就铁血冷面，没少让学生挂科，即便后来乔茴一直说他温和包容，他也知道那其实只针对她，所以面对古怪到神经质的季容，他一秒钟都不想多待，只是苦于没有办法。

他沉着脸摸出手机查天气预报，然后递到季容面前："明天放晴，最低温度一度，最高温度九度。"言下之意就是我看你还有什么话说。

季容暂时无话可说，也不起身，擦了擦捏过包子的油手冲他一挥："那就明天见吧。"

靳南嘴角一抽，为什么他听出了让他拭目以待的意思？

果然，第二天季容又翻出了新花样，他说："两个大男人谈生意有什么意思？"这分明是看乔茴不来给出的暗示。

靳南怎会听不懂，当下就头也不回地甩手离开。

当晚，靳南再一次生出了放弃的念头，并着手整改复活计划。他凡事亲力亲为惯了，虽说有个助理，但也没怎么使唤过，弄得薛嘉年每天上班都好像在带薪休假。

薛嘉年最近一度以为自己即将要卷铺盖走人了，所以这深更半夜突然接到上司电话的他感觉在做梦一样。

"小靳总晚上好，您有什么吩咐？"

靳南并不适应这个称呼，虽说乔茴也时不时这样喊他，但他以为那是情人之间的情趣，与薛助的公事公办不同。他默了默，委婉地抗拒了一下：“人事任命书还没下来，我还没有正式接手银楼，薛助理不用这么称呼。”

能在一家上市企业的独裁者身边当助理那么多年，薛嘉年也不是连这点觉悟都没有，听了这话一下子满脑门冷汗。

没有正式接手银楼……

抗拒“小靳总”的称呼……

薛嘉年略一思索就懂了少东家的潜在含义，大意了！干吗非等什么人事任命书呢？靳家产业迟早要交到他手上的，此时正不正式的又有什么关系？

短短几秒钟，薛嘉年就想好了对策，立刻改口：“靳总。”

他并不是第一天称呼他为小靳总，少东家得忍了多久才忍不住这样暗示他？难怪这些日子他得不到重用了，现在想来，没让他收拾东西滚蛋实在是良善了。

电话那边，靳南并不知道自己无心的话会让薛嘉年疯狂地脑补，听他张口闭口的“靳总”，也完全不懂他只是在试图弥补错误。

靳南揉了揉眉骨，忍不住想：是谁说助理都对上司言听计从来着？这一位明明就很固执。

算了，随他吧，靳南妥协。

靳南在百芙合的综合大楼，靳百林最近忙着喝茶打球，有些日子没来总部了，办公室的钥匙底下人没有，所以保洁也不能随意进来打扫，他都坐下了才发现哪儿哪儿都落了一层灰。

“你来找一下知名的錾刻师傅，做一下简单的筛选与评估，然后发详细资料到我邮箱。”

“现在？”终于收到工作任务，薛嘉年喜不自胜，话落才觉得有所不妥，可已经晚了。

靳南果然误解了他的疑问，后知后觉地看一眼窗外，天黑了，员工早就下班了。银楼的管理制度人性化，各个阶层的员工都有弹性工作时间，杜绝起早贪黑，靳南便又改口：“明天吧。”

“不！今晚，我热爱工作！”薛嘉年打了鸡血一样地从床上爬起来，迅速开机，“靳总，您放心，我马上整理评估。”

“好。”

这边靳南也开了电脑，他爱干净，保洁不在只好自己动手，快忙完的时候乔茴也来了，因为没有识别卡，人在楼下。

他们之前通过电话，靳南向乔茴报备了一下行程，没想到她会来，立即丢下抹布去接人。

大厅里，乔茴站在闸机前，一见靳南从电梯出来就开始挥手，还扬了扬手上的保温盒，过来的目的不言而喻。

靳南的重点不在这里，已经晚上九点了，气温比白日里更低，他用视线将她上下扫了扫，脸色倏然一沉。

“这家锅盔生意可好了！平时这个点已经买不到了，今天是你运气好。”乔茴还没什么眼力见儿，邀功索吻。

靳南无视她嘟起的红唇，在她面前屈膝蹲下，伸手碰了碰她露在外面的脚踝，一片冰凉。

“风度真的比温度重要吗？”他的声音听起来有些无可奈何。

这一连串的动作发生得很快，乔茴起初见他蹲下，她下意识就以为他要替自己绑鞋带，可随着他的声音传出来，她才意识到今天穿的是高跟踝靴，没鞋带。

“当然！”反应过来的乔茴回得不假思索。

“为了漂亮付出健康也可以？”

乔茴正色道：“付出生命都可以！”

“……”他不该问的。

牵着乔茴的手上楼，靳南把中央空调的温度调高后，继续之前被打断的清洁工作。他提也不提宵夜的事，乔茴只觉得自己一片心意喂了狗，但一想到他在气什么，又实在没办法跟他计较。

敌不动我不动地斟酌了半晌，乔茴的视线逐渐被靳南不紧不慢的动作吸引。

这双手很好看，从前捏过粉笔，如今拿着抹布也不减分。乔茴被美色所惑，拧开保温盒的盖子，牛肉锅盔的香气飘出来，靳南依然不为所动。

定力真好啊！

乔茴咬牙，引诱他没成功，自己先吞起了口水，不久就暗示性极强地嘀咕：“你们总部的取暖设备不行，不过我听说，冷的时候适当补充热量比什么都管用。”

靳南背对着她，似是叹了叹，下一秒他转身离开，走前丢下一句：“你先吃着。”

今晚氛围跟乔茴过来路上想象的不太一样，她一番好意受了冷遇，但不恼，一点也不。

她曾经认识的每一位男性，都只在乎带她出去有没有面子，胸开得够不够低，裙子够不够短，哪里会有货真价实的关心？只有靳南，只有他……

乔茴有些出神，她怔怔的样子一直持续到靳南洗手回来。

靳南一推开门，看到女孩子怅然若失的神色，他有些后悔自己突如其来的脾气，上前捧起她的巴掌小脸。

乔茴回神，目光聚焦看向他。

“抱歉，我不太懂你们女孩子的爱美之心，在我心里，什么都比不了你的健康，并不是真的气你。”

乔茴正感动着，又听到靳南的反思与歉意，一颗心更像是泡进了雨水里，柔软湿润。她摇摇头，坦白道：“我不是因此不高兴，而是太高兴有人这么关心我。”

靳南捏了捏她的下巴，轻笑：“不要这么容易满足，男人很容易被惯坏，你要学会得寸进尺。”

“这话不像你会说的，跟谁学的？”

“网上看的。”

“嗯。”她勉强认同，“有几分道理。”

办公总部的中央空调一点也不像乔茴说的那样效果不好，而是太好了，被靳南捧过的脸颊发烫，手脚也都开始回温。靳南捏了一只锅盔递到她嘴边。乔茴咬下一口，将剩下的半只反手塞进他嘴里。

高油、高卡路里、高碳水的食物，乔茴只是尝尝，不敢多吃，不能吃的她爱上了投喂，用筷子夹着一只只锅盔喂给靳南，还不忘问他今天的战绩：“项目的事谈得怎么样？”

这个话题劝退了靳南的食欲，他喝了口水摇头：“你来之前我联系了薛助，他会尽快筛选出一批新的有名望的錾刻师傅。”

“谈崩了？”

“没谈。”

“怎么回事？”

靳南没回答，看向她，眼神直勾勾的，意味深长。

乔茴觉得不可思议：“还是因为我？”

靳南没吱声，默认了。

乔茴无语至极，甚至有些抓狂：“这个季师傅怎么回事，玩什么一见钟情？他该不会是无心合作故意拿我当幌子吧！那我也太惨了，平白背一口大锅。”

“不清楚，就这样吧，别再周旋了。”靳南一点也不留恋。

“季师傅可是你千挑万选出来的，还能找到比他更合适的人？真要有，你当初也不会找上他了，你让薛助去做无用功吗？”

“就当我眼瞎了吧。”

乔茴不死心，脑袋高速转了转，在影响感情和睦的边缘伸出脚试探：“不如……”

“不行。”靳南眼也不抬地打断。

“我还没说呢！”

“说什么都不行。”

大家都是成年人了，有独立的思想与意志，你说不行就不行？乔茴才没那么听话。

今天清晨，才五点钟乔茴就艰难地从床上爬了起来……

电动牙刷“嗡嗡嗡”地响着，乔茴闭着眼，好像随时都可以重新睡过去，而每每被黑暗吞噬的前一秒，她都是依靠着要给靳南带来一个天大惊喜的动力强撑着，不过很快她就不困了。

没有男朋友的专车来接，清晨五点的冬季街道，出租车也少得可怜，她用打车软件叫车，眼看着地图上显示的八百米，简直是世界上最遥远的距离。

寒风中的每一秒都不断被拉长，乔茴在冻僵的前夕，终于有那么一丝后悔没穿上靳南送她的保暖神器。

靳家，二楼卧房。

连日的早起晚睡之后，靳南的生物钟彻底乱了，睁开眼的时候，窗外还漆黑一片。他看了看床头的电子钟，不到六点，眼睛还酸涩，却怎么都睡不着了。靳南这时还没意识到，他并不是生物钟乱了，而是有了隐隐的不安。

乔茴一贯不是个省心的。

在床上睁眼躺到了七点，靳南点开微信给乔茴发消息，约她今晚一起吃饭。正式恋爱那么久了，他们却没有一次正经的约会，虽然很多文件等着他批复下发，也想亲自去生产线上看一看，还有錾刻师这档子事，但也不能冷落了乔茴。可等了半小时，微信上愣是没动静。

靳南当下就觉得不太对，依照他对乔茴的了解，在没有任何安排的情况下，她都是凌晨入睡，七点醒来，空腹喝下一杯淡盐水，再躺回床上玩手机，一个小时之后睡回笼觉，中午时分起床，然后开始新的一天……

她昨晚的跃跃欲试他没忘，不会阳奉阴违地背着他羊入虎口了吧？他突然这样想。

靳南立即拨通乔茴的电话，嘟嘟声响了又响，没人接。这不合理，唯一的那点不确定也在顷刻间消散。

此时，乔茴刚到小巷，肉疼地付了打车费，同时间，靳南的电话打了过来。

因为心虚，早前他的微信她都没回，此刻周遭一派纷杂，她只要按下接听键就能一秒露馅。乔茴咬咬牙，把振动的手机塞回包里，视而不见。

靳南那边已经开着车冲出了街道，他大约洞悉了乔茴的想法，趁着等红灯的空隙给她发消息：

“到哪里了？”

“不管到哪里了都在原地等我。”

“不要装死！”

可直到车子驶进窄小的老巷，乔茴都没理过他。

一路上，靳南设想过无数种可能，乔茴电话不接短信不回，究竟是她故意，还是发生了什么事？季容好歹也是社会知名人物，应该不至于不惜自毁前程强迫她吧？

他都已经将心理建设做到了这个份上，可瞧瞧他看到了什么……

遥遥的，乔茴与季容在一家早餐店坐着，有说有笑。

靳南下车摔门，身上带着冰冻三尺的寒意。

乔茴今天刻意打扮过，穿着过膝长靴，白色大衣还是他和她一起买的。

那天在商场吃过饭，离开时他看到橱窗里模特身上的衣服，稍稍驻足便进去买了下来，那时她说什么来着？要下雪的时候穿了和他一起约会。现在连雨都没下呢，她就穿来讨好另一个男人。

靳南在三米之外的距离里站定。

季容对隆重打扮的乔茴自然是极尽客气的，可比起只能站在阶梯上空着肚子吹冷风的靳南，乔茴也只是被请到了早餐店而已。季容是个狡猾又有原则的男人，区区美色还不至于让他头脑发昏、百依百顺。

“传统錾刻过程复杂，技术难度大，连我一个外行都知道，这项手艺正处于衰退中，季师傅能抛开名利一心一意传承民族文化，果然是匠心精神。”

这不是乔茴第一次当马屁精，刚离开钟家时，生活的穷困潦倒令她破罐子破摔时，为了工作，她没少跟各个阶层的男人周旋，所以她很熟稔，也极会把握分寸，明白什么样的讨好程度，既能得到工作机会，又不至于让自己吃亏。就像现在她对着季容表现出的崇拜与敬佩，任谁看了都觉得情真意切，这当然也包括了靳南。

大衣的毛领很漂亮，雪白柔软，圈着她的小脸，风一吹，绒毛拂过脸颊时，显得她格外柔美娇媚，靳南几乎可以确定离她更近的季容也在强烈心动着。

男人总是了解男人的，从见乔茴第一面起，季容就发现自己胸口那只沉睡已久的小鹿醒了，活蹦乱跳的。

他欣赏一切完美的事物，包括女人。

“没有那么伟大，不过能得到乔小姐的认可是我的荣幸。”

“季师傅太谦虚了。”乔茴一直娇笑着，她不主动提百芙合的新项目，却句句没有绕开过錾刻，跟一直打太极的季容也算相谈甚欢。

不咸不淡地聊了那么多，季容也是急于探知她的真实身份，将话题主动往前赶了赶，提到一个人：“其实说起来，靳先生才是青年才俊。”

聊到男友，乔茴脸上有一抹极淡的欢喜与骄傲，虽然转瞬即逝，却不偏不倚落入季容眼底。他在心底叹息，有些失落。

他的视线转而落在她莹白纤细的手指上，那里没戴戒指。

只要还没有谈婚论嫁，就不是没有转机。

“靳南他……”乔茴用心措辞，可说来也奇怪，总觉得有一道冷冰冰的目光监视着自己。她一抬头，果然一眼撞上靳南阴森的视线，顿时头皮发麻！

“靳南。”她下意识地出声。

总算是看到他了，靳南抬脚朝两人走去。

“靳先生。”季容和颜悦色地和他打招呼，“靳先生怎么才来，没跟乔小姐一起？”

“我有事耽误了。”靳南随口胡诌，偏头看了一眼低垂着小脑袋安静的乔茴，勾了勾唇，“至于她……大约是好奇这边的水煎包到底是个什么滋味，所以撇下我，偷偷跑到我前面去了。”

靳南满口“我女朋友有点不乖”的身份暗示。

季容听得出来，笑了笑，邀请道：“靳先生还没用过早餐吧？一起吧。”

这话怎么听都像赫然闯入打搅人家二人世界的第三者，靳南如果赌气到底，那么正中季容下怀。他没那么冲动，抽了张纸巾擦了擦桌椅坐下。

“乔小姐，我想我知道你的来意，是为了靳先生？”

一直是太极爱好者的人忽然说话这么一针见血，乔茵还不适应，她吸着豆浆抬头，稍怔。

季容早有了自己的答案，故意嘲讽：“原本还以为你们郎才女貌，现在看来是我高估靳先生了，让一个女人出面为你冲锋陷阵。”

乔茵一听急忙想解释，被靳南握住了手。

乔茵一直担心靳南生气，现在他主动靠近，她立即在桌下与他十指相扣。

“季师傅恐怕是误会了。”靳南缓缓出声，眼神柔和地看了一眼乔茵，继而轻飘飘地反击，“我这不是来了吗？我们男女朋友理应共进退，这有什么问题？”

推翻了离间，宣布了关系，甚至还秀了一波恩爱。

季容的笑意转冷：“你们真的是恋人？太遗憾了，我竟然晚了一步。”

“不止一步。”靳南不知死活地补刀。

乔茵在一旁急得不行，抠抠他手心暗示，心想：你也适可而止，真把人惹急了，对我们的合作有什么好处？

靳南无动于衷，只捏紧她，防止她再乱动。

还好，季容也没恼羞成怒，说：“你们为什么找上我，有什么打算，我都了解。我不缺钱，也无意让名声更上一个台阶。我们手艺人，原本也不需要被社会过多关注，我不靠这个吃饭。我的确不喜欢商业合作，可情况特殊的话，也不是不行。”

听出他还是松了口，靳南并没有喜出望外，反而问道：“你有什么条件？”

季容不答，猎人一样的视线看向乔茵，含义不言而喻。

靳南瞬间怒了，跟第一天一样，拉起不明就里的乔茵就要走，被季容揽住。

“靳先生留步，我话还没说完。”

靳南冷冷的眼风扫向季容，脸上写着“你敢再多说一句废话试试”。

季容有什么不敢，他看着乔茵，眼底都是青睐，语气也很柔软：“我当然不会让靳先生把人让给我，毕竟乔小姐也不是一件物品。事实上，我跟乔小姐相见恨晚，只是被靳先生占了先机，说实话，我挺不服的。如果我遇到乔小姐的时间更早一些，说不定情况会跟今天有所不同。这样好不好？我们公平竞争，也给乔小姐重新选择另一半的机会。赢了，我或许有机会赢得一段完美的爱情；输了，我可以答应与你们银楼合作。”

“绝无可能！”

“我答应你！”

靳南和乔茵同一时间齐齐出声。

靳南不敢置信，转过头，狠狠瞪向同样不知死活的乔茵。

Part.12
靳西的魔力

靳南的低气压一直持续到两人回到了车上，他们本来十指相扣，可一与季容分开，靳南就甩开了乔茴。

“靳南……”坐上副驾驶，乔茴语气软软地撒娇，伸手拽了拽他的衣袖。

靳南握紧方向盘，不发动引擎，也不看她，目视前方，冷冰冰地问：“为什么过来？”

“想给你一个惊喜……”

“给别的男人机会也叫给我惊喜？”

“你明明知道不是这样的。”乔茴不满，她又没做什么见不得人的事，“你不要一副捉奸的样子好不好，你很清楚我是为了百芙合好，过来找季容也是想努力促成这次合作，干吗故意气我？”

“那你呢？”靳南终于转过头，目光很锐利，哪里还有曾经为人师表的一丝温和，他质问乔茴，“你不打招呼就跑过来，想没想过我可能会担心？不跟我商量就擅自答应季容，想没想过我会生气？”

“我想过啊……至少前半部分想过！所以才没敢接你电话，我知道你那么聪明，一定可以一秒拆穿我。”

乔茴也很聪明，坦白从宽的同时，还不忘顺带夸靳南一句。可靳南不上当，面无表情地等着她下面的话。

“答应季容那是因为情况紧急，我怕他出尔反尔，再说我敢那么答应下来，绝不是因为我真的想重新选择一次，而是我绝对信任你，我相信你不会输给他！”

这样他应该就不会生气了吧？她这么有诚意！乔茵小心翼翼地看他，与他冒火的黑眸相望，轻轻一笑。

吻是毫无预兆落下的，靳南忽然欺身过来，乔茵只觉得眼前一暗就被他捂住了眼睛。片刻后，她的座椅位置被下调，他顺势压下，用了一些蛮力，亲吻的力道也比以往都重。这让乔茵有些迷糊，一心二用地想着：亲一亲他可能就会原谅我了吧？

乔茵的眼睫扑闪扑闪，搔动着他的掌心有些痒意。

靳南放过她的双眼，发现她分心，报复似的从红唇游移到脖颈并重重地吮了吮。乔茵本能地抗拒偏头，无疑更方便他的索取。

靳南吻着她，有些忘情，把手探进乔茵的衣服下摆，冷凉指尖触到她细腻紧实的腰腹。乔茵一抖，不知是刺激还是冷的。靳南还嫌不够，顺着腰线一路往上，乔茵没有防备，下意识跟着一哆嗦。

靳南这才有所反应，他咬着她的耳垂缓缓睁眼，入目是女孩子迷乱的双眼，眼尾处还带着一抹委屈的红。他突然清醒，俯在她身上缓了几秒。

乔茵也跟着喘息，她并不生气，只是害羞，同时还很在乎，她都已经牺牲那么多了，他到底消没消气？

她搂上他脖子，小声说：“我爱你。”

这突如其来的示好令靳南一僵，霎时连呼吸都屏住了。

乔茵红着脸将脑袋埋进他颈窝，等着他相同的回应。

可惜靳南才不会被蛊惑讨好，他拉开她的手起身，倒不忘尽责地替她理了理衣服，然后转头发动车子。

这男人精神分裂吧？乔茵大开眼界。

“要不要这么冷漠无情……”她抱怨道。

靳南恍若未闻，就是不理她。

小气！

回程路上，乔茴发微信消息给靳西，控诉靳南的冷暴力。

靳西此时正坐在前往雁何山的中巴车上，山路颠簸，从不晕车的她已经吐了两回。说起来这家客运公司也很周到了，车上随处可见垃圾袋，就是为了方便旅客能够随时随地想吐就吐。

靳西睁着疲惫的眼看完女神的吐槽，简直不敢相信女神口中那个人就是她哥。

“你怎么惹我哥了？他从来不会这样。”

难得小迷妹今天没跟她站在统一战线，乔茴感受到了前所未有的孤寂，手下生风一样飞速地打字：“你觉得我冤枉他了？”

靳西：“没有，绝对没有，我只是好奇你做了啥。”

乔茴：“答应另一个男人给他追求我的机会。”

靳西：“……”

乔茴：“你也觉得他很过分对不对？”

靳西：“没有，我只是诧异我哥竟然只用冷暴力对待你，堪称新一代忍者神龟了。”

乔茴：“……”

只有冷暴力吗？乔茴怔了怔，想起了不久之前被压在副驾驶的那一幕。

车子被靳南开得在超速的边缘，乔茴回忆起来小脸红了红。

不止冷暴力，他才不是忍者神龟！

另一边的靳西。

她整天变着花样地哄骗家里人，说什么还在传承基地跟大师傅交流，可能还需要一阵子，其实人早已跑到了几百公里之外的雁何山。

她暗暗立下过誓言，不把六时师傅带回去决不罢休！她要给大家一个惊喜，尤其是最初拒绝她参与这件事的靳南。不过这个想法倒是跟自作主张去找季容的乔茴不谋而合了。

靳西下车的时候已经下午三点，一路上吐了几次她也不记得了，反正胆汁都呕出来了，此刻小脸蜡黄得像是命不久矣。她站在马路边补完妆，随后根据路标提示找到六时的培训营，倒也没费多大劲儿。

只是，见识过了传承基地的占地面积与正式程度，眼前这几所小房子在她眼里简直像难民营，她拉着行李箱站住不动，等着有人发现她。

“你是……”

还好，才站了一分钟就有人探头探脑地出来了。

靳西微微一笑，回道：“你好，我是来找六时师傅的。”

眼前是个年轻人，平头，靳西猜想大约是六时师傅的徒弟。

“你来找师父？你是来学艺的？”年轻人很惊喜。

靳西想起在传承基地时，六时的另一位徒弟说过六时不爱掺和商业合作，她也一直以“崇拜六时老师，渴望拜师”的上进少女自居，但她的真实目的并不是这个，一时还真不晓得该不该马上承认了。

她迟疑，尚且没有想清楚，对面那个看起来比她大不了几岁的年轻男人就扯着嗓门大喊：“师父，快出来！你的女徒弟前来拜见了！”

靳西：“……”

这边一共六栋房子，都是平房，他一喊，靳西发现每个门里都有人冒出来，一转眼，数十个年轻人站在她面前，看她跟看猴儿一样。

“嗨……”靳西没见过这种诡异的场面，怯生生地与他们打招呼。

他们都被六时关在深山里一个多月了，六时连养条狗都是公的，更别提会有什么女人留在山上。此时大家看见这么一位可爱的女孩子，个个都两眼放光。

“都跑出来干吗？活干完了？”

靳西正局促不安，一道声音从人后传来，于是她就看到了类似电视里小弟们给大哥让道的经典场面，但这还不是让她最意外的。

来人身形高大，十二月的天气，山上的气温更低，他却穿着薄薄的线衫，留着寸头，五官立体，身材看起来很结实，有肌肉，深山里居然会有这种极品帅哥？

“师父，我活干完了。”

“师父，是女生耶！”

“师父，你不是一直想收个吃苦耐劳的女徒弟？”

靳西目瞪口呆，不敢相信自己的耳朵。

他？六时？

盛名在外的六时师傅原来不是头发花白、胡子拉碴的老爷爷？他不仅不老，竟然还是个荷尔蒙爆棚的型男？

靳西看脸的毛病又犯了，直勾勾地盯着他，一颗心扑通扑通地狂跳。

两人四目相对，六时也看着她，眼神很是耐人寻味，就这样静默了许久。

靳西受不了，脸热得不行，却还要亲自确定他的身份，问道："你真的是六时师傅？"

"是我，你找我？"

靳西点点头。

"有事？"

靳西不答，实话实说会不会被轰出去？曲线救国会不会是个好方法？反正她不能这样两手空空地回去！

"我来……拜师学艺！"

他不是想收女徒弟吗？拼了！

可是六时师傅看起来并不那么高兴的样子，他没有立即答应，反而赶走了一群看热闹的徒弟："活没干完的接着干，干完的找活干，还想不想出师了？晚饭还想不想吃了？"

也不知道是他哪句话起了效用，一群人顷刻间一哄而散。

靳西呆愣愣地站在原地，心想：他的沉默到底是答应了，还是无声的拒绝？她试探性地喊了他一声："师父。"

小女生的嗓音软软的，跟那群糙汉叫师父的效果完全不同。

六时心一荡，意味深长地瞅她一眼，又问："你确定你只是来学艺的？"

他果然怀疑自己的动机！靳西闭眼点头。

"那行，跟着我吧。"六时也点头。

事情就这样成了定局，靳西喜忧参半，喜的是总算见到大师的真面目了，事情仿佛成功了一半，忧的是她之后能不能说服六时下山当百芙合的高级技师。不过这些倒也不是那么紧要的，因为她后知后觉地发现，成了六时的徒弟后，她就要住在这个环境恶劣的地方！

“我不能住在山下的小镇上吗？我可以每天来回跑，我不怕麻烦！我怎么能跟一群男人住在这里呢？”

六时拖着靳西的行李箱往宿舍走，路上听到她的话驻足：“你一个人一间房，更何况还有我在这里，怕什么？”

“可是……”

“没什么可是的，大家都住在这里，就算你是个女孩子，也不能那么特殊与例外。”

当徒弟的不能不怕师父，靳西生怕六时下一秒就说出“你要是受不了现在可以走”这种绝情的话，咬着牙忍下来：“好的，我住。”

刚打开其中一扇房门，靳西就闻到了扑鼻的霉味，她捂着鼻子站在门前，小脸皱得像个包子。

六时看出来了，说：“这里雨水多，比较潮，通通风就好了。”

他将她的行李推进去，靳西不得已也跟着进去。房间不大，十余平方米的样子，她环顾四周，一张单人床，一张桌子，角落里立着一个衣柜，简陋得厉害，不过还算干净。

六时从衣柜里拿出床单被套，是像部队里一样的简朴军绿色，问道：“会铺吗？”

靳西当即摇摇头。

六时像是没有一丝意外，眉头都没皱一下，二话不说就着手替她铺床。

靳西原本因为非得留在这里对他有些不满，可他身为师父对徒弟这么体贴，她又决定原谅他。

毕竟，他还那么好看！

“谢谢师父。”

六时背对她，没说别客气，只告诉她：“你如果不习惯，也可以不用喊师父，叫我六时就好了。”

靳西不肯，她这点事还是懂的，用方才他说过的话回他：“那怎么行呢？大家都喊师父，我是个女孩子也不能搞特殊。”

“随你吧。”

此时两人还不知道，车间里大家已经为他们的事炸开了锅！

“搞什么？师父亲自带着那个叫靳西的小姑娘去宿舍？”

“你是不是瞎？师父帮靳西拿行李这个重点你都能忽略？”

“师父是不是重女轻男？凭啥一姑娘刚来就受到这样的优待……”

“不得了了，不得了了！”众人正讨论得热火朝天，林平急匆匆地从外面跑进来。

“林平，你咋咋呼呼干啥呢？”

林平就是最初出来与靳西搭话的人，他又发现了新大陆：“我刚从厕所出来，你们猜我看到了啥？老大给靳西铺床！铺床！”

众人一愣，随即又开始八卦。

“原来师父是这样的老大。”

“师父说想收一位吃苦耐劳的女徒弟是不是个幌子？”

“我看啊，收徒是假，趁机撩个妹子是真，哈哈哈……”

“去你的，只要师父愿意，什么样的女妖精没有。”

“可能老大比较重口味，喜欢刺激一点，玩……”

不知不觉画风骤转，六时再回去时，发现大家竟然越聊越不正经。

这要搁在平时也没什么，大家都是成年男人，血气方刚的，他可以睁只眼闭只眼，但以后不同了，靳西还在这儿呢。

“看来你们是真不想吃饭了。”

在没有网络的深山上，吃饭一事是唯一牵制他们的诱惑，所以效用也极大，此话一出，室内顿时鸦雀无声。

靳西就站在六时后面，他们的只言片语落进她耳朵，脸红得滴血。

“我来介绍一下。”六时说着将人往前拉，“她叫靳西，过来……学习花丝镶嵌，今天起我会对你们一视同仁，细金工艺最依赖技巧与经验，培养出一名合格的花丝师傅，短则三年五年，长则十年几十年，所以这门手艺也极讲究天赋。但愿来年开春之后我们回到B市的时候，你们已经能够帮着打打下手。”

他一席话说得严肃，他的徒弟们郑重地点头。新拜了码头的靳西默默垂首，脑子里想的是来年开春……所以她要明年才能回去？那怎么可以呢。

事后，靳西就此事小心地探过六时的口风：“六时师父，元旦都过了，春节也不远了，你春节一般怎么过？”

六时正在摆弄几块祖母绿宝石，本想回一句“照常过”，话到嘴边意识到问他的人是靳西，又顿了顿，抬头看她，反问道：“你想怎么过？”

“回家过……”

六时拧眉：“你才刚来山上，就想着放假的事了？”

靳西也觉得不妥，脑袋埋得低低的，小声嘀咕：“我从没有一个人过过新年。”

“我陪你过。”

如若此时六时不是花丝镶嵌大师，不是她为达目的满口胡诌又阴错阳差拜过的师父，这样颜正条顺的帅哥亲口说出“我陪你”，靳西恐怕飘得连东南西北都不知道了。当然眼下也不妨碍她一颗心在嗓子眼跳了又跳，只是到底有那么多顾忌，比起男女之情，挽救银楼的事更像一座大山压着她，倒没敢真的胡思乱想。

“那好吧……”她妥协。

小姑娘看起来很是闷闷不乐，留在山上这么委屈？六时将价值远超钻石的几颗优质绿宝石丢到桌上，拿了烟盒当着她的面点了支烟。

林平平时一直被大家调侃，说他托生成一个男人亏了，比一个女人还爱八卦，偏偏回回还都被他撞见。

转眼他又跟大伙分享：“那个靳西啊，真是不省心，刚来就惹老大生气。”

“怎么了？”

“不知道，说了啥没听清，就看到老大狠狠抽了一口烟。你们说她今晚会被老大罚啥？通宵熔金还是拔丝？轧片还是制胎？咱们下注吧！”

六时还不知自己山上养了一群“赌鬼”，但事实是这件事没有真正的赢家，因为他们当晚就发现，靳西非但没受罚，反而被老大关爱有加。

山上不比基地，条件更艰苦一些，六时为了让他们心无旁骛，除了条多余的狗外啥也没有，更别提专业的厨子，他们十来个年轻人排班煮饭。

今晚煮饭的是个东北人，做了一大锅猪肉炖粉条。当然，这一锅与正宗的猪肉炖粉条只有名字一样而已。

靳西初来乍到，不敢挑食，可筷子拨来拨去就是难以下咽，离家那么多天了，她第一次真情实感地想起妈妈。

十来个人的小食堂，每到吃饭的时候都乱糟糟的，今天因为多了个靳西，他们都格外安静。六时坐在靳西旁边，将她为难的样子尽收眼底后，夹了自己碗里的肉给她。

“能吃的就多吃点，吃不下的给大黄。”

无肉不欢的靳西羞愧，又低头道谢。

旁观的众人目瞪口呆，说好的发火呢？还有，真的可以挑食吗？

有个叫赵小磊的徒弟狗胆包天，信了白日里六时说过的一视同仁的鬼话。

“师父，我不爱吃大萝卜，可以留给大黄吗？”

六时没抬眼没回话，只叫了一声林平，安排道：“你明天下山采购五十斤萝卜，冬季吃萝卜养肝护胃，接下来一周的食谱都给我安排上。”

林平看了一眼赵小磊，看热闹不嫌事大地大声应好。

赵小磊内心悲痛：我做错了什么，要被这样区别对待？

S 市，靳南被动地与季容达成某种共识之后，终于被请进了錾刻大师的小院子。

“我日常工作起居都在这里。”季容引着靳南和乔茴往里面走，其实主要是向乔茴介绍。

展示了他晒台上精心养护的盆栽和琳琅满目的展示台，脚步一转，他居然连卧房都要公开。

不知情的乔茴被靳南阻止了前进的脚步，然后靳南语气不善地开口：“季师傅，卧室是你的私密空间，就不用看了吧。”

好在季容也识趣，略一点头：“也对，我们去錾刻室吧。”

“对，这才是重头戏。”乔茵赞成。

“我这里没什么客人，客房都成了工作的地方。”

季容打开上锁的房门，古老的木门吱呀一声，亮光随着跃进去，乔茵一眼就瞧见了桌子上用木盒装着的许多錾子。

“这……得有几百根吧？”她惊叹。

季容微微一笑：“差不多，这些錾子都是自制的，像这把就是常用的勾錾，还有这些叫双线錾、发丝錾、沙地錾，还经常需要根据加工对象临时打制一些其他类型的錾子，有这个数也是正常的。”

乔茵就算是珠宝设计师，对传统手工艺有一些了解，但在季容面前，她知道的那些连皮毛都不算，再加上合作还未落实，她谦虚得很，很懂得该怎么样才让季容刷足存在感。她放下錾子，拿起一枚铃铛故意问：“这表面的花纹就是錾刻吧？”

季容点了头，还没来得及细说，就被自打进了房便一直沉默的靳南抢了先：“是錾刻，錾刻的造型分为片活和圆活，你手上的这枚铜铃就是圆活。”

乔茵心想：他故意拆台的吧？

靳南当然是故意的，察觉到季容投过来的视线，他迎上去，两人隔着乔茵较劲地对视。

“没想到靳先生还做过一些功课。”

“这不算什么，什么都不懂又怎么敢来请季师傅呢？”

乔茵：“……”

季容有心试探靳南，拿了一面银牌，上面有紫荆花样。

靳南领悟他的用意，看一眼便回答：“这是阳錾，凸出首饰表面的錾刻花纹，錾去花纹外的余料。”

“果然是百年银楼继承人，靳先生刚入行就能对这些理论知识顺口拈来很不容易了，就是不知道实践起来怎么样。”

这就开始比了？乔茵顿时紧张，马上替靳南说话：“实践他不行，他真的不行！他连素描功底都没有的，也就是嘴上说说，教授嘛，你懂的，比较会读书。”

靳南闻言看了乔茴一眼，没吱声。

季容直截了当地说："那比什么呢？难道跟一个教授比念书吗？靳先生如今正经称呼起来都要喊一声靳总的，身为百芙合掌舵人，比拼錾刻，我也不算欺负你吧？"

靳南不答，他摩挲着手指，看起来气定神闲的样子，反正有人替他着急。

果然，季容的话一出口，那个替他急的人就坐不住了，口齿伶俐地强调："季师傅，你也说了靳南是掌舵人，那么身为掌握方向的决策者，他是不需要下车间的，你们的专业不在一个领域，我觉得这不公平。"

"我也觉得这不公平。"季容接过乔茴的话，望着她的眼睛一字一顿，"乔小姐，我原以为你是个裁判，现在看来，你这个裁判当得有些偏心。"

"我没有偏心，我是就事论事，比錾刻他必输。"

"比念书我就赢了？"

"算了！我不管了！你们自己商量，取一个折中的。"

折中？哪有那么好折中？季容吸取了祖辈的经验与教训，不愿意再踏足尔虞我诈的商场，现在即便妥协，也不愿意轻易输了爱情，还输掉底线。

靳南就更不必说了，他同样像乔茴相信着自己那样相信她，相信即使这一局败给季容，她也依旧会毫不犹豫地选择站在他这边，但还是免不了季容要光明正大地纠缠。

那画面他光想象都觉得不适，更何况他也不想辜负乔茴的信任。再者还有百芙合，薛助筛选的錾刻师傅人选他一一看过了，虽然不想承认，但又不得不承认，季容如今是錾刻工艺界的第一人。

于是，这么一拉扯就三五天过去了，他们始终谁也不肯退让一步。

雁何山上，大家越来越怀疑六时收靳西为徒的用意。

六时说过，花丝镶嵌需要极高的天赋，他们能得六时青眼，绝不像靳西这么容易，只要软糯糯地叫声师父就点头答应了。

起初，大家都以为靳西是骨骼清奇，难得的天才，但几天接触下来就发现她素描功底平平无奇，也不怎么吃苦耐劳，不太爱钻研，更别提有什么悟性。可她就是很神奇，你说当徒弟的哪个不被师父骂得狗血淋头？她就没有！所以时间一长，不仅赵小磊，大家伙都终于认清，六时的一视同仁真的只是说说而已。

综合车间里，时不时传出六时毫无耐心的破口大骂！

“我是这样教你的吗？素丝对折再进行搓碾才叫花丝，你记性被狗吃了？”

“这个传统枣花锦谁做的？我说要大小一致、整齐划一都当耳旁风了？”

“镊子与手指要相互配合，我说了八百遍了，你是死人啊？”

再有型的帅哥每天这么骂人，靳西也心动不起来，她将自诩已经拉好的银丝递过去，小心地说道：“师父，我弄好了。”

“我看看。”六时回过头，虽然还寒着脸，但声音一下就平和了许多。

众人：“……”

靳西手里的银线原本有十厘米，拉伸出来应该是原始银线的一千倍，可现在顶多才五十米，都这样了居然还不挨骂？天理何在！

“怎么样？”等了片刻没等到表扬，靳西有些心急。

“再细一点儿。”六时轻声说。

“多细？”

六时望她一眼，突然抬手摸了一把她细软的头发，摩挲了下，像是真的在比较什么，半晌回道：“像你的发丝这么细。”

他的手指常年水里来火里去，不仅粗糙还带着茧，抚摸秀发的时候无意触到她的耳朵，靳西一愣，脸红了。

六时看在眼里，有笑意在他眼底一闪而过。

而现场的其他人只有一个念头：这个姑娘有魔力！

大家都是年轻人，眼皮活络，起初还因为六时重女轻男觉得不服，转眼大家就找到了全新的策略，把靳西当成箭靶子顶了许多雷。

一群人想吃烤鹅了，甭管会不会做，就在六时面前有意无意地提了几嘴靳西喜欢吃鹅肉。两天后，六时骑着摩托下山采购，就带了一只烧鹅回来。

山上没有任何娱乐设施，大家就算准了六时过来的时间，开始七嘴八舌地询问靳西的爱好，于是五子棋、飞行棋、跳绳之类的陆续被带上山。

而背锅的靳西对这发生的一切浑然不觉，只知道大家都很喜欢她，很欢迎她，慢慢地，她有一种成为团宠的错觉。

不过，也不算错觉吧。毕竟山上就靳西这一位可爱的女孩子，平时不服归不服，利用归利用，该宠还是要宠的，尤其他们都还单身，起初或许不会瞎问，可七八天后就有不长眼的开始乱打主意了。

“靳西啊，你是S市人，在那种繁华大都市里，像你这么漂亮的女孩子，应该不会还单身吧？”

“嗯，我单身啊。”专心致志地用创可贴裹住被火灼伤的手，靳西没心眼地答。

“那你喜欢什么样的男生，喜欢手艺人吗？”林平口中的手艺人指的是自己。

他俩一个敢问一个敢答，说起手艺人，靳西脑海中浮现的是六时的身影。最酷的外形却做着最精细的手工活儿，而且从早到晚都只穿一件薄薄的针织衫或T恤，都不怕冷的，身体素质一定很好。

帅是真帅，除了骂人有点凶，不过似乎也没骂过她？靳西仔细地回忆。

今天是分组学习，林平很幸运，跟唯一的女学员靳西分到一个组，现在整个焊接房就他们两人，所以林平才敢这么肆无忌惮。

“以前好像不喜欢。”靳西想起自己的娃娃亲，嫌弃地皱皱眉，但像六时这样的又好像还可以，“现在长大了，思想成熟了，觉得手艺人挺好的。”

“我也觉得！”会错意的林平附和。

而他们的身后，六时靠在门框上，向林平投去了死亡凝视。

靳西觉得背后冷飕飕的，有些害怕，又不敢回头，于是用受了伤的手指去揪林平衣服，让他帮自己四处看看。

“我总觉得有人在某个地方监视我。事实上，我每天都觉得有人监视我，这山上阴森森的，晚上的风跟鬼叫一样，我都睡不好，你帮我瞧瞧？”

这种英雄救美的时机可遇不可求，林平豪气地答应，可刚一回头就撞上六时深沉的视线，整个人像刚吹鼓的气球被锋芒一扎，漏气了……

他立即回过头，坐下，干活，诚惶诚恐的样子吓到了靳西。

小姑娘脸色发白，看着他问：“真的……有鬼？”

林平摇头：“没鬼，有师父。”

嗯，师父跟鬼一样可怕。

不好好练习被撞见就算了，还可能亲眼见证了他的撩妹过程，那么他的下场会是什么？

可能要跟大黄比赛赛跑？

可能要连吃一个月大萝卜？

或者干脆让他卷铺盖滚蛋别干了……

老家的人可还指望他衣锦还乡呢！

“靳西，你出来。”

被点了名，靳西站起来往外走，脸色比林平好看不少，毕竟师父比鬼还是可爱很多的。

“什么事？”靳西站在门前。

六时手里捏着一盒东西往旁边的展室里走，靳西就自然而然地跟过去。只有两个人了，六时才把东西递给她：“烫伤药。”

“哇！”靳西感动，“我正担心这些烫伤会不会留疤呢，真是及时雨一样，谢谢师父。”

六时眉头皱着，交代道：“你要留心一点，花丝镶嵌离不开火的灼烧，别回头技术没学会，这一双手再毁了，得不偿失。”

靳西一听可能会这么严重就有些忧愁：“真的会吗？我皮很薄的……”

六时不希望看到她受伤，但话太重了又怕吓着她，把人吓跑了还怎么培养感情？几番取舍，他撂下一句话：“小心点就好，你很有天赋，不要放弃。”

“真的？可我怎么听赵小磊说我资质很差啊？”

有人在背后嚼舌根？六时再次当着靳西的面点了支烟，猛抽了一口吐出个烟圈。他坚毅的侧脸隐在烟雾后，沉吟半晌，说：“谁才是师父？他懂什么？连个皮毛都不知道。”

“是哦。”靳西宽了心。

六时不宽心，他耿耿于怀自己之前听到的，问道：“你单身？”

“啊？”靳西傻了一下。

“随便问问。”六时脸色不太自然。

“哦……”

哦什么？六时不耐烦，追问道：“到底是不是？”

靳西不解六时身为师父对她感情状态的执着，怔怔地点头：“是，是啊。”

得到她的肯定回答，六时脸色更不好看了，挥挥手让她走：“干活去吧。”眼不见为净。

“哦！”不懂哪里惹了大师傅的靳西转身就走。

他在烦什么？单身有罪？理了半天理不出缘由，靳西只好把六时的坏情绪归结于她学习不认真。她又想起了大家说师父心情不好时就爱罚人，还没被罚过的靳西惴惴不安地等待自己的命运。

可当晚，不该赵小磊值班煮饭，六时却要求他做锅包肉，成功了，大家吃，失败了，他自己吃。

赵小磊从未做过锅包肉这么复杂的大菜！毫无疑问地失败了。六时牵走大黄，留赵小磊一人独享，可怜赵小磊吃得消化不良，夜里起来吃了一把健胃消食片，又在大家的宿舍门口来回“巡逻”了大半宿，这才勉强睡去。

林平跟赵小磊一贯相互取笑，谁挨了训，另一个乐得就像中了奖。不过这次祸不单行，六时“雨露均沾”，把靳西与林平的分组调了，变成了林平与赵小磊一组。难兄难弟搭配，干活也不累，挺好，只有靳西，又安稳地躲过一劫。

Part.13
西西公主变形记

山里信号差，靳西自打进了雁何山，跟家人的联系就变得断断续续的，能不能接上信号全靠运气，今天中午就运气很好。

靳西动辄失联两三天，靳母早担心坏了。靳西如今也瞒不下去，跟父母说了实话。靳父一贯心大，一听她拜了知名花丝大师为师，开心得让她好好学，有了一技之长，百芙合就算破产她也不怕的。

靳母则担心女儿水土不服，环境艰苦，一个劲儿地问每天吃什么喝什么。靳西也不好说每天都像在吃猪食，于是拣好的说："鹅、叫花鸡、猪肉炖粉条、黄酒炖肘子，还有锅包肉。"虽然锅包肉她没吃到。

"倒也还凑合。"靳母欣慰了一点点，还要再说什么，被靳西打断。

"妈，我不跟你们说了，这里信号差得厉害，不知道什么时候通话就会中断，我还要跟我哥和乔姐姐报告一下工作进度！"

事实上，靳西的微信早被乔茴刷屏了，她粗略数了一下，每天大约都有三五十条的信息。最早是吐槽大哥和那位叫季容的錾刻师傅，再往后就是感慨裁判有多么不好当，现在见靳西一直不回信息，消息就变成了疯狂质问。

"你野哪儿去了？"

"你到底犯了多大错？装死装成这样？"

"手机丢了？"

“你是不是出事了？”

那么多的问题，靳西都不知道应该先回哪一个，想了想，她用语音回乔茴的最后一句：“对！我出事了！实话跟你说了吧，我现在正在雁何山拜师学艺，当然这是结果，过程一言难尽我就不多赘述了，总之我为了百芙合付出了太多！我现在可谓是牺牲自己，成全银楼，反正就是曲线救国。你不要担心我，让我哥也不要担心我，虽然可能是我自作多情他并不会担心我。另外我挺好的，在这里很受欢迎，师父是个极品大帅哥，这里自然风光很好，帅哥也很养眼，还有就是……转告我哥和我爸妈，我没有勇气亲口告诉他们，我春节不回家了！”

不间断地说完这么长一段话，靳西大口喘气，她佩服自己，短短时间里就可以组织出这么丰富的语言，连贯流畅，真不愧是靳教授的妹妹呀！

而在靳西身后，六时出来找她吃饭，已经在一边站了良久，她的话他一句不落都听到了，他挑挑眉，又悄无声息地转身离开。

乔茴收到这条微信时，正跟靳南一起在医院里，也不需要她转述了，她直接放一遍给他听。

“西西这回是认真的，值得表扬鼓励啊。”

同一件事，女人注重过程，男人往往在意结果。

靳南问道：“聘请六时与她当人家徒弟有什么关系？究竟发生了什么这条路会走歪成这样？”

乔茴双手抱胸，回他：“我们去找季容的时候，也没想到还要跟他比赛啊。我居然还是那个奖品。”

“怪我？”

“不敢，这条路是凭我一己之力走歪成这样的，跟你没关系。”

靳南淡淡“嗯”了一声，摸她的头：“你知道就好。”

时光飞逝，如果不是靳西提醒，靳南都忘了再有十多天就是春节了，也对，毕竟元旦都过去那么久了。昨天薛助好像也在向他确认年假时间与分发给员工们的节日礼盒，他当时在干吗来着，随口应下后也没放在心上。

哦，对了，在跟乔茵一起吃饭。

隔壁桌有几对情侣旁若无人地亲密，靳南觉得不雅，乔茵却看得津津有味，完了还故意伸脚在桌下磨蹭他的裤腿。他当时满心都是这女人又开始不知死活地在悬崖上翻跟头，以至于分心到和薛助的通话过程极其敷衍。

“你春节怎么过？”靳南突然问乔茵，“要回家吗？”

乔茵方才还觉得温情脉脉，转瞬间就一颗心如坠海底。她站在走廊上远眺，头靠在他肩上，仗着他看不到自己的表情，缓了缓声音，很轻地说：“回家。”

已经有四五年了，她犹如游荡在偌大都市里的孤魂野鬼，任何团圆的节日都与她无关。其实她大可以直接告诉靳南她没有家人，贴心如他，一定会来陪她吧？

算了。

乔茵不希望靳南觉得她很可怜，其实她也明白，这段感情一直发展下去，总有一天他会知道所有一切。比起他最后被动地从外人口中接收那些关于她的信息，她自己心平气和地讲给他听或许更好。

她都明白的，也尝试过，可真的难以启齿。

她没有任何证据，他会信吗？应该会吧……她相信自己没有爱错人。

又或者，他们根本走不到那一天……

许是想起了从前，各种纷杂的思绪齐齐涌来，让乔茵有些悲观，可她怎么也没想到，前一秒还存于她脑海中的幻想转眼就成了现实。

是靳南，他握住她的手，声音很低却很郑重：“我爸妈一直想要再正式地见你一面，因为你害羞，我一直没有安排，但我想我是不是应该见一见你的父母？或许你已经跟他们提过我，可亲眼见过，他们才能放心你跟我在一起。”

她的身份，她的家人，这些对乔茵来说都是最不可触及的雷区，可靳南什么也不知道，她不怪他。

乔茵忍下心头那一阵酸胀情绪，抬起头，牵唇一笑：“暂时不要了吧。”

靳南对待感情专心、真挚，对于乔茴他毫无保留，他觉得乔茴也是一样，他能感受到她全心全意的信任与依赖，但偶尔也会有那么一瞬间，他觉得她谁也不信。

眼下就是这样的。

他的笑意滞在眼底，想了片刻，应声道："好，可能是我太着急了，我以为这是给你和你家人安全感的最好方式，但仔细想想，我们确实也没有交往多久，见父母是一件很严肃的事。"

"不是这样的……"乔茴摇头，靳南的体贴让她控制不住有些鼻酸，她很怕在他面前暴露自己，迟疑了一会儿才解释，"靳南，你不要生气，我拒绝你不是因为时间长短的问题，事实上从我们正式交往的那天起，或者更早之前，我就确信你是我爱的人。"

小姑娘神情惶惶的，靳南看了也不忍心，他没有生气，他所说的每一句话，都不带任何赌气的成分，是她对这件事过于敏感了。可她反应那么大，他又觉得是自己错了。

"乔茴。"靳南捧住她的脸，看尽她泫然欲泣的无措表情，温声回应，"你不要紧张，我没有别的意思，可能是我措辞不当，但我真没生气，我知道你爱我，你说过。"

"嗯。"乔茴拖住他，将脸埋进他的大衣里，久久没有说话。

这一层是 VIP 病房，虽然环境安静得多，但走廊上偶尔还是会有护士走动。靳南一贯不习惯在外头亲密，此刻却想由着乔茴。

乔茴似乎有难言之隐，靳南费解，不过也有自己的揣测。认识那么久，从未听她提过家里还有什么人，或许她的家庭结构比较复杂，又或许她与家人不合，独自搬出来一个人住了。

还是顺其自然吧，不要打算那么多了，他做着决定，抬手摸了摸女孩子柔软的头发。

常冬出来的时候，看到的就是这样一副卿卿我我的画面。杨迪迪又去山里了，他独自一人留在医院，孤单可怜得像个孤寡老人，所以即便不是单身，也觉得眼前这一幕很刺眼。他看了几秒就出言调侃："你们就算不顾及我的感受，也顾及一下来来往往的小护士。这些小姑娘们大都是单身，你们探个病还要撒狗粮，能不能做个人？"

常冬的情况好了许多，身体的各项机能都在恢复，虽然日常还是坐在轮椅上，但真要下地也是可以的。乔茴与靳南都替他高兴，只是朋友之间，该损还是要损的，好像不这样就体现不出友情的价值。

“你怎么知道人家都单身？难道你趁着迪迪不在撩妹？”乔茴吸着鼻子，声音瓮瓮的。

常冬才不想费心去猜两人究竟谈了啥，单看乔茴泪眼汪汪的，他就觉得女孩子都一个样，矫情！又听她说起猜忌的话，他满脸都是“你这么多疑，靳南怎么会受得了你”的表情，趁机教育道：“就说你观察能力不行吧。护士耶，白天上班，晚上值班，就算有男朋友也得熬分了手。”

“歪理！照你这么说，人家护士都不能正常组建家庭了。”

常冬一脸赞成：“难，太难了。反正我作为一个男人是不愿意找这样的女朋友，谈恋爱嘛，还是得像你们刚才似的，当连体婴儿。靳南，你说呢？”

他表达完自己的择偶条件还不够，还要拉上靳南来寻求认同感。

靳南根本没打算回答常冬不怀好意的问话，可一转头发现乔茴也认真地盯着自己，仿佛在等答案。

那么这就是个严肃的事了。

靳南快速地在心底理了理，慎重且温和地说：“我觉得跟职业没关系，如果乔茴不是设计师，而是一名护士，我想也不会妨碍我们在一起。或许她很忙，但我时间相对自由，一样可以很好地相处。”

这也算表白吧？乔茴一时都忘了方才的伤心，投向常冬的视线里明明白白写着“瞧瞧吧，什么叫满分试卷”。

常冬瞧不见！常冬眼瞎了！常冬做错了什么要坐着轮椅吃狗粮？

“你们真是来探病的吗？我想你们不来我可能还心情舒畅，好得更快一点儿。”

“你有护工，自己也能走能动了，的确不需要我们时不时地过来探望。”

靳南很耿直，常冬很伤心，心想：要不是我，能有你春风得意的今天吗？

“你就是这么对待媒人的？”

靳南淡淡一笑，见常冬无聊得厉害，决定还是说个好消息给他听。

“你住在这里，是不是都忘了日子了？快春节了，各个企业单位都在陆续放假，你女朋友难道不回来吗？”

刚才常冬吃狗粮吃得面如死灰，现在他一下子精神头好了不少，就差一下从轮椅上站起来了。他恍然大悟地说：“对呀，我怎么忘了这事！这医院真是，也不张灯结彩一下，一点气氛都没有。”

乔茴已经许久没感受过春节的热闹气氛了，她插不上话，默默站在一旁不作声。

同样没什么气氛的地方还有靳西那里，虽说距离春节还有数十天，时间还早，可也该一样一样准备着了，但靳西冷眼看着，六时连贴个门画的意思都没有。

“春节快到了。”靳西提示六时。

“我知道，不是说了陪你过吗？”

“我不是说这个。”靳西再暗示得明显一点，“不准备什么东西吗？好像除夕之前，商店都会关门，什么都买不到的。”

六时还是没听懂，挠了挠头，用自以为的理解问她：“你想吃什么，我让林平下山去买。”

吃的还用说？年货当然要囤啊，不然店铺不开业的那几天怎么办？喝西北风吗？

“我是说……难道我们不准备点仪式感的东西？我们都是年轻人呢。”

仪式感……六时在脑海中翻了翻，过去二十多年似乎没有过，不过没关系，现在也不晚，女孩子要的仪式感是吧？他做做功课就行了。

“行，我知道了。”都是小事，他答应了。

这么好说话？靳西没想到，抿着唇笑了笑，得寸进尺地要求：“那你可以带我下山一趟吗？”

“你要干吗？最近山下修路，公交车上不来，摩托车的话，天太冷，来回一趟人都冻透了，你缺什么我让人带上来就是了。”

“不是。”靳西抓抓额前刘海，难受得眨眼睛，“我头发长了，需要修一修。”

新年耶，没件新衣服也就算了，总不能顶着这样长乱了的发型跨年吧?

这个六时是真不懂，这山上都是大男人，大家日常有需求的话，一把电推足够了。现在看着靳西，他略一思索去了房间，再折回来的时候手上多了把剪子。

“你要干什么？”靳西警惕地问。

“给你剪头发。”

“我不要！”摇摇头拒绝新上任的“托尼老师”，靳西生怕六时看不清，又猛烈地摇了摇。可靳西最近因为挑食，不一会儿就头晕眼花起来。

反应那么强烈干什么？怕他？六时板着脸，把靳西按在椅子上，劝道：“我一个花丝工艺大师，手艺人，你这几根头发算什么。”

似乎也有一些道理，靳西没得选，认命地在椅子上坐好。

可也是太相信他……

十分钟后，六时停手，让徒弟抱了一面镜子出来。

他接过时看着靳西，强调道：“这是时下最流行的发型。”

他的声音怎么听都有些心虚，靳西惴惴不安，小心地睁开眼，几秒钟后“哇”一声哭了。

来山上那么多天，她吃没吃好，睡没睡好，白天火烤着她，晚上被一会儿热一会儿凉的洗澡水浇着，她嘴上不说，心里真是委屈极了。不仅如此，还要忍受压力与煎熬，做梦都在跟六时摊牌，然后被他亲手丢出去。现在就着头发被剪毁的借口，靳西脆弱不堪的心理防线彻底崩塌了。

“我不喜欢这个……我不要这个……”她倔强地重复表示。

六时有些头痛，盯着她额前参差不齐如小狗啃过似的头发问道：“不然我再试着补救一下？”

“你敢再动我一下试试，呜呜呜……”

靳西是真哭，短短时间小脸都抹成了花猫。

六时失笑，拿她没办法索性就不管了。他觉得还挺可爱的，满意地丢下人干活去了。

于是，靳西就这么坐在太阳底下，从下午三点一直哼唧到了太阳西沉，彩霞挥洒长空。

六时忙完出来，见她还在哽咽，问道：“你也不怕哭瞎了眼？哪里丑了，这不是挺可爱的！”他是真心的。

靳西死活不信，眼肿得睁不开，哭到打嗝，说话都不利索，来来回回还是早前那一句：“你要赔我。”

六时闻言抓了一把头发，头大，盯她半晌，不吭声又走了。

靳西认为他彻底不认账了，悲从中来，又拔高了音调，哇呜哇呜哭得肝肠寸断，那哀伤绕梁三日也不夸张。

不远处工作室的师哥们在窗户探头探脑，可碍于六时长久的积威，活没干完不敢出来。

靳西几乎以为自己要坐成一尊石雕，坐到脚下泪流成河了，身后忽地传来重机车的轰鸣。

她下意识地回头，摩托车已经卷着滚滚烟尘来到她眼前。

驾车的六时被她哭得不耐烦，看她怔怔的样子把手里的头盔递出去，递到一半又收回，拧眉道：“去洗脸。”

靳西不动。

他无奈，又加了一句：“带你剪头发，专业的。”

这次靳西跑走了，跑得很快。

远处旁观的师哥们……

“老大居然让靳西坐他的摩托车？”

“我早说了师父对她不一般！”

靳西回来得很快，可脸洗干净了她又抱着头盔犯愁，用期期艾艾的眼神去瞅六时。她刚哭过那么久，眼睛格外清澈，六时看着像是看到了暴雨洗刷之后的碧蓝天空，心头一动。

“唉。”他叹气，冲她招手，“走近一点。”

靳西乖乖地挪过去，任由他捣鼓，还不时吸着鼻子分心地想：他到底多高啊？得跟我哥差不多吧？都坐在摩托车上了才能与他平视。

他的头盔是大号的，扣在她晃悠悠的脑袋上，看着呆萌傻气。他屈指敲了敲，靳西不痛，只睁着大眼睛等他下一步指示。

“上车。”

“哦。”

“抱我。”

“啊？”靳西一愣。

六时也不多解释，坏心地一拧油门，车子飞速往前冲，后座的靳西没有防备，惯性地后仰，吓得她一把捞住身前人的劲腰紧紧抱住，嘴里跟着哇哇乱叫。六时听不清，也不回应，他开了头盔上的蓝牙耳机，一边享受劲爆音乐，一边体会腰间女孩子的主动贴近，就这样心荡神驰地一路狂飙去了镇里。

小镇自然不比S市繁华，S市凌晨了还灯火通明，这里的店铺天一黑就关门休息。六时捶了半天的门才叫开一家理发店，靳西也不敢嫌弃门店装修简陋，忙不迭走进去。

“理发呀？谁剪？”胖胖的老板娘穿着臃肿的花睡衣，目光在两人身上转着。

六时是寸头，再理就只能剃光了。

靳西默不作声取下脑袋上的头盔，声音弱弱的：“我。”

“呦，小姑娘这是自己剪的吧？”

“嗯。”六时替她答了。

靳西瞥他一眼，懒得计较，小手遮遮掩掩地坐下，听老板娘训话：“这么漂亮的小姑娘，省这个钱干吗呀？理发是个技术活，你没学过哪行啊？”

“是。”靳西乖巧地应下，忐忑不安，眼睛到处乱瞟，可看了半天也没在墙上找到首席理发师的介绍，只有几张旧到发黄的造型海报，很过时。

今日镇上停水，没法洗头，老板娘把家伙拿出来，看也不看就要直接上手。

靳西急忙偏头，问道：“是你剪吗？”言下之意就是你们店还有其他理发师吗？

老板娘刚文的眉毛，结痂还未掉，眉形挑着凶得不得了，“嘿”了一声：“不是我还有谁啊，小姑娘是外地人吧？细皮嫩肉的，我这剪刀险些戳着你。”

靳西顾不得搭话，她这颗头从未交给过总监级别以下的“托尼老师”，不放心地又问：“阿姨，您是哪个学校毕业的啊？拿过什么造型奖吗？还是曾帮什么名人做过发型？”

六时站在一侧，手指摩挲着嘴唇忍住笑，也不出声，这小女孩太娇气了，被教育教育也好。

果然，老板娘闻言脸一板，数落道：“你这小丫头怎么回事，大晚上的我都打烊了，本来该加钱的，看你长得乖才没说啥，怎么还反过来挑剔起我了？”

“对不起……”小丫头垂头。

老板娘放下剪刀，急于证明自己，捧出来一本相簿，说道：“阿姨我没踩过学校门，这手艺是跟家里人学的，造型奖没听说过，但经手的名人却不少。”

靳西听了这话心底燃起一丝希望，想着果然高手在民间。

结果转眼老板娘就说：“我们镇的镇长儿子结婚时，特地过来找我理发！怎么样，剪不剪？”

“剪……”

更不专业的都在她头上造过次了，还怕什么呢？大不了、大不了她买顶帽子！眼底冒着泪花，她闭上眼。

许是因为没抱什么希望，所以最终效果出来后，靳西发现远没有想象中可怕。她当时只觉得老板娘一顿操作猛如虎，其间跟六时交流过什么，也没在意，总之等睁开眼时，已经完全换了副样子。

靳西原本是齐肩长发，法国留过学的凯文老师告诉她，这个长度最能凸显初恋女神气质，最适合她，现在长发不在了，与刘海剪碎的发丝自然地连接过渡，堪堪落在锁骨处，竟也显得古灵精怪。

她照着镜子左看右看，半晌不说话，不过怎么瞧都不像不喜欢的样子。

这是六时做主要留的俏皮短发，他当然是满意的，衬得一张苹果脸多圆润啊，话不多说就多给了辛苦费："这么晚打扰了。"

老板娘也不矫情，将红彤彤的现金塞进睡衣口袋，笑着说："下次再来啊，给你打折。"

"好。"六时应下，上前拉靳西起来，问道，"短发的感觉怎么样？"

靳西甩了甩，感觉不错："轻飘飘的，好像没头一样。"

"什么话。"他笑话她。

两人出来时已经有些晚了，大街上连个鬼影都没有，寒风中徒留街角几盏亮着微弱灯光的路灯。

靳西先前只顾着伤怀，浑然不觉得饿，现在就不一样了，她一路看过去，什么某北饺子馆、某州拉面、某县小吃，无一例外地关着冷冰冰的大门，只好有气无力地问六时："现在回去还有饭吃吗？"

有大约是有的，哪个徒弟敢不给师父留饭？但好不容易带她出来……六时回头问她："饿了？"

"饿死了，什么穷乡僻壤的地方，一家营业的都没有，都不赚钱的吗？"

"你在S市的时候，一般夜宵都吃什么？"

过往的美好不可回忆，靳西流着口水一一数给他听："海鲜粥！蛋糕！奶茶！"馋死了。

"就这样？这算什么，我带你吃更好吃的。"

初始，靳西以为六时在骗自己，这种贫穷小乡村，她已经看透了，连只活蹦乱跳的虾子都买不到，还能指望有什么她没吃过的美味佳肴，更何况都这个点了。可这里不愧是六时待熟了的地方啊，摩托车七拐八拐的，开过生产路，开过一条条河岸，最后在一片灯火通明处停下。

"到了。"六时说。

在冷风中穿梭，靳西已经冻坏了，哆哆嗦嗦地下车，看清这是个荒郊野外，不过是个比较热闹的荒郊野外，她稍感安慰，连大红的棚子与油腻腻的桌椅都忍了。

"这是一片工业园区，这个点正是工人们下夜班的时候，所以还有吃的。”六时介绍着，领着她往前走。

靳西未走近就闻到一股膻味，微微皱眉，挑食地强调：“羊肉吗？不好吃我可不吃，我妈妈做得最好吃了，我跟你说过的，她的梦想是……”

“在五星级酒店当大厨。”

“对。”

“老板，两碗羊肉粉。”六时吆喝，自己找了个位置坐下来，看样子像是常客。

靳西不坐，固执地站在一旁观察制作过程，只见冒着火光的炉子上摆着一只只砂锅，加汤加肉，加白菜加粉，然后就是扑哧扑哧地狂煮，煮到汤汁四溅，这么简易的操作？靳西没了期待，不想看了。

“还没印度飞饼有技术含量呢。”她移过去，小声地对六时说。

六时了然她在嫌弃什么，也不戳破，只等着砂锅粉端过来。

靳西拿起筷子，勉为其难地尝了第一口，之后猛地抬头，眼睛亮晶晶地望着六时，发出“哇”的一声惊叹。

季容每年年底都会去热带地区待一阵子，春节后才回，他订的机票错开了春节返程高峰，可他与靳南的较量还没个着落。

“带着这么一档子心事，我实在没办法好好度假，别拖拉了，咱们来个痛快的吧。”

街角咖啡厅里，如果不是两个大男人一人端了一杯咖啡，乔茴会以为季容说这话的意思是要当街大打一架。

“我没问题啊。”靳南轻松地应着，“其实我仔细想了下，你非要比錾刻也行。”

“什么？”季容怀疑自己听错了。

“比赛范围是你擅长的錾刻，但比什么内容我说了算。”

这可真是老天开眼啊……季容笑了起来，带着不加掩饰的嚣张意味，抚着下巴审度他：“靳总今天是怎么了？”

他想说的是，你葫芦里卖什么药？如果是錾刻，不管比什么内容，你都无疑是送死。

跟乔茴感情破裂了，想故意输给他？还是……

季容侧头去看旁边的乔茴，乔茴也一样惊诧靳南的决定，一副“你疯了”的表情瞪着靳南，这么看来也不像合计好的。

不得不说，美人含怒也是好看的，活色生香。季容心猿意马，赞了靳南一句答应下来：“行，那就这么定了。靳总好魄力，我欣赏。”

“这算哪门子魄力？”乔茴作为“奖品”很生气，她已经开始后悔自己当初瞎掺和了。

如果、如果靳南真输了……不对，没有如果，他一定会输。

要给季容机会？要跟他约会？乔茴一想到这些就坐立不安，直到靳南向她投去一道安抚的视线。

搞什么?

“什么时候比，在哪里比？避免夜长梦多，我们尽快开始吧，还是靳总需要准备准备？”季容一脸笑都快兜不住了。

“我不用。”

搁下咖啡，三人挪了地方。

“既然是錾刻，不如去我那里吧，什么都有，也方便。”

“好。”跟前阵子的僵持不下截然不同，靳南今天说什么都好。

季容暗道：我看你要怎么绝地反击。

他很快就看到了。

弄堂里，进了门，季容自然而然地往錾刻室走。

靳南喊住他：“季师傅，我们去书房。”

“书房？”季容心想：这是要比理论知识？我难道会输给他吗?

“好。”得了便宜的季大师也很痛快，“在我熟悉的专业领域里找到靳总擅长的内容，这果然是一个平衡点，公平。”

靳南清淡一笑，没说话。

季容的书架上有奖杯有荣誉证书，更多的是金银錾刻的相关资料。靳南随手抽了一本，又随意翻开一页，低声缓缓地念道：“雕金工艺操作示范，雕刀打磨与安装，就这个吧。我们来比……谁能倒背如流。”

在比拼没有结束时，乔茴这个“奖品”又披回了另一层马甲——裁判。她听到靳南这么说，一路上提着的心终于落下，嘴角微微翘着，弯出一抹弧度。果然是她选的男人啊，就是聪明！

季容许是没料到有人可以这么变态，对靳南的话他只领悟了表面含义，脸上明明白白地写着嘲讽，张口就要来。

靳南早知道季容会误会，在他出声前好心地提示：“我真的是指倒背如流。”

季容闻言一顿。

“怎么样，季大师需要多久时间准备？”靳南用同样的话反击。

靳南很清楚，真的比赛錾刻，不管实践还是理论，他都没有任何胜算，都说兵不厌诈，商人最狡猾，他在做这个决定前，有稍稍领悟到这句话。

季容没有办法像先前靳南那么潇洒地说“我不用”，黑着脸向他要了十分钟。

这些书面上的錾刻流程，季容熟记于心，看都不用看，可是真的要倒背如流，别说十分钟了，十天都不一定行，这实在有悖常理！靳南难道不会搬起石头砸自己的脚？

十分钟后，季容亲眼见识了。

“我先来吧，给季大师做个示范。”靳南说着合上书。

事实上，靳南根本没用完十分钟，他翻开看了几遍就开始与乔茴眉来眼去，像极了上课开小差的坏学生。

而现在那个上课开小差的靳总却吐字清晰、语句连贯地说：“艺工的线槽出剔上片金在，击敲子锤用手一，刀錾……”

这一段话的正常顺序是：雕金工艺分为雕刀雕刻和錾刀雕刻。雕刀雕刻是徒手操作雕刀在金片上进行雕刻，錾刀雕刻则是双手配合，一手錾刀，一手用锤子敲击，在金片上剔出槽线的工艺。

乔茴一早就听靳西说过，靳南过目不忘，学习根本不用心的。她知道归知道，但没亲眼见过，也没想到一向爱夸张的靳西说这话时不带一丝水分，靳南他这是要逆天？

季容这时候的表情从震惊到费解再到气急败坏，可以说非常精彩。

什么鬼？半页纸的专业知识，加起来长达千字，十分钟？这什么骚操作？还是人吗？他不信邪，堂堂錾刻大师当场耍赖：“这次不算，我轻敌了，我们再比一次！”他说着又翻了两页，说道，“金属浮雕锻造工艺，这个。”

“好。”靳南应下。

然后又是一个十分钟，又是一场吊打。

这回季容恼了，他有一种被算计的耻辱感：“靳南，你耍诈！”

被点名的靳南耸肩，平平淡淡地问他：“你发现我作弊了？”

“你怎么可能……”

“为什么不可能？”靳南截断季容的话，“季师傅是錾刻这方面难得一遇的天才，我究极一生也比不上，唯一能拿得出手的就是比较会读书，也算老天爷赏饭吃，所以我们都是一样的。”

“这不公平！我不服！”

“哦？季师傅怎么自相矛盾呢？我记得没开始之前，你亲口说我找到了一处平衡点，很公平来着，莫非是季师傅输不起？”激将，谁不会啊？靳南无耻得坦坦荡荡。

一直旁观的乔茴实在憋不住，扑哧一笑，笑完了又怕对季容打击太大，连忙道歉：“抱歉，没忍住。”

太阳已西沉，金黄的霞光洒进窗子，书房的每一寸都被镀上了柔光，透着幽幽古意。靳南逆光而立，白杨一样的挺拔身躯一半明一半暗。乔茴不自觉就有些痴迷，简直帅呆了！

季容怎会没看到她的崇拜，肠子都悔青了！方才那两场，他都没张口，还不是为了保留一些颜面，毕竟不出声她就不知道真实的对比会有多么惨烈。男人嘛，总是不希望被心仪的女人看轻的。

乔茴也深知这一点，花痴完就一本正经地捧季容上天：“季师傅，靳南这次是取巧了点，但他没说错，你是錾刻工艺的第一人。今天你输给他，不是你的錾刻本事输给他，他一个大教授，靠读书的本事赢了你，仔细想想也没什么可骄傲的，你们都是各自领域里的王者人物，应该惺惺相惜才对。”

女孩子嗓音软软的，分外娇媚，这样的女人，这样的声音，温柔的抚慰，季容很吃这一套，心烦意燥的情绪淡了淡，可也没淡多久，毕竟他眼睁睁地看着靳南从乔茴的包里掏出合作协议递给他。

“签字吧，季大师，签完了你也好了无牵挂地去度假。”

“奸诈！协议都带在身上，你果然早有准备。”

乔茴被迫成为同伙，忙着摆手，力证自己的清白：“我不知道这回事啊，靳南，你什么时候塞我包里的？”

“你不知道的时候。”

季容真不愿现在签，虽然被女神顺了毛，但他还是不服气，一个大男人赌气地坐在椅子上：“我没笔！”

“我有。”靳南递笔给他。

这么幼稚的场面，乔茴觉得有趣，旁观的同时还不忘帮一把靳南，她颇有几分苦口婆心地对季容说：“很抱歉，为了知己知彼，我们调查过你。我很明白你现在不愿意踏足商场的原因，你的父亲曾与国际品牌合作，却在合作中惨遭诬陷，郁郁不振直到病逝。我觉得很可惜也很遗憾，但你相信我，靳南他不是这样的，百芙合银楼的风气也不是这样的，他是我见过的最有诚信的人。”

季容父亲的事不算秘密，当年闹得那么大，圈子里尽人皆知，可没人敢当面重提旧事，只有乔茴。季容以为自己会生气的。

四周陷入一片死寂的沉静，乔茴就在这种沉静中再次出声：“我知道你有匠人精神，与银楼的合作是一次让更多人了解錾刻工艺的好机会。我们用传统工艺做传统首饰，想要引起更多人的关注与支持，是一举两得的事。”

季容几乎就要被说服了，接触了那么多天，他大致了解了靳南的为人，而錾刻的实际情况也如乔茴所说。

“传统工艺日渐衰落，我是这个行业的香饽饽，你们百芙合能开出这样的条件，其他企业也可以开给我，甚至更好。难道仅仅因为靳总是个与众不同的商人，我就要与你们合作？”

“这……”乔茴卡顿，看一眼靳南。

靳南镇定得多，就像季容说的那样，他是个与众不同的商人，他希望百芙合恢复盈利，也希望錾刻工艺可以得到长久的良性发展。

有一件事，他想了很久，连乔茴都不知道。

“也许不止这些。”靳南轻声说着，正色问季容，“你想当老师吗？”

这叫什么话？季容嗤笑：“你们S大的门槛高，我一个手艺人哪里高攀得起，再说也没用武之地，靳总是糊涂了吧。”

靳南摇头：“我是说，可以建立校企合作单位，我们提供设备，你做工艺指导，百芙合会每年为优秀学徒颁发奖学金，提供就业机会。我不是一个唯利是图的决策者，也许这是微薄之力，但我也希望能够回报这个社会。”

乔茴今天才认识到，什么叫帅到发光！

她双眼亮晶晶的，在靳南与季容身上转来转去，激动得仿佛在见证一个历史性时刻。

“我答应。”

季容没有二话了，他提笔签字，随后起身与靳南握手：“合作愉快。”

靳南颔首，看了桌子上的台历一眼，说道：“季师傅过两天就要走了吧？预祝新年快乐。”

“新年快乐。”

Part.14
教授的情话

靳南与乔茴离开小巷的时候，天已经黑了。他们来时嫌小巷不好停车，把车子停在了两条街外的商场楼下。光线暗淡的路灯下，他牵住她的手，时刻提醒她小心脚下。

“这里是石板路，下次过来别穿高跟鞋了，走起来不辛苦吗？”

“辛苦呀，但是做人嘛，姿态一定要美，这是我的坚持。”

“你读书要有这么坚持，什么课程都难不倒你。”

“就知道你嫌弃我没文化！”乔茴污蔑他，“告诉你我最近有学习哦，我买了《吕氏春秋》和《道德经》呢。”

“哦？”靳南感到意外，笑着问她，“你要学国学？那我建议你从《弟子规》和《三字经》学起。”

“这不是三岁小孩都能朗朗上口的文章吗？”

“由浅入深。”

许是终于解决一个大难题，乔茴心情轻松不与靳南计较，外面还吹着风，他们并肩走着，途中乔茴突然停下，惊喜地说：“快看，下雪了！”

今日天气还不错，没想到晚上就飘雪了，雪花还不小呢。靳南紧了紧她的外套，担心她的身体：“不然你在这儿躲躲，我去把车开过来。”

“这么晚了，这里又黑漆漆的，我一个人，你放心啊？”

“也是，不然你回……”靳南本想说还没走远，让她先回季容那里，一想又算了，更不放心。

“没关系的，雪又不沾身，上次我说过的啊，再下雪时，我们约会！”

“嗯。”靳南记得，跟她翻旧账，“不过你遗漏了一点，你说的是穿着那件白大衣和我约会，不过前阵子你已经先穿着去讨好别的男人了。”

“陈年旧事了，提它干吗，难道我今天不好看吗？”乔茴松开他的手，踩着细高跟在飞雪中转圈，白色的皮草，黑色的长裙，旋转时裙摆翻出浪花。

她转晕了又扑回他身上，跌进他怀里时，甜腻的香气从她领口钻出来扑在他鼻间。靳南沉迷，抱着她闭眼柔声地回答：“好看。”

乔茴得偿所愿，笑得心满意足，想起下午的事，又出言打趣他：“靳总，你隐藏得很深哦。”

“什么？”

“我都知道了你最初不喜欢我，讨厌我，那你怎么不问问我，最初是怎么看你的？”

这个靳南还真没想过，不过应该印象也不太好。

“抱歉，我现在问。”

两人继续往前走，路灯将他们的影子拉长。乔茴调皮，时而跟靳南比肩，时而走在他前面，用脚尖踩一踩地面上他的影子：“一开始觉得你对外人礼貌，对我却很疏离，气质清贵不染铜臭，实在不像人间俗物。可我们在一起后我才发现，原来你那么有血有肉接地气，最重要的是居然还会吃醋。”

“我不能吃醋吗？”

“不是不能，是没必要。”

“嗯？”靳南睨着她，尾音上扬。

乔茴也不卖关子，她从不吝啬向靳南表达自己的真实情感：“我不说你也知道吧？我从来不缺追求者，这些年从金融新贵到商业精英，我也是见过不少的，可我不喜欢他们，季容也一样。”

“嗯，知道了。”

“这么上道？你现在越来越有小说男主的样了。”

“小说男主什么样？”靳南皱眉。

“你没看过小说？”乔茴也皱眉，“你的人生太不完整了，回头我借你几本。”

靳南听到小说就觉得是胡编乱造，拒绝道：“不了，不想看。”

“五千年的中国史你都读完了，多看两本小说怎么了？”

“我只对真实的故事有兴趣。”

与季容签订协议的事，乔茴当晚就分享给了靳西。可靳西收到这个消息的时候，已经是几天之后了，她替自己着急进度的同时，还细心地发现大家对她不太一样了。

认真追溯起来，这种不一样是从六时带她下山回来开始，甚至有些人背地里给她换了称呼，不巧，她听到了。

“你们说的师娘是谁啊？”挤进八卦中心的小圈子，靳西还没想到吃瓜吃到了自己身上。

林平用“你是不是蠢”的眼神看她，可毕竟身份不一样了，表面嫌弃一下，口头上还是很尊敬的：“我们山上还有第二个女人吗？”

他的反问令靳西愣住，她仔细想了一下，没有，连大黄都是公的。

等等，不对！靳西睁大眼，指着自己的鼻子，声音拔高了三个调：“我？”

林平点头：“不错，你。”

“为什么？”靳西不解，不对，是惊讶，不对不对，是震撼！

“还能为什么？师父喜欢你啊！你身为当事人没有一点感觉吗？”林平也很震撼，震撼她的迟钝！

靳西疯狂地摇头。

“你听我给你分析分析啊！”林平从靳西与六时初见面的第一天起，一层一层地扒开他们日常相处发生的点滴，连细枝末节都没放过。

“你觉得一个男人给你铺床，这操作正常吗？”

靳西呆呆的，喃喃道："我以为这是出自师父对徒弟的爱护……"

"狗屁！他对我们怎么就没这种爱护？他还把自己碗里的肉夹给你吃，我都看到了，你仔细想想。"

"这难道不是因为我初来乍到，怕我无法融入集体，所以对我的关切？"

"那他都不骂你！"林平急了！

"那是因为……我是女孩子啊……"

"你女孩子了不起哦？师父说过要对我们不分性别一视同仁你忘了？还给你买烫伤药，我们都没有，连创可贴都没有，还说什么男人有点疤更有魅力。"

"他说得对。"靳西赞同。

"你怕不是个傻子吧？"林平如今真是庆幸没追她了，她太笨了，将来一定会影响下一代基因的。

"你怎么骂人呢？"

"我明明是恨铁不成钢！你说说你，天赋没什么天赋，本事没什么本事，师父收徒弟可挑了，可他都要了你，还不是因为你是女的，又长得好看，颜值加分了。我们大家都看得出来，师父喜欢你。"

"嗯嗯，我也看出来了。"

"是啊，靳西，你神经太大条了。"

几个人七嘴八舌的，靳西也越来越不敢坚定内心的想法，但对于林平控诉她没天赋的事，她有话要说！

"我有天赋的，你看不出来那是因为你是个学徒能力不够，你要有师父那么厉害你就看出来了。"

"哎，你怎么还人身攻击呢？"

"我说的实话啊。"靳西无辜。

这么一番对话下来，靳西嘴上反驳，心里起了疑，从这天起更是开始心不在焉，这个状态在见到六时的时候表现得尤为明显。

"又错了，金丝必须从大到小依次穿过每个眼孔，你在想什么？"

六时的语气不算责问，他对她实在已经拿出了一百二十分的耐心，可靳西还是像受了委屈似的默默垂头。

六时叹气，也不管她看不看得见，招招手："你跟我来。"

"哦。"靳西明白，这是要训话的意思，还说他不会骂她呢。

还是那间展室，六时平时没事的时候都在这里。他坐在椅子上，精锐的视线将靳西上下扫了一遍，没得到什么有用的信息。

"魂不守舍的做什么？"

靳西没打算直接问他的，但这件事困扰她太久了，她心里想着，不知怎的就鬼使神差地说出了口："他们告诉我，你喜欢我。"

倏然听到自己的声音，靳西一滞，随后猛地捂住嘴。可是已经晚了，她惴惴不安地抬起头，眼睛溜圆。

两人的目光在空气中相撞，六时没有任何闪躲，反而非常坦荡。靳西也是这时才惊觉，他投向她的视线，时常会伴着一种侵略。

"才看出来吗？"六时出声，声音很低，却一字一字地敲在她的心尖上。

靳西咽着口水，怀疑自己幻听了。

他承认了？

"为什么？"她反问，心跳快得可怕。

是的，她不自信，因为真的很奇怪啊。她的感情一直不太顺利，虽然她一直强调管他强扭的瓜甜不甜都先扭下来再说，但她自始至终也没尝过生瓜什么滋味儿。她甚至偷偷在想，是不是因为她有一个素未谋面的未婚夫，所以老天爷在刻意阻扰她的桃花运？一直以来，都是她追在别人的身后，从未遇到过有谁为她鞍前马后。

所以对六时，她看着他，心已经跳到嗓子眼了。

他很帅，带着一股野性，很有男性魅力，可对她又很温和，这完全是她的理想型。从第一次见面起，她就时常心动，但不敢多打一分钱的主意。

是的，她丢人丢太多了，早已经决定了要自爱，要脱胎换骨，但偏偏就是这个时候，他承认了喜欢她。

"我……虽然不至于普通，但这种样貌对你这种成功男人来说应该也是普通资源。"没人知道靳西是怎么说出这番话的，她是真的不解，也是真的欣喜。

她不在乎六时的感情是不是来得太快，也不在乎林平所说的禁忌之恋，虽然在得知真相以前，她没敢妄想过，但如果这是真的，她想要抓住。

“喜欢就是喜欢了，哪有那么多为什么，你不值得被喜欢？”六时疑惑的尾音上扬。

靳西不答，很安静，安静得有些异常。

六时拿不准她的态度，在等待的过程中抹了把脸，古怪地想，莫非自己的皮相不是她喜欢的类型？可这些天来，他分明感受过她的悸动，不会是错觉。

六时是个直肠子，他想到什么就说什么：“都说靳小姐看脸，你的迟疑是在告诉我，我长得还不够好看？”

察觉这话里有猫腻，靳西皱皱眉，问道：“都说？听谁说？”

“网友。”

“你知道我？”她惊讶了！自己有这么红？

“嗯。”六时瞥她一眼，提示道，“我也是S市人。”

“哇！”靳西思维又跳脱了，整个人都散发着一股“我们好有缘”的奇异感，方才被告白时吓褪的血色又重回到了脸上，甚至还有点兴奋，“难怪你这么关照我呢。”

好吧，大家说得没错，她是有些迟钝。

眼见着话题开始跑偏，六时无奈地把她从“老乡见老乡”的惊喜情绪里拉出来：“你考虑好了没？你不是强扭的瓜不甜也要先扭下来的人吗？我这个瓜已经熟透了，你不打算尝尝？”

靳西摇头，扭捏地站着，垂头盯脚尖。

“有什么顾虑？怕听闲话？”

“不是。”闲话她听得还少吗？她也是属于黑红的那号人。

“那是为什么？”

靳西支支吾吾的：“没想过这是真的，就像中了彩票那种感受你懂吧？我想要赶快去兑奖，又觉得手足无措。”

六时努力跟上她跳跃却又有几分条理的思维，浓眉一挑，站起来走到她面前。

靳西看到他的鞋子和牛仔裤，还有裹着薄薄线衫纹理结实的小臂，她感觉到他近了一点又一点，直到先前教她拔丝的那双手端起了她下巴，让她避无可避。

小姑娘脸红得厉害，剪了短发之后的她怎么瞧怎么可爱，六时的目光在她眉眼间流连，端详数秒后回她："我不懂，我只知道，中了大奖就要赶快兑，否则被人抢了怎么办？"

这么近的距离，靳西起初不敢与六时对视，可他一字一顿的嗓音仿佛有魔力，她看着他眸色幽深的眼，认真又用力地点点头："嗯！"

当天，趁着信号好，终于脱单了的靳西向乔茴分享了这个好消息。

"我恋爱啦！"

乔茴当时正拉着靳南打卡网红下午茶，她点了一桌子，拍完照就推给靳南吃，自己则窝在卡座里修图，突然收到靳西的喜讯，她眼睛一亮："靳南，你妹妹……"

话才开了个头，微信又接着"叮咚"一声，乔茴低头去看，还是靳西的："不要告诉我哥！替我保密！"

乔茴艰难地把后面的话咽了回去。

"怎么了？"对面的靳南审视欲言又止的她。

"呃……今天山上信号不错，你妹妹发消息了。"

"就这？"这有什么值得分享的吗？

"嗯。"乔茴抓住时机埋头拷问靳西。

"你怎么这么不务正业？让你请花丝大师，谁让你跑去谈恋爱了？而且你才去了多久就被人拿下了？你的矜持呢？那些小学徒年纪轻轻的，本事没有就会花言巧语，你有没有擦亮双眼？"

"我有，我有！可能我们是一见钟情呢，而且他不是小学徒，他是大师傅！花丝大师呀！"

"六时？你居然敢玩……"对六时背景一无所知的乔茴坐不住了，猛吸了一口丝袜奶茶，她想向靳南告状了。

"没有，我说过他很年轻的，是个充满荷尔蒙气息的型男！"

哦，这样，乔茴淡定下来，腹诽道：现在这些大师级别的成功男士都这么缺爱的吗？

她手上飞快地打字，脸上则是一副指点江山的郑重神情：“对于闪恋，你还是留个心眼，现在这些大师表面像个人样儿，其实不明癖好挺多的，你一个人在山上，注意别被轻易占了便宜。”

靳西还不知道自己与女神遭遇了同款桃花运，不太上心地随口应下来。

乔茴收了靳西最后一条微信还觉得聊得不尽兴，拿着手机看了又看。

被冷落在一旁的靳南第五次向乔茴投去和煦的视线：“聊什么呢？聊这么久。”

“聊进度。”乔茴信口胡诌。

“嗯，她那边进展怎么样了？”

都成男女朋友了，求合作还不是轻而易举？乔茴笑笑，提前向他报喜：“应该快了，老天爷都在帮你们百芙合。”

这话似有深意，靳南正要进一步盘问，乔茴就推了几碟小蛋糕到他面前：“吃呀，继续吃，别浪费。”

“不了，太甜。”

“有我甜？”乔茴向他投放一个歪头杀。

她这样挑逗的话，令靳南想起两人久远的吻，盯着她玫瑰色的红唇，他眼神暗了暗，喉咙发紧，低哑着嗓子说：“没有，你糖分超标了。”

乔茴闻言捧脸，笑话他：“靳先生，大庭广众之下，不好有这样充满欲望的眼神的。”

寒冬的午后，玻璃窗外是乌云压顶，天色幽暗一如靳南此刻的视线，他问道：“你百无禁忌地撩拨，是仗着以为我是个彻头彻尾的君子？”

“你不是吗？”

甜品店布置得温馨高级，极有情调，靳南头顶有一束灯光落下，映得他优异的五官极为突出，也是在芳心纵火，可他不自知。他端起茶杯喝了一口，压下那股蠢蠢欲动，音色极淡地说：“你会有机会亲自查实的。”

亲自查实什么？乔茴细品，随后彻底静默，一直到后面两人离开，她才缓过那股娇羞劲儿。

起风了，长街上积雪未融，风一吹，寒意刺骨。乔茴拢了拢大衣，看左右店铺都开始布置得喜气洋洋，笑着问：“今天多少号了？看这样子，倒像是明天就要新年了。”

“今天小年，是百芙合员工放年假的日子。”

“这么快？”乔茴蒙了一下。

靳南轻轻“嗯”了声：“靳西今年不在，我妈让我明后天跟她一起置办年货。你呢，什么时候回家？”

都已经腊月二十三了，再拖下去他会起疑吧？乔茴抬手整理被风吹乱的头发，尽可能真实地说：“就这两天了。”

“这么快。”靳南拧眉，那岂不是时间冲突了。

乔茴也听出来了，笑意缓缓褪去，当街抱了靳南的腰，撒娇道：“起初还没觉得，这么一说，才发现今天竟然是我们年前最后一次见面了。”

“你走前告诉我，我去送你。”

那不就露馅了吗？乔茴摇摇头：“不用，就在本市，难道你要把我送到家吗？还是陪阿姨吧，前阵子那么忙，早出晚归的，应该好好陪家人。”

“那晚上再一起吃个饭。”

“好。”乔茴突然鼻酸。

“想吃什么？”

“火锅吧。”乔茴把头埋进靳南怀里，说话含混不清的。

今天怎么不怕臭了？靳南有点意外，把人拉开了看，就见她眼尾红红的，弄得他也有几分临别的不舍：“难受什么，想我就早点回来。”

“好，大年初一就回来。”

靳南笑起来：“这样不好吧？叔叔阿姨难道不会觉得女大不中留？”

乔茴也被逗得弯了弯眼睛：“那就初二吧！”

“行。”

寒风还在继续吹，靳南牵着她的手往最近的火锅店走去。

路上，靳南好奇地问她：“你不是一直不愿意吃火锅？”

“那是因为火锅容易在身上留味道，很不浪漫。”

“我当然知道你是这么想的。”认识了那么久，乔茴是不是仪式感至上，靳南一清二楚，所以才更疑惑。

感觉脸有些冰，乔茴将下巴往高领毛衣里缩了缩，嗓音抱怨又娇俏：“可是都要分开那么久了，今天最后一面，我想让你印象深刻。”

竟是这么个打算，靳南没料到，捏捏她的脸，哄道：“放心，忘不了。”

小年的夜晚，火锅店也是生意红火的，为了让乔茴没有负担，靳南加钱要了间包厢，顺便告诉她：“卸下你的女神包袱，除了我，只有服务员偶尔会进来，你大可放心，就当自己家。”

乔茴觉得有理，拿铅笔勾选菜单：“毛肚、鸭肠、黄喉、脑花……”

这都什么诡异的食材，靳南听着额角抽了抽，连忙在自己那张纸上选了鸳鸯锅。

席间乔茴大快朵颐，见靳南执着于骨汤涮白菜，还贴心地问：“你不吃辣锅吗？”

靳南亲眼看到她往红汤里丢了份脑花，死也不为所动：“嗯，今晚不太想吃。”

“啊，好遗憾，脑花用清汤煮不好吃啦。”

“没事，你吃。”靳南一点也不惋惜。

乔茴点的都是两人份，为了不浪费，她只好一人吃掉双份。辣锅开胃，起初还不觉得，等丢下筷子时才发现胃快撑爆了。

“健身全废，形象全无。”乔茴生无可恋地瘫在椅子上。

靳南抬眸，目光在她红润微肿的唇上停留了一秒，说道：“没有，还是那么好看。”

乔茴不信：“就会拣好听的骗人。”

“是用事实说话。”

“哼。”

乔茴撑得蹦跶不起来了。在餐厅的时候，她瘫在椅子上，磨磨蹭蹭走出火锅店，她又上了车继续瘫着。一路上她盯着窗外疾速倒退的霓虹灯，即将分别的失意又重回她心上。

路程短，没多久就到了公寓楼下。靳南停下车，也不催促她，反而开了音乐，两个人无声地待着。

轻音乐催眠，乔茴吃饱了有些犯困，可一想到要有一阵子见不到他了，又打起精神。

“我们说说话吧。”她提议道。

“说说你有多爱我，你从没说过。”乔茴仰躺在副驾驶，侧过头，小脸是如玉的白。

靳南的确没有直接表达过，眼下也一样说不出口，一直都觉得她知道自己的心意，不必多说，可如果她想听，他也是愿意说的。

他想了想，沉默了数秒才道：“我从小就喜欢历史，为了学习自己爱好的专业，我跟家人对峙两年，那是我人生中最叛逆的时期。他们劝我学企业管理时有多心烦，我看到史学时就有多高兴。我永远记得那种感受，我以为这辈子不会再有什么事能欢喜过那时的心境，可现在我每一次看到你，都好像在重温那一刻的欣喜，眼睛看不够，牵着你，也觉得爱不释手。”

这……

这不是乔茴想象中的表白，靳南还是说得很委婉，但带给她的冲击却比直白的“我爱你”要强烈百倍，这应该是他说情话的高光时刻吧。

“能与你最爱的史学比肩，我觉得很荣幸。”乔茴说着解开了安全带。

“现在就要走吗？”靳南拉住她。

“不是。”乔茴说完倾身，攀附在他身上，长长的头发垂下来落在他脸上，有些痒。

混着轻音乐的声响，靳南听到了自己不规矩的心跳，他喉结动了动，声音有些紧绷：“你做什么？”

“亲你。”乔茴说着低头，双唇如蜻蜓点水一样轻触他。

她吻得很浅，神情也很安分，很像一个临别吻。

乔茴的头又埋下来，与他亲昵地贴了贴额头，软软地出声：“虽然太早，但还是想说，新年快乐。”

“你也是。”

当晚，洗漱之后的乔茴躺在床上辗转反侧，不是因为吃多了，而是才刚分开，她就已经相思成疾了。

乔茴忍着没给靳南发消息，靳南那边倒也安静，第二天一整天都没等到他的只字片语。

别人年假都在休息，他却还要跑东跑西置办年货，真是辛苦，乔茴默默地怜惜他。

第三天的时候，靳南有音信了，问乔茴回家了没有。

“马上就回。”乔茴给他发着消息，同时间从床上跳下来。

她洗漱打扮换衣服，然后拎了个空的行李箱下楼，站在马路边来了几张自拍，发给靳南后，又转头拎着空箱子回家。

“注意安全，到了告诉我。”

乔茴嘴上应着好，心里在叹气，做戏要做全套，她盘腿打开电脑，找了一张自己的居家照，用PS更换了一下背景，两个小时后发给他：“安全到达！”

她只擅长各大美图滤镜软件，PS技术算不上好，但发给靳南倒一点也不担心会穿帮。这个连美图秀秀是什么都不知道的男人，才看不出来呢。

靳南是真的看不出来，闲暇的时间他想跟她通电话，听听她的声音，可想到她长年累月地不回家，应该要和家人好好聚聚，便也忍着不打扰，所以几天下来，两人只有微信上的零星对话。

乔茴一直立志要当靳南体贴入微的女朋友，只以为他很忙，所以哪怕一个人孤单死了，她也咬牙死撑着，于是两个人就这样错过了大把时间。直到腊月二十九那天，靳南帮父亲贴完门画对联，忽然想起乔茴走了，她的房门边还是空的，于是都黄昏了，他带着胶纸与一副对联过去了。

明天就是除夕了，这个城市走了很多人，路上空了很多，可那么远的路程，就算路况好，到公寓时天也黑了。

靳南上楼，轻轻跺了一下脚，走廊里的声控灯亮起来，他在一片寂静中撕扯胶带，动静惊着了屋里吃泡面的乔茴。

是谁？隔壁小姑娘已经回家了，小偷吗？

乔茴紧张起来，严格来说是害怕，连呼吸都轻轻的。她住在这里很久了，虽说没出过安全问题，但毕竟年下了，大家走的走，放假的放假，保安室肯定松懈了。

乔茴轻轻地放下筷子，从猫眼里望出去，只看到对方一点点黑影，随后就满屋子寻找武器，结果发现连一件称手的都没有。她不做饭，没有刀具，而且有刀具她也要藏起来，贼一般都是男人吧？男女之间力量悬殊太大，伤不到别人还有可能伤到自己。

扫帚？够长，可惜是塑料的，杀伤力不强。

乔茴头皮发麻地选来选去，最后拿起了一旁的拖把。她手心与后背都是凉的，满脑子都在想此时该做什么。

开门？有点危险。不开门坐以待毙？好像也很危险。

对了，报警！

乔茴脱掉鞋子赤脚踩在地板上，拿起手机拨打110，竟然占线？

这是天要亡她？不死心，再打！度秒如年的焦急等待，总算通了，她压低声音说话。

公安分局距离玉兰公寓三公里，倒是很近，门外的声响还在继续，像是用手指一下一下地敲击在门板上，他在干吗？挑衅还是试探？

乔茴计算着警察到达的时间，还是觉得应该要先发制人！

她一步一步地靠近，一手高举拖把，一手握上了冰凉的铝合金把手，闭眼，深呼吸，而后快速开门，猫眼里看不全的人露出真面目了，蓄了力的拖把落在半空中。两人双双震惊。

“呜呜呜，怎么是你……”乔茴先大难不死似的委屈地扑过去。

靳南意外过了，接住她揉在怀里：“别哭。”

“你吓到我了，吓到我了！”乔茴大叫着捶他，还跺着脚。

女孩子穿着薄薄的丝质睡衣，靳南抱着她都感受到了她衣服上的潮意，很抱歉地说：“对不起，我不知道你在，你不是回家了吗？我想着你走了这里没人，过来帮你贴对联，不是成心的。”

乔茴知道了也还是后怕，哽咽地说：“我还以为我会死在今晚。”

“不要胡说。”靳南揉揉她的脸。

靳南搂着她进屋，大晚上的实在不想听到她把“死”字挂在嘴边，可大脑却不受控制地顺着她的假设深想了想。这么一想事情就严重了，好几天不见，他凶是舍不得凶她的，但不妨碍语气已经开始严肃了。

“你做得不对，如果真是个贼，你开门做什么？凭你一个瘦弱的女孩子，怎么会是对手？”

乔茴已经把自己报过警的事忘得一干二净了，幸好隔断阳台的推拉门没有合紧，警车的警笛声从楼下传来。

靳南还纳闷：“你住的这地方，这么不安生吗？”

乔茴断了片的记忆回笼，抠弄着指甲埋头，声音细如蚊蚋：“原本是安生的，因为他们是我找来抓你的……”

靳南下楼解释完这一场乌龙折回来时，就见乔茴裹着毯子蹲在椅子上，乖巧得像个鹌鹑。

她以为这样就能蒙混过关了？

“说说吧。”

“说什么？”

“你不是回家了？”

乔茴捂脸，支支吾吾道：“不想回。”

“不想回就不想回，骗我干吗？”靳南立在她面前打量她，眉头紧锁。

乔茴也很辛苦啊，为了做戏折腾来折腾去的，谁能想到他会跑来给她贴门联啊？

“实话实说你一定舍不得我嘛，会想要陪着我，我还不是怕影响你们阖家团圆。”

靳南叹息，捏了捏眉心，环顾四周，除了角落里一箱方便面外，他也没瞧见别的。明天除夕，后天就是新年了，她就打算这样过？

“谁让你这么懂事的，连吃几天泡面，你不怕得肠胃炎？”

“你别恐吓我！”

靳南不恐吓她，而是上前拉起她。乔茴站在椅子上，总算比他高了。

“你要干吗？”

靳南拦腰将她抱下来，让赤脚的她踩在自己鞋上，说道：“去收拾两件衣服，跟我回家。”

“什么啊？”乔茴瞪大眼，措不及防地面临今晚的第二波惊吓。

“我为什么要去？我不去！打死也不去！”

靳南就知道她会这样，把毯子丢地上让她踩着，转头去了卧室，亲自动手替她收拾衣服。

“靳南！”乔茴听到行李箱的轱辘滑动才明白他要干什么，忙追过去。

他已经往箱子里面丢了几件衣服，乔茴按住他的手，可怜兮兮地卖惨：“靳南，别这样，我真的不能跟你回家过年，这算什么？我不好意思的，你想看我寝食难安吗？”

“那也好过放任你在这里自生自灭。”

“哪有那么夸张？我保证你年后见到我还是活蹦乱跳的。”

靳南沉脸，屈指敲她光洁的脑袋：“今晚怎么了？不着边际的话说了又说。”

“我真的没事。”怕了他的执着，乔茴顿了顿认真道，“实话说吧，我好几年都是这么过来的，已经不太习惯热闹了，在那样的环境里我会觉得无所适从。当然，我很谢谢你的好意，让我觉得很温暖，可我不想和你回去。”

她的声音轻而软，没有人能在这样的攻势下还能铁着心坚持什么，靳南也一样。他从来不愿勉强她，但这件事不同，他虽然不觉得春节一定要团团圆圆，可她一个女孩子除夕夜还在吃泡面，明明有男朋友却打算一个人跨年，他不允许。

“你不是最注重仪式感吗？不感受一下春节应有的氛围，你能开心？”

“开心。”乔茴说着，眼帘垂下，掩住一抹苦笑。

春节，最该感到开心幸福的时刻，于她来说却是个笑话。明天，就是明天了，她被赶出来的日子，正是除夕。那天她总算梦醒了，认清了自己的价值，原来她一直都高估了自己在那个家的地位，用去留来威胁，实在是不自量力得可笑。

“你应该也知道，我喜欢与众不同。”回忆起过去，乔茴有些腿软，她坐在床上轻声说话，哪怕到了这个时候，都不忘尽心尽力地敷衍靳南，“大家都喜气洋洋，我偏不，有没有很洒脱呢？”

靳南不觉得洒脱，只听出了一丝怅然，看来她的家庭矛盾很严重。他这样想着，又突然很遗憾没有更早一点遇见她，几年来她都孤孤单单一个人，是怎么过的呢?

“我可以答应暂时不带你回家。”靳南终于松口，但不愿意完全妥协，“可是你也要答应我，明天晚上跟我一起回去吃年夜饭。除夕夜还吃泡面，实在很不尊重中国传统节日，你说呢？”

他都已经退让到这一步了，乔茴也见好就收，笑了笑：“好。”

送走靳南后，那一晚乔茴彻夜未眠，多年之后总算有人陪她过节，那个人是她很重要的人。

Part.15 见面礼

要去靳家做客，空着手总是不像话的，乔茴毫无准备，更别提有什么头绪。都到这一天了，时间也不允许她仔细琢磨，她一大清早就下了楼，附近还开着的商店她都一一逛了个遍，直到靳南发消息说来接她了，她才在毫无选择的情况下火速拎走了两盒水果。

是中规中矩了点儿，可聊胜于无啊。

靳南压根儿不想她破费，或者说不愿意见她这么紧张与郑重其事，他的家人都不在乎这些，她实在不用诚惶诚恐。

“车厘子不拿了，家里什么都不缺。”

乔茴腿都跑细了才买了这么两盒东西，一听靳南的话她就怒了，横眉竖眼地教育他：“你怎么这么不懂事？就这么一点东西我都不好意思登门。”

“你开心就好。”

怎么开心得起来呢？心都快跳出来了，虽说也不是没见过，但那时她对他还没什么念头，两人还是单纯无比的合作伙伴啊。

“你爸妈知道我今晚过去吗？”

靳南淡淡地瞥她一眼：“你一见面的时候不是问过了？”

“哦，忘了……”她太紧张了。

靳南牵着她下楼，按下电梯，也不知道该怎么安慰她，默然了半晌说：“我爸妈很喜欢你，这个你是知道的，所以你不用慌。今年靳西不在，他们本来还觉得少了点什么，你一出现刚好都弥补了。”

靳南满口的“你瞧，这决定多么完美”，乔茴也不知有没有听进去。

她手心出汗，滑腻腻的，时不时松开靳南擦了又擦，上车前还再度问他：“我没什么不好吧？昨天没睡好。”是根本没睡！

毕竟是正式见父母，乔茴一改素日里明艳逼人的御姐打扮，穿得温柔又知性——低饱和度的毛衣阔腿裤，妆容雅致婉约，连口红都换成了八百年没用过的裸色。

“浓妆淡抹总相宜。”靳南称赞。

“能不能信啊？”乔茴怀疑。

“你对自己的美貌不自信？”

“才不是，就是疑惑你是不是背着我修炼了什么暖男语录。”

话说着已经到了楼下，靳南拉开车门让乔茴进去，淡淡地回道：“我之前说过，我喜欢用事实说话。”

乔茴不管怎么听都听出了一种“出家人不打诳语”的既视感，撇撇嘴不再纠结了。

华灯初上，霓虹闪烁，除夕夜果然与众不同。

人少了，车也少了，整条长街都挂着红彤彤的小灯笼，一派喜气洋洋。乔茴一贯不喜欢大红大紫，今晚竟也觉得有点好看。

“你要是累了就睡会儿，到了我叫你。”

乔茴扒在窗边，看着一晃而过的城市夜色，摇了摇头：“不了，不困。”

而十分钟后……

靳南将车停在一边，把女孩子的小脑袋一点一点地移到座椅上靠好，无声地笑，逞什么能。

乔茴是真没想到自己能在即将见靳南父母的高压下睡着，她是猪吗？她醒来是因为车子刚过了一处障碍，有轻微的颠簸，她迷迷糊糊地睁开眼，发现已经驶进青水西岸的别墅大门。

“唔？我是睡着了，还是昏过去了？”

靳南开着车，减速慢行，其间向她投来一眼：“困了就睡，我又不会笑你，瞎找什么借口。”

“哎，怎么能睡呢？眼睛会肿的呀。”她悔恨不已地坐直身体，调整了一下后视镜仔细端详，可能因为睡的时间短，倒也还好。

“嗯，还行，不丑。”

怎么会丑，靳南在心底无声地附和。

今晚，靳家的三层别墅上上下下灯火通明。靳母富贵了一辈子，却没什么富贵太太的通病，凡事都喜欢亲力亲为，尤其体现在做菜上。靳南走前特意交代过，不要刻意张罗，乔茵会不适应，靳母嘴上说着知道知道，实际搬上桌后，菜色还是前所未有的丰盛。

“阿姨，新年快乐。”乔茵站在靳南身侧，微红着脸乖巧地喊人。

厨房里，靳母浑身珠光宝气地忙碌着，听到声音转头，笑开了花：“小乔来了，新年快乐，先让靳南带你到客厅坐坐，我这边还有两个菜就好了。”

“还要做？”靳南望了一眼摆放得满满当当的长餐桌，“都搁不下了，够了吧？”

“快了快了，你们先去看电视。”从下午就开始准备的靳母还嫌不够，努力地想用完美厨艺留住未来儿媳妇的胃。

靳南还担心乔茵有压力，想了想，说道：“先过去吧，我妈做菜上瘾，不尽兴不肯罢休的。”

毕竟靳母拥有着在五星级酒店做大厨的梦想，乔茵倒没怀疑。

乔茵进门时已经跟靳百林打过招呼了，几个月不见，他比初见更圆了一点儿，许是不用操心百芙合的生意，又有靳母好吃好喝地养着，心宽体胖了。

靳百林给乔茵倒茶，她就默默地喝，问一句答一句，也不主动说话。靳南坐在她旁边，眼睛不往电视上看，就一直瞧着她腼腆的样子，有些想笑。若不是见过她的张牙舞爪、耀武扬威，此刻的这副沉静恬淡还真能唬人呢。

靳母的动作快，不多时就喊可以开饭了。坐上餐桌后，乔茵开始怀念靳西这个气氛担当。

在她的印象里，靳母靳父都不属于话少的，可以说他们一家人除了靳南外都是话痨，但今晚的年夜饭真是出奇地安静。乔茴想着，大约是靳南先前给二老上过课，不让东问西问，只是也太尴尬了点儿，幸好还有春晚的声音当背景。

乔茴沉默地吃着，见大家都没什么动静，便只好从红烧肉夸到清蒸鲈鱼，最后连米酒小圆子与海鲜浓汤也一一赞叹，可以说把她知道的形容美味的储备词汇榨得一滴也不剩。靳母当然开心，不由分说地又夹了一只螃蟹给她！

乔茴平时刻意节食，伪装成小鸟胃，其实她是个胃口好的，只敢偶尔放纵，但胃口再好也抵不住二十个菜她轮流尝过一遍又一遍。看着眼前这只色泽橘黄的大闸蟹，又回忆了一下刚刚吃过的它的兄弟姐妹，她为难地瞅一眼靳南。

好在靳南关键时刻还是很扛事的，她小小一个眼神他便了然，把大闸蟹夹到自己餐盘里，英雄救美。

靳母与靳百林看着两人的互动，相视一笑，无比欣慰。

饭后靳南与靳百林下棋，靳母嫌春晚无聊，拉着乔茴去了楼上一间房，装修得像个独立的衣帽间，不过堆放的东西倒像个库房。直到靳母把保险箱推出来，乔茴又觉得自己像是进了什么不得了的地方。

靳母当着她的面开锁，实在是一点不把她当外人。靳母一边往外拿盒子，嘴里还一边吐槽，好像十分苦恼："这些东西都是你叔叔从前从全国各地收回来的，有些还是从国外的拍卖会拍回来的。我不擅长出门交际，偶尔戴一次出去，别人问我是什么时期的我都说不上来，丢死人了。小乔你来帮我看看。"靳母说着就随手开了一个盒子。

乔茴身为一个珠宝设计师，又把珠宝视为今生最要好的伙伴，一下子看到这么多古董珠宝有些愣神。这场面未免太壮观，果然别人都说瘦死的骆驼比马大，这话真是一点不假。

"这条是 ART DECO 时期的缅甸无烧红宝石手链，盒子是百年原盒，红宝石约有 7 克拉，旁边的单颗细钻应该也有 30 分到 1 克拉，属于拍卖行品质，非常惊艳，想不到叔叔买古董珠宝的眼光这么好。"

"这条竟然还是 VCA 的呢。"乔茴拿起了另外一只盒子，对靳百林更加刮目相看了，"绝版 60 年代的高级定制，钻石高白高净度，铂金镶嵌制作。”

“小乔不亏是珠宝设计师啊。”靳母也对乔茴刮目相看，“你也喜欢收藏古董珠宝吗？”

真是高看她，她哪有这个闲钱。

乔茴笑着摇头：“我认识一个人，她也爱这个，所以我了解一点。”

“那你看看这一个。”靳母捧出一个大盒子。

乔茴看着原盒的形状有点蒙，大胆猜测：“皇冠？”

“嗯，我跟你叔叔结婚的时候，他送的，我们的婚礼上，我就戴这个。”

“叔叔这么浪漫？”乔茴想着靳百林的样子，不太能跟靳母口中的那个人对上号。

“浪漫什么呀，当时百芙合状况要比现在好得多，有闲钱，他就想寻个爱好，又不愿意跟人家一样，所以那阵子疯了似的买那么多。你说都是他送的，我卖又不好卖，戴又没机会戴，这顶皇冠我之前想过拿给西西结婚的时候用，可她嫌老旧，只能压箱底了。”

靳母一番话说得自然，乔茴听着只觉得有钱人的烦恼实在令我等平凡人望尘莫及。她小心地打开这承载着历史痕迹与浪漫故事的盒子，说道：“叔叔一番心意，阿姨千万别生出卖掉的想法了，更何况这些都是孤品，很有收藏价值。”

这也就是古董珠宝，乔茴才会说出这番话，今天但凡换了古董字画古董书籍她都会附和着靳母说卖掉卖掉！

乔茴还是第一次这么近距离地接触一顶货真价实的欧洲古董钻石皇冠，心情太激动了，连来到靳家的紧张也随之淡了不少。

“这是维多利亚时期的，老欧切钻石超五十克拉，工艺精湛，收藏级别，靳西真是没眼光。”

靳母带乔茴来，当然不止带她来看看，而是一直在等她这句话。

“西西没眼光，可是小乔你不一样，你能欣赏啊。”

她说着把堆成小山的首饰盒往乔茴面前推：“都送你。”

乔茴都快吓傻了，她呆滞了两秒，然后站起来连连摆手，远离这堆矿山。

“阿姨！”乔茴劝靳母冷静一点，“这些太贵重了，我不能收，你留着当传家宝吧！真的！”

靳母当然知道，理所当然地说：“就是当传家宝啊，所以我传给你啊。”

乔茴想说“您心真大，也不怕我收了这些珠宝立马甩了你儿子”，但真正说出口的却是：“还早还早。”

“你们不是奔着谈婚论嫁去的？”靳母不解。

“是倒是，不过未来的事，谁也说不准。”乔茴小心地措辞。

乔茴受宠若惊的样子太明显，靳母蹲坐着有些纳闷，这是太热情把人吓着了？她问天问大地，就是没想过是自己准备的这份见面礼太大。

“那……我暂时先替你收着也行，不过你先挑一样走吧。我们今天也算正式见面了，我见面礼是一定要给的。”

“阿姨还是留给靳西吧，我回头劝劝她。”

“不用。”靳母接话接得痛快，“她已经挑了一部分，这些都是你的。”

乔茴头痛，她一直都不觉得自己攀了高枝，但今晚……她高攀了，她真的高攀了，有钱人的世界你想象不到，哪怕是曾濒临破产的。

“快点快点，喜欢哪个尽管拿。”靳母拉着她的手伸到一堆小山高的盒子上。

乔茴还能怎么办，往小的挑呗，先过滤掉大件的，再筛选掉有国际证书的，然后把卡地亚这一类的高奢珠宝品牌也去掉，最后她拿了一个小小的蓝色绒面盒子。

打开来，里面是一枚方方正正的爱德华时期野生珍珠钻石胸针，很精巧，有一种深沉的美丽，没有品牌，属于在国外一些老珠宝店就能碰到的，所以价格比起被她淘汰的那一堆也不算贵。

“就这个吧，我喜欢这个。”

靳母有些犹豫，这也不够排面啊，想让乔茴再挑挑：“这不够大，也不够闪，你再看看，这个就算附带的，我这里可以拿一送一的。”

乔茴直到此刻才发现靳母很可爱，想来靳西的那股娇憨都随了她了，但怎么也不肯听劝了。

“阿姨，这个就够了，珠宝不在乎多大，精致也很重要，我是真的喜欢。”

“那行吧，随你随你。”靳母还觉得遗憾，但她不知道的是，只一枚胸针都足以让乔茴压力倍增了。

两人下楼时，发现外面热闹起来，邻居家的孩子都跑了出来，嗓门喊得震天响。

靳母见状把坐在棋盘前的靳南喊起来：“别下了，你陪小乔出去走走，今晚除夕，别一直待在家里了。”

靳南一直在等乔茴下来，看向她：“出去吗？”

“可以啊。”乔茴刚好有一肚子的话要跟他说。

母亲带乔茴上楼的用意靳南是知道的，所以两人刚出了门他就问:“你的见面礼呢？”

“你知道？好吧，我也不应该意外的。”乔茴从口袋里掏出来，手上盒子不重，但她心里沉甸甸的，重重地叹气，“这么一对比，我带来的那两盒车厘子实在是……老天爷啊，世上多我一个有钱人会死吗？”

靳南觉得好笑，用手指刮蹭了下她的鼻尖：“这怎么能一样，你就拿这么一小点，我妈很失望吧？”

乔茴抬头，瞪他：“不让你妈失望我就会被心里的大石头压死！”

“那么夸张。”

“是真的！”

青水西岸很大，乔茴的心境与几个月前来的那次不大一样了，大约是今天她不再孤独了。看靳南带她走的路线，乔茴大抵猜出是要带她去看喷泉，不过她没想到，会在那里遇见钟媛媛。

是钟媛媛先看见乔茴的。

钟媛媛鬈发，浓妆，一身露脐背心小皮裙，外披一件貂，与素日里经营的上流社会的名媛风格完全不同，像是要去哪个 Club 热辣狂欢。此刻她倚在敞篷超跑旁目光凶狠地盯着乔茴，像是盯着一个非法入侵者。

乔茴好不容易才靠着靳南找回一丝岁月静好，转眼就烟消云散了。她不愿意让靳南马上了解这一切，虽然也许瞒不了太久了，但至少今天，她希望他不要知道。

“我有点口渴，去帮我买瓶水？”乔茴指着远处的自助便利店，软声撒娇。

“好。”靳南不疑有他。

在他抬脚离开的同时，乔茴看到钟媛媛走了过来。

钟媛媛会先问什么？问她凭什么和靳南在一起吗？

还好，并没有，毕竟是晚上，隔着一段距离，钟媛媛又将全部目光放到乔茴身上，注意不了那么多。

“你为什么会在这里？你回来干什么？”钟媛媛语气嫌恶。

乔茴早已不怕钟媛媛，说来也奇怪，许是从前被欺压太久了，一朝得以自由后，她的性格发生了翻天覆地的改变，换成以前她绝不会说“这西岸是你家的”这种话。

“回来？回哪里？你家吗？我现在站的这块公共区域是你家吗？”一连四个反问，乔茴咄咄逼人的意思也很明显。

“是我在问你！你凭什么回来？”钟媛媛咬着牙瞪她。

乔茴发现自己出息了，她没有腿软，没有发抖，说话很连贯，现在她继续进攻：“凭什么？青水西岸足有上千户，难不成全是你家的，你说了算？珠灵再有钱有地位应该也没有豪横到这个地步吧？还是你觉得，我从这里出去后，就再也没机会或者没资格踏进来？”

“几年不见，变化挺大的，尤其是这张嘴。我告诉你，你少嚣张！”很明显，钟媛媛并不擅长面对这样的乔茴。

“钟小姐忘性挺大，圣诞前夕刚见过这就忘了？再说我变化大不大，你才知道吗？我以为你背地里对我格外关注呢。还有，嚣张的不是我，是你管得太宽了点，不如等珠灵成功进军了房地产你再这样蛮横。”

“你嘲讽我！”

不错，乔茴是嘲讽她。珠灵前两年的确有意发展房地产，作为投资人投了不少资金，可最后因为开发商经济纠纷被迫停工成了一处烂尾楼，让不少人看了笑话。现在乔茴提起，就是要戳钟媛媛的痛处。

钟媛媛一贯不懂得情绪管理，脾气来了想发泄就发泄，比如现在，她恼羞成怒，眼看着就要一巴掌招呼上来。好在乔茵的瑜伽没白练，腰肢柔软的她连脚步都懒得挪一下，猛一下腰躲了过去，钟媛媛扑了个空。

“你有种别躲！”

乔茵冷哼：“自我防卫也叫没种？钟媛媛你果然是个草包，文化水平连我一个学设计的都不如。小时候说你身子弱不能念书，可私人家教没少请吧？长大了没见有什么本事，反倒整天力气多得没处使，精力这么无处发泄不如去工地搬砖，嘴上说不过就要动手打人，我看你是挺没种的。”

钟媛媛在乔茵跟前什么时候落过下风，恼得脸都红了，口不择言起来：“一路靠男人上位的女人，果然神气。”

乔茵一僵，脸色冰冷：“钟媛媛，你最好谨言慎行！”

“我不谨言慎行又怎样，我说错了？这些年来你难道没有在妩媚讨好曲意奉……”

“啪——”清脆的一记耳光响在夜色里，乔茵用尽了全身的力气，这是乔茵第一次打人。

钟媛媛的头被打得偏过去，鬈发凌乱地盖在脸上。她缓缓抬手摸了摸嘴角，红着眼像是不敢置信，说不出话。

远方，靳南已经折回来，才只分开那么一会儿，乔茵却迫切地想要回到他身边。她转身离开，迈开两步后又停下回头，说：“你不用气我，我付出了多少，结果又得到了什么？这一巴掌，你挨得不亏。”

穿过时不时落下的水帘喷泉，乔茵小跑着去到靳南身边。

靳南远远看到她在和什么人说话，拧开了瓶盖递给她，问道：“碰到熟人了？”

乔茵借着喝水垂下眼睫，遮去情绪，摇摇头：“不算吧，是钟媛媛，先前跟靳西在半岛酒店参加沙龙活动有过一面之缘。”

姓钟，靳南觉得耳熟，想了想了然：“珠灵的，她也住在这里？”

乔茵抿唇，淡淡地“嗯”了一声：“西区富人聚集，西岸又是知名楼盘，她住这里也不奇怪。”

都是别人的事，靳南顺口问问，并不真的关心，话锋一转，说道：

“我要向你道歉。”

“嗯？你做了什么？”

“我忘了准备新年礼物。”靳南说着从大衣口袋里摸出一副手套，带着包装袋，甚至连价格标签都还贴在上面，应该是刚才买水时买下的，他递给她，“不算用心，但你应该很需要。”

乔茴哭笑不得地接过，摸了摸，材质还算柔软。原来除了“你妈觉得你冷”外，还有一种叫作“你男朋友觉得你冷”。前阵子送她秋裤，今天又送她手套，他那么好心，她又不能说“我不要”或者“不喜欢”。

“好，我收下了。”乔茴直接戴上，戴好了举起手在他眼前晃。

“谢谢。”她说得没有一丁点不乐意。

靳南有些意外，便利店可选的款式很少，连他都觉得这副手套中规中矩，爱美如命的她竟然没有顺势吐槽，他有点不习惯，小心地观察她：“你怎么了？”

乔茴心底还一片狼藉，并不敢与他探究的目光对视。她靠着他，满嘴谎话：“没怎么，我也没有为你准备礼物，戴上它让你开心一下。”

这也是一份心意，靳南当然开心。

不知什么时候，他们身边围了几个稚嫩面孔，举着泡泡机，笑声咯咯咯的。乔茴打心眼里羡慕，丢下靳南陪孩子们玩了一会儿，可今天是除夕夜，靳南也不想落单，他询问了其中一个孩子，随后转身离开。不多久回来时，他手上也拿了一个同款泡泡机，是帮乔茴买的。

“玩吧。”他语气宠溺。

乔茴心头柔软得想哭。

当人感到幸福的时候，总是渴望分享，这是本能，但她不好发到社交平台上，想起今天还没和靳西问候过，便点开了靳西的微信。

“新年快乐。”她先打出这么一行字。

“我好幸福哦！！！”她又留下了几个强调语气的感叹号。

最后她问：“你呢？”

雁何山上，靳西一点也不幸福，没有新衣服穿，年夜饭难吃就算了，吃饺子时也没吃到包了蓝宝石的那一个，这些不提也罢，可她竟然连红包都比他们少！

六时身为师父，虽然年轻，但是辈分比他们大，他发红包也不讲是除夕还是春节，反正给了就行。男徒弟们都是现金两千，而女徒弟靳西……都不用摸，红包看着就比他们的薄！掏出来数了数，果然，只有五百。

就这还女朋友呢？她开心不起来，连不久前吃下去的饺子都像是积食了，难受得厉害。

小女生嘟嘴，虽然站着不说话不抱怨，但是浑身都散发着幽怨气息。六时把一群人赶走，朝她招招手。

靳西听话地上前，听他说道：“噘什么嘴，饭没吃饱还是嫌钱少？”

“嫌钱少。”靳西迅速对答。

六时挑眉，一脸不解：“我还以为我借着红包表达出来，你会很高兴。”

这回换成靳西不解了，她莫名其妙，抬头问：“表达什么？”

“你看不出来？”

“看不出来。”

六时觉得不对劲，瞅着她，拿走了她手上的红包，点了点数，不太对，少一张。

这些红包都是他下午准备的，要漏也是漏在了展室里，他抬脚就走。靳西觉得古怪，生着闷气跟着他。

两人一前一后进门，靳西就看到他弯腰在地上捡了什么，直到递到她眼前她才看清，后知后觉地意会过来，脸红了。

一张面额二十元的人民币，五百加二十……

“拿着。”他说。

靳西这下没异议了，接过来妥帖地收进红包里，跟另外的五百元放一起，这是她人生中收到的第一个五二零！她要留作纪念，打死也不花！饿死也不花！

可即使这样，靳西也没觉得自己幸福到哪里去，她要求的热闹一点、有仪式一点的事六时不是没做，而是出现了一些理解上的偏差。没有对联门画，没有彩灯气球，更别提五彩烟花。他放完鞭炮后只拿了一把焰火棒给她。

六时赏了其他徒弟两副扑克牌，自己拉着靳西去了外面。如今两人身份公开，没有哪个不长眼的敢去旁观。大家热热闹闹地参与“赌博”，输的那个人明天要去山下小河里冬泳！

门外，靳西不断摁着打火机，夜风也十分执着地不断“噗”一声吹灭它，在反复试了十来次后……

“我觉得这把焰火棒可能有点受潮了。”靳西低声提醒六时买到了劣质品的事。

六时也觉得今晚有些翻车，而且外面真够冷的，四周树木被风吹得沙沙作响，靳西也一直缩着脖子跺脚，实在不宜久待。

“那我们回去吧，我有件礼物要送你。”

礼物这事，靳西不敢要求也不敢多想，可她没料到六时竟然准备了，目光顿时变得殷切起来。

两人又回到展室，六时从抽屉里取出一只小盒子，打开来，里面躺着一只精工镶嵌天然祖母绿的花丝手镯，靳西一眼惊艳。

花丝工艺精美绝伦，糖山切割的宝石颜色清新苍郁，饱和度高，荧光绿非常好看。靳西大胆地猜测：“这种品质，是哥伦比亚 MUZO 老矿的？”

“嗯。”六时轻巧地点头，取出来为她戴上，“MUZO 代表了哥伦比亚祖母绿最上乘的绿色，而且欧洲人还认为祖母绿是爱神维纳斯的宝石，它有神奇的魔力，能守护矢志不渝的爱情。”

六时的声音柔和下来，令靳西失神。她愣愣地看着手腕，沉甸甸的，听着他语气轻柔的话，忘了先前的不愉快，觉得今夜美好得像一场梦。

他们确定关系好几天了，靳西一直没有什么真实感，这种不真实很大一部分要归结于六时的一本正经。跟靳西想的不同，他们并没有快速进入甜甜的恋爱，他对她一如既往，关切关照但不亲密，这使她经常觉得那天的事像场梦，但师兄们又调侃着叫她“师娘”。

“你在想什么，不喜欢这份礼物？”六时托着她的腕，顺势牵住她的手。在柔柔的壁灯下，他一改平日里的铁血脸色，带着抹浅淡笑意的英气脸庞很是柔和。

靳南不习惯他突如其来的亲昵，也没有心理准备，羞怯地缩了缩手指头，却被他更紧地强势抓住。

她小声说："六时师傅的手艺千金难求，我当然喜欢！在我的衣帽间，珠宝摆满了五个大抽屉，每一样都是我的心头宝，不过它们都败了，我现在最喜欢手上这个。"

"那你有礼物回送给我吗？"六时端详着她，问道。

靳西被问住了，她真的没有准备！怎么能忘了这个呢？不过很快她就有了答案。

那当然是因为被困在这个原始的地方，她身不由己！她随身的行李箱里，连衣服都没有几件，更别提什么有价值的能拿得出手的礼物。

好后悔哦！谁能想到请个大师会跟人家谈一场恋爱呢？真有预知能力的话，那她就提前准备了。

唉，等等，倒是有一样有价值的……靳西抬眸，与六时四目相对。

不过现在他们是恋人关系的话，好像也没那么可怕了。

要坦白吗？就现在。

"其实，我有一件事没有告诉你。"

六时扬了扬眉，洗耳恭听。

靳西咬唇，还是有些紧张，他会觉得她动机不纯吗？

"首先，我是真的对花丝镶嵌感兴趣，这点毋庸置疑哦！但其实我过来的本意，并不是拜你为师……"越说到后面，她声音越小。

六时睨着她，表情没变，带茧的手指摩挲她柔软的手背，等着她继续说下去。

靳西没说，反而挣开他，转身跑了，跑到门前才想起来说："等我。"

似是怕时间一久就没了勇气，靳西来去很快，跑到大喘气，回来后递给六时一个牛皮色纸袋。看他不动声色地拆开，她开始缓解气氛："就……挺突然的对不对？不过你不要因此就怀疑我对花丝工艺的喜爱。"

"百芙合高级技师聘用合同书。"六时低声念出来。

靳西噤声，小心地看他脸色，短短片刻脑补了许多，他会有什么反应？看样子他没有怀疑她拜师学艺的动机，可……万一他怀疑她与他交往的动机怎么办？

靳西心中警铃大作，连忙举手起誓："我发誓我没有为了促成合作故意勾引你！我们的感情是水到渠成的！单纯的！不掺杂一丝一毫利益的！"

"反应那么大干什么？"六时瞥她一眼，主动认下这"罪名"，"你的确不是故意，因为是我勾引你的。"

"哈？"

"就是这样，没错。"他坦荡地说。

这个夜晚意外太多了，果然是除夕啊，这个不同于寻常的日子！

"那……你生气吗？"靳西轻声问着，话毕又怕六时不懂，开始破罐子破摔，"反正都说开了，我就都告诉你好了，我在来雁何山之前，去过B市的花丝传承基地了，在那边蹲了好几天，我死缠烂打才知道你在这里的。那边基地的人告诉我，你不喜欢商业合作，是个再纯粹不过的手艺人，所以我就想到了这个主意，打算曲线救国，没想到我居然和你恋爱了。那仗着我现在与众不同的身份，我一来觉得没什么好怕的，二来感觉好像也不能一直欺骗你，但还是要跟你说一声抱歉。"

"对不起！"她突然一鞠躬，弧度是近乎完美的九十度。

六时似笑非笑，看着一点也不意外的样子，但合作的事他也不置可否，这让靳西拿不准他的态度。

"你要不先翻一翻合作合同，看看我们开出的条件你满不满意？"

"不满意可以谈价吗？"

靳西一噎，声音又低下去："估计不能，你一定也知道百芙合现在的情况，这已经是我们其他企业的股权变现后能给出的最好条件了。"

"我哥他说……我哥本来教了我好多话，但是找到你用了太长时间，好不容易找到了又不敢马上表明来意，所以时间一久，我都不记得了……"靳西觉得很懊恼，恨铁不成钢地捶捶脑袋。

六时笑了笑，他不在乎这个，说道："你应该知道，我并不缺钱。"

靳西想起来了，她看了看自己的手腕，心一凉："那……"

"我只有一个要求。"六时打断她的话。

“什么……”虽然问着，但靳西下意识地闭眼，不敢去听那答案。毕竟她从小就知道，钱能解决的都不是难事，可一旦钱都解决不了，那基本是匪夷所思的古怪要求了。

“你以身相许，我就签字。”

闻言，小女孩神情呆呆的，直直地看着他，像是傻了，不愿意还是不敢相信?

六时坐下来，一手撑头，也不急着要答案，毕竟是终身大事，想清楚也好。

“你认真的吗？”不知过了多久，靳西软软的嗓音响起，衬得窗外烈风都柔和了一点儿。

“我看起来像在开玩笑？”

靳西下定决心似的点头，脸上还带着英雄就义一样的表情，回道:“我答应。”

得偿所愿，六时顾不上她怪异的神色，笑着起身。可还没等他走到跟前，就看到她脱掉了外套。

热？六时看向角落里的取暖器，以为是温度过高了。但下一秒，靳西又解开了针织衫的两粒纽扣，露出纤细脖颈，六时这才觉得不对，一把上前按住她的手，和煦的脸也沉下来：“你干什么？”

靳西有些蒙：“你不是说……以身相许吗？”

“嗯？”六时也很蒙，但还是极快反应了过来，不禁扶额。

“不、不是。”他都意外得说不出话了，只训她，“你一个姑娘家家的，脑袋里整天都在想些啥？”

“什么？”靳西终于也觉出一丝不对了。

六时敲她脑袋，趁机教育：“我说的以身相许，就是传统的以身相许的意思，不是你以为的那样。”

靳西呆住了。

没脸见人了！她又跑走了，不过这一次是落荒而逃，有去无回。

好好的除夕夜，六时还等着陪她一起跨年呢，这倒好，闹了一个乌龙后她就缩龟壳里不敢出来了。

靳南倒是和乔茴一起跨了年，他们散完步再回到靳家的时候，乔茴只稍稍待了一会儿，就悄悄跟靳南说想回去。毕竟两个长辈上年纪了，不适合熬那么晚，再迟下去万一要留她住下，她不好拒绝。要是让靳南送，她又担心夜里他来回折腾不安全。可即便是现在，她也不想让靳南送的。

“我可以自己回去，在门口叫个车就好了，你再陪陪叔叔阿姨。”

靳南的“不行”还没机会说出口呢，就被端着水果出来的靳母抢先了：“不行不行，那不行，大年下的你一个女孩子又住得那么远，怪不让人放心的。我和你叔叔不用他陪，让他送你回去。”

“嗯，我送你。”靳南也说。

“太麻烦了，这样吧，我一路上跟你通着电话，不会有事，这样好吗？”短短半天时间，他要在一条路上来回奔波四次。

“不好。”靳南一手拿钥匙，一手拿她的包，他也很执拗。

“我怕你累。”

“不累。”

当着父母的面，靳南有些话不好直说。待两人上了车，他帮她系上安全带，这才另有打算地开口：“这是我们认识的第一年，你之前如果回家也就算了，既然没回去，我们应该要一起跨年的。”

“好，听你的。”乔茴并不贪心，虽然只有几小时，却已是她记忆里不可多得的温暖。

那晚，两人回到公寓，距离零点还有一个小时，乔茴的家里没有电视，他们就对着手机看春晚。时间过得很快，随着压轴曲目《难忘今宵》的音乐响起，安静的公寓楼下热闹了起来，十二点的钟声敲响了。

乔茴将靳南送到电梯口，走之前，他向她要了一个绵长的吻。

“新的一年，祝你未来每一天，都像过去一样美好。”他在她唇上温情呢喃。

乔茴心一痛，她没有说这句祝福其实像一句诅咒，而是回道：“新的一年，祝你未来每一天，都比我更好。”

我们的未来，一帆风顺的可能远低于风雨飘摇，但愿上天能听到我的祈祷，让你不要因为我而困扰。

Part.16
在宠你

昨夜，几个年轻气盛、活力四射的小伙子玩了大半夜，靳西一大早起来，刷了牙洗了脸就开始打听谁输了。

林平笑嘻嘻地说：“还能是谁？赵小磊呗！技术差又贪心，不输个精光才怪。”

“输钱了？输了多少钱？”靳西就是好奇六时给的红包赵小磊输完了没有。

“你看你，又拎不清，玩钱那叫聚众赌博，我们这一帮大好青年能干那事吗？再说多俗。”

“抠门就抠门，那么多借口。”靳西小声嘀咕。

“嘿，你这人……”林平不服，问道，“输钱能有看赵小磊冬泳好玩？”

“冬泳？是我理解的那个冬泳吗？”一再会错意的靳西小心地问话。

“不错，就是大冷天的穿个裤衩跳进河里。”

“哇！”靳西来兴致了，“这里这么冷，河面没结冰吗？”

“没有，结了大家伙也能给它砸开。”

靳西心动：“我还没见过呢，想看！”

恰好这时六时走来，靳西眼角余光瞥见他，嗖一下躲进屋了，留下林平一脸蒙：这是干啥呢？

他挠挠头："老大早上好。"

六时看一眼靳西紧闭的房门，漫不经心地回了一句："早上好。"

"老大，吃早饭吗？厨房里还有昨晚的剩菜！"

大年初一吃剩饭，六时懒得跟这种缺心眼的计较了，只问道："你还不走？"

"去哪儿？"

"不是说赵小磊输了牌要冬泳？"

"哦！对！赵小磊人呢？"林平朝男生宿舍那一排喊着跑走了。

打发掉人，六时屈指轻敲靳西的房门，小丫头虽然进去了，耳朵却还一直贴在门板上。听到动静，她把门拉开一条细细的缝。六时抓住机会伸进去一只手，靳西吓了一跳，当下就要采取措施，可在会不会夹伤他与要不要被抓走之间，她很有牺牲精神地选择了后者。

可怜她被扼住命运的后脖颈，她气弱地说："有事说事，不要动手动脚。"

六时一听就知道小姑娘还在害羞，他聪明地不提昨晚的事，只是问道："躲起来做什么，不是想看冬泳？"

"现在不想看了。"靳西疯狂地摇头。

六时似笑非笑地说："口是心非。"

"跟我走。"他松开她的衣领，改拉住她的手。

前面，已经有胆大不怕死的吹起了口哨，靳西脸红得像抹了一层色泽浓艳的番茄酱。

她想挣脱，六时攥得更紧了。一行人下了山。

赵小磊这个胆小鬼，站在河边死活不肯脱衣裳，非要耍赖换一种方式惩罚。

林平大笑："老大今天都来捧场了，大过年的，你可别㞞！"

"做饭！"求生欲超强的赵小磊主动加码，"未来一个月，厨房那块地我承包了。"

哦？这倒是个不错的主意，众人不再起哄。

靳西失望地说：“走吧，没得看了。”

六时侧头：“你想看还不简单。”

“算了，不带这么强人所难的。”靳西很贴心，毕竟赵小磊做饭还算可口，一饱眼福与口腹之欲之间，似乎也还是后者更重要。

六时笑笑不说话，却抬手开始解扣子。

靳西微怔，直到手上被他塞来了一件外套。

“拿着。”

“你、你是要……”靳西的话还没问完，六时的T恤也脱了下来，露出贴身的黑色背心，以及单薄衣料包裹下，那结实健硕的体魄。

靳西怎会不脸红！林平那一群人也在此时看了过来，用手肘你撞我我撞你相互提示，脸上大剌剌地写着：快看！老大亲自下场撩妹了！

靳西一点都不想懂！害羞的视线无处安放，躲来躲去又不小心转回六时身上，就见他已经开始脱裤子了！

“啊——”

她惊呼，非礼勿视地捂住眼，于是就这么错过了六时一跃而下的英俊身姿。几乎是同时，耳边响起大家此起彼伏的口哨声，还有河面上被砸出水花的巨大动静。

下、下去了？靳西慢慢错开一点指缝往下看，她的男神正在冬季的河水里展现姿势标准的自由泳。

啊——她定力不太好啊！请立即停止散发魅力！

“哇！老大酷毙了。”人群中有人惊叹。

“赵小磊，做人太低调不好，大年初一的你也该像师父一样出出风头。”

“没有对比就没有伤害啊。”

“听说冬泳对身体有好处？”

“老大好骚啊……”肖湘神总结。

靳西小脸通红，好像从昨晚开始，她脸上的热度就没褪下过。这个年过不好了。她脑海里不合时宜地想起了一幕，她的女神曾经语出惊人地说：“你穿的T恤在百年前只是男人身上的紧身内裤。”

靳西拽了拽自己的T恤袖子，再想想不小心瞥见的四角裤，感觉自己快烧起来了，男朋友再迷人的身段也不敢欣赏了。原因无他，怕火气太旺流鼻血，她丢下一句“我先回去”就逃也似的转身离开，肖湘在后面叫都叫不住。

六时下了水也一直留意着岸上的靳西，见到她转身，还以为她是感动得以泪洗面，直到岸边传来林平的大嗓门:“老大，你还不上来吗?师娘都回去了。”还有半句他没敢说——你骚给谁看?

这倒是个意外，六时在河中心扬了扬眉，一口气游到了岸边。

寒风瑟瑟中，他动作不见一丝僵硬地上岸，一边利落地套上裤子，一边问：“我不在，你们胡说什么了？”

众人齐齐摇头，拿出从未有过的默契：“我们说师父酷！师父帅爆！师父呱呱叫！遇到师父这样的好男人就嫁了吧！”

六时信了他们的话，可后半句他品着，一脸的“你们有辱师门”，训斥道：“谁让你们乱说话的，成事不足败事有余。”

众人嘀咕：“我们只是想推波助澜……”

六时哼一声：“没这必要。”

靳西身材娇小腿也短，上山的路走得慢，或者是她走走停停故意等人，总之六时很快就追上了。

他亲亲她额头套话：“怎么不等我？”

“太冷了。”靳西防备心很重。

“我游得怎么样？”

“很好。”

“身材怎么样？”

“也很……”

靳西没注意到他不怀好意的问题，话说到一半突然咬住舌头，硬生生地憋回最后一个字。她瞅他一眼，不禁想肖湘说得不错，他果然很……嗯！

闷骚的六时这次骚过头了，上午时还没觉得有什么，到了下午就头晕口干。他虽是富家公子，但是不娇气，也没当回事，晚上开始没食欲，夜晚九点的时候有明显的发烧迹象。

靳西断定他这次生病是因为一早的冬泳，六时却不承认。

“我没有逞强，这也不是第一次冬泳，以前都没事的。”

“你不要因为怕我内疚就这样说。”

六时刚吃了一颗布洛芬，烧还没退下来，头痛的症状也没缓解，听完小姑娘的话，竟还隐隐有了加剧的势头。他要命地想：我当然不是因为怕你内疚，我一个大男人为了讨女朋友欢心，冰天雪地地跳河就算了，完了还体虚发热，我不要面子的吗？是也不能说是啊。

六时死也不承认：“可能是这几天又降温了，我穿得少吧，积压着赶在今天爆发了。”

“对！你是穿得太少。”靳西无比认同地点头，趁机说，“你以后还是多穿点吧，不能只要风度不要温度啊。”

“……”

“肚子饿吗？你晚饭都没有吃。”

“不饿。”

“怎么会不饿呢？从午饭到现在已经过去十个小时了，你都没有进食，我怕你是烧糊涂了，不然我去给你煮点粥吧？”

“你会煮粥？”

靳西双手叉腰：“不就是加水加米吗？”

女朋友一番体贴温柔，六时不好不领情。半个时候后，灯光昏沉、环境逼仄的厨房里，高烧 38 度的六时忍着喉咙的剧痛吃了顿米饭。

靳西抠着手指说：“不好意思啊，要不我烧壶开水给你泡泡？”

这画面，这语气，怎么听都很像他当初剪坏了她头发时的心虚。

六时感谢她的一番好意：“没事，不用麻烦了，能吃。”

没遗传到母亲厨艺的靳西很惭愧，坐在一旁闷闷不乐。

六时哄了几句也不奏效，只好换个话题：“打算什么时候回去？”

“嗯？”靳西显然没懂，回哪里？

六时又艰难地咽了一口米饭，提醒道：“昨天给我看的企划书。”

哦！是这个！靳西来了精神：“我想越快越好，你……方便吗？”

她开口还有什么不方便的，六时掏出手机看机票：“六号走吧。”

“这么早？”靳西过于惊喜了，不过惊喜完了又替他犯愁，“那你走了，你的徒儿们要怎么办？你不在，他们自己学习可以吗？我们这次去S市，也不是三五天就能回来的。”

“我已经联系了基地里的其他师傅，这两天就会过来替我。”

“六时师傅就是六时师傅，高效率！”最后一丝忧虑也没有了，靳西冲他鼓掌。

她眼神亮亮的，好像笼着窗外的月光。

六时病了有些乏，撑着头懒懒地看她，意味深长地说：“不过，你都以身相许了，我是不是该趁这个机会见见你的家人？”

这些年，靳西潇洒惯了，时常以为自己是个货真价实的单身狗。可当六时说起见父母，她一下就想起自己还有个未婚夫，顿时眼神暗淡了，忧虑又回来了。

六时问道：“怎么脸色不好？大难临头一样。”

靳西觉得差不了多少，有点欲哭无泪。她重温了昨晚的煎熬，难以启齿一样小心地铺垫：“六时，如果我再告诉你一件事，也不是故意要瞒着你的，也是有苦衷的，你会相信吗？”

“你哪来那么多的迫不得已？”

靳西觉得这口风不对啊……面色如土，不敢说话。

六时欣赏了一会儿她的战战兢兢，松了口：“你先说，我会根据实际情况酌情处理。”

靳西轻轻“哦”了一声，继续低头抠手指，边抠边说：“就很老土！我爷爷在我小时候特别霸道地给我定了一门娃娃亲，但我是不情愿的！我根本见都没见过那个人。后来我们两家的关系不那么好了，具体原因我也不清楚，你也知道这种大家庭，总是有很多乱七八糟的事。我那个未婚夫估计也不是什么好人，我都没听别人提起过他，大家族出来的孩子没出息的很多，他应该就是其中一个。我们既不是青梅竹马，也不是两小无猜，我对他不仅没有男女之情，连一面之缘萍水相逢的情谊都没有，他对我来说就是个陌生人，所以我经常忘记这回事。但是你放心，这个婚约我是一定要解除的！等这次回去我就解除，一定让你当我堂堂正正的男朋友！”

这么长的一段话，靳西时而含糊时而语速飞快，说到后面铿锵有力、掷地有声，很明显是想弱化她的身份，突出她的决心，试图蒙混过关。

见六时一直面无表情，脸上连该有的一丝波澜都没有，靳西以为自己成功了，他被自己深沉的爱意震撼了！而就在下一秒……

“你的意思是说，你有个订过娃娃亲的未婚夫，我现在等同于第三者，我们的恋情也等同于……地下情？”

虽然是疑问句，但他用的是陈述语调。

靳西心一慌，连忙扑过去抓住他的手：“你……不要这么说。”

“我理解错了？”

靳西气弱：“没有。”

“不过你还说，你打算把我扶正？”他这次口气温和了点。

靳西点头点得眼花：“正是正是，我不会委屈你的！”

六时要的就是这句话，语气更温柔了，近乎诱哄：“那就快刀斩乱麻，回去第一件事就办它，你也知道大师都有骨气，不能受委屈。”

“好。”

“但是你真的想清楚了，要解除婚约？”

“我想清楚了！”

“不管未婚夫是什么人，你都照解不误？”

“照解不误！”

“如果你父母不同意怎么办？”

“百芙合需要你！我威胁他们！带你私奔！”

六时微微一笑：“好。”

靳西要带花丝大师回S市的消息传到了乔茴耳朵里，她高高兴兴地跟靳南分享这个好消息：“你看，我就说不要小看西西嘛，不负所托对不对，值得你的亲口表扬吧？”

靳南是有些意外，并非不相信亲妹妹，而是经过季容，他大约明白了这些手艺人有多难伺候。錾刻这边他和乔茴双管齐下也是年终了才签下合约，他以为靳西那边怎么着也得等到开春。

“靳西运气好，看来也不是所有传承人都像季容一样。”靳南翻着一本《人类简史》，凉凉地说。

乔茵觉得无缘成为恋人还可以当朋友，更何况春节时她还收到了人家的拜年红包，这时免不了要替季容说句话：“他怎么了嘛？人也还好呀。”

靳南抬眸，意有所指：“他心术不正。”

乔茵沉默，有一句话不知当讲不当讲。

靳南等了半天没等来她的不满与反驳，又将视线从书上移回她身上，好整以暇地问她：“是不是无话可说了？我没冤枉他吧？”

乔茵本不是个嘴松的，可靳西马上都要带着人回来了，她瞒不瞒的是不是也没差?

“其实……”

“嗯？”

“你为什么不怀疑，靳西或许走了捷径？”

她小心地试探。

靳南定定地看她两眼，合上书把人拉到腿上，问道：“你是不是知道什么？”

他语气危险，乔茵顶着压力还不想出卖队友，用美人计辅助，声音娇滴滴的：“靳南，亲亲我呀。”她噘嘴。

靳南这下定力又回来了，凝视她娇艳欲滴的红唇，目光灼热，但不为所动，一手搂着她，一手在她耳畔摩挲。女孩子的耳珠在他手里，他轻拢慢捻，乔茵不一会儿就红了半张脸。

“你干吗呀！”她拨开他的手。

靳南也不强求，就是温热的手掌又贴着她曼妙的曲线往下。乔茵坐不住了，挣扎要起来，被他用力地压住：“不说清楚，别想跑。”

“我跟你没话说！”

靳南坏心地捏了她一下，乔茵被捏得一软，坐不起来了，埋在他颈窝又咬又骂：“靳南，你变态啊！放开我，跟你拼了！”

靳南表面上还是一本正经，就是出声时喉咙有些发紧：“别挣扎了，乖乖说，靳西怎么回事？”

乔茵欲哭无泪：“靳西的事你去问靳西啊，欺负不了远处的妹妹你就欺负近处的我，我欠你的？”

“你不说也行。”他威胁的手进行下一轮探索。

“等等，等等！”乔茴按住他的魔掌，屈于淫威，“你让我想想，思考思考，我现在脑子一团糨糊。”

“嗯，好好回忆。”靳南停下来，可箍着她腰的手臂没有半分松懈。

乔茴又不傻，她连鱼死网破的资本都没有，十分后悔自己一时嘴贱。坐了有半分钟，她用手指比了比：“我就知道一点点……”

乔茴掩饰了两个人已经交往的事实，仅说合作达成之所以顺利，似乎是六时在追求靳西。

靳南的脸色沉了沉，黑眸里倒映着一片火光。乔茴在他腿上坐立不安，所以也分不清是不是怒火。

“所以那个六时跟季容一样，心术不正？他多大年纪？靳西什么时候跟你说的？你还知道什么？”

乔茴自动忽略了后面两个引火烧身的问题，替靳西说话：“年纪不大，听说跟你差不多，是个型男。你这人思想有问题，追求靳西怎么能叫心术不正呢？你不是说了等西西回来就商量跟陆家解除婚约的事吗？人家六时师傅又不知道这件事对不对？人家是正常的感情发展。”

“正常的感情发展？他们才认识几天？”

“可能这就是所谓的一见钟情吧。你不能因为我们俩是日久生情，就否定美好的一见钟情。”

乔茴伶牙俐齿，又动来动去的，弄得靳南心浮气躁。靳南咬牙道：“行，我跟你说不清，先收拾你再收拾她。”说完，他把人往下压。

乔茴慌了，在他怀里扑腾得像条濒死的鱼，叫嚷道：“举报有奖！你不能这么对我，而且你刚刚说我不招认别想跑，我都跟你说清楚了！”

靳南按住她，翻脸不认人：“说了你也别想跑，举报有奖，我不是正在积极地回馈？况且，你施展的美人计我若不上当，你不会觉得魅力受到侮辱吗？”

起初乔茴还骂他过河拆桥，卸磨杀驴！被亲得迷糊后，又觉得好像是这个道理……

几天后，靳西带着六时离开雁何山，到达机场后，她接到了靳南的电话。

电话里，靳南的声音有点严肃："你什么时候到？"

靳西已经从乔茴那里了解了一些情况，回答问题时自动带上六时："我跟六时两个小时后到S市，你要来机场接我们吗？"

靳南原本是要去接的，但后来他打消了这个念头："我走不开。"

"哦。"靳西也不失望。

靳南这几天被乔茴一再顺毛，已经想好了等人回来再说，可眼下听靳西的语气，似是并不排斥六时的追求，忍不住立刻跟她算账："六时的事，我都知道了。"

靳西闻言怔了一下，压低声音问："哥，你会生气吗？"

乔茴之前跟靳西递情报的时候没说清楚，她只说靳南知道了六时的事，所以靳西几乎是上赶着自爆："我前几天就要跟你说的，可想想还是打算给你一个惊喜。哥，我需要你的帮忙。"

靳南怎么听都觉得这像一个惊吓，还有，他隐约觉得乔茴没跟他说实话。

"你跟六时……"靳南问到一半，停下换了个角度，"你要我帮什么？"

靳西传过来的声音甜蜜蜜的，像是被什么人注视着有些害羞，轻声细语："跟陆家解除婚约的事啊，会难办吗？我都带着六时回来了，不能委屈他！"

这下轮到靳南愣怔了，靳西的话验证了他的怀疑，他不敢相信靳西会这么草率，一下有了火气，训斥道："你玩什么先斩后奏？你才出去几天就把男朋友领回来了，家里人是这么教你的？"

机场人声嘈杂，可六时从背后拥住靳西，下巴搁在她头顶，把未来大舅子的话听得一清二楚。

靳西这会儿里外受夹击，深深地感受到了做人的艰难，弱弱地反抗道：“我这么大的人了，谈个恋爱还要向你们报备吗？不报备就叫先斩后奏？你跟乔姐姐谈恋爱的时候也没事先跟我们说啊。”

“靳西！你要开始一段感情这没问题，但起码要等自己的事情处理好，你这样让外人怎么看你？”

“我干吗管外人的看法？”

靳南突然有点懂了什么叫恋爱脑，也不急着在电话里骂她，掐断了通话。

靳西坚定信念的同时，还有些不知所措：“你都听到了吧？我哥不同意我现在恋爱，事情好像有点棘手。”

六时倒一点也不担心，别有用心地掏出身份证给她：“你先替我收着，等我们到了S市，你家人要实在不愿意接受，你就带我私奔。”

可惜靳西看也没看，直接塞进口袋里，说：“好。”

六时：“……”

飞在天上时，靳西看着久违的大都市还有点闷闷不乐，直到空姐送来航空餐她才来了点精神，毕竟航空餐再难吃也好过山上那群人自创的手艺啊。

“有这么饿吗？”六时抽了张纸巾给她擦嘴巴。

靳西咬着西蓝花，口齿不清：“我一紧张就想吃东西。”

“紧张我的事吗？”

“那还能有什么事？”

靳西一直在想这个，她觉得不让六时受一点委屈是不可能的，咽下一口饭跟他打商量：“待会儿我们到了还是先不要去银楼总部了吧？我想先跟我哥还有我爸妈谈一谈，安抚一下他们。”

“好。”六时想也没想就答应了。

靳西诧异他怎么这么好说话，不确定地看他一眼，问道：“那你怎么办？要先回家吗？”

六时将手上的杂志收了收，摇头说：“不回，我先住酒店就好。”

“哦，好。”靳西应着，不太懂他为何有家不回，不过很快也就明白了。

四季酒店的大厅里，靳西将六时的身份证递给前台接待办理入住手续。当跟前穿着制服的清秀小姐姐问“陆先生，六楼的房间可以吗”的时候，靳西是蒙的。

陆？谁姓陆？前台小姐姐在跟谁说话？

而此刻靳西身后的六时说：“可以。”

“你……姓陆？”怎会这么巧？她跟姓陆的这么有缘？

六时将房卡与身份证取回来，用两个指尖夹着，在她眼前亮相，最上面那一栏，“陆时”两个字令靳西如遭雷击。

巧合？那也太巧了吧！

靳西不信邪，掰开陆时手指挡住的地方去看通信地址——S市新南区世纪公园路78号……

她生无可恋地抬头，看到了陆时脸上的笑容。

她这是作了什么孽？这世界未免太魔幻了吧？

“你……”靳西原本就不太好用的脑袋瓜顿时成了一团糨糊，她百思不得其解，错愕、震撼，又带着一丝不易察觉的惊喜。她知道这份惊喜来源于没有人会再阻止这场恋爱，可并不代表她不计较他的有意欺瞒。

“你早就认出了我？是什么时候？难道从一开始你就知道我是你的未婚妻？为什么现在才告诉我？不对，直到现在你也没有告诉我，是我自己发现的。”

一连抛出几个问题，靳西不等陆时有所答复就再一次疑惑地问：“你在耍我？”

陆时摇头：“没有，在宠你。”

靳南这边，关于靳西的事，他还在犯愁怎么跟父母开口，谁料事情就再次反转。饶是看惯了言情小说处变不惊的乔茴也意外，一再确认：“花丝大师六时真是陆家那个跟西西定娃娃亲的人？是谁说这世界太大的？明明小得很！”

“居心叵测。”靳南又有话说了。

乔茴一直是站在靳西这边的，更不要说人家现在名正言顺的。

“你怎么这么难伺候？人家是六时的时候，你说人家别有用心；人家现在变成陆时了，你又觉得他居心叵测。他们未婚夫妻爱怎么培养感情就怎么培养，再说他又没有刻意隐瞒，西西也从来没问过啊。”

又替陆时说话？靳南一脸正色，问道：“你似乎对他印象很好？”

自从经历过季容之后，乔茴事事谨慎，哪怕是陆时她也要避嫌，所以对天发誓：“我又没见过他，哪来的什么印象？我是就事论事！还请靳先生的醋意不要随意发酵，要说居心叵测谁能胜过我？我才是那个一路以来居心叵测想要得到你的人。”

乔茴觉得她话都说到这个份上了，靳南大约能被哄得服服帖帖。可靳南听了之后沉默片刻，竟然摇头。

“什么？”乔茴没懂。

靳南没解释，他把玩她的头发，俯身亲了亲她。

她难道真的不知道，她每一次的居心叵测，他都为之心动？

初十，陆时正式拜见靳父靳母。他诚意十足，与靳西又是早早定下的婚事，见到他们感情好，靳母当然喜闻乐见。靳父看着一双儿女都有了归宿，什么烦心事也没了，饭桌上喝多了还醉醺醺地说要他们一起办婚礼，好好热闹。

乔茴在那一刻忧心地侧身去瞧靳南，靳南淡淡地笑着，看不出有丝毫的排斥，可她笑不出来。

季容也回来了，“复活计划”提上日程。S 市的商报上，加大加粗的标题一连几天都写着“业界新贵搅动传统珠宝新格局”，无数人翘首以盼，都好奇两位非遗大师与百年银楼能碰撞出什么激烈火花。而野心勃勃渴望跻身国际一线的珠灵，乔茴不信她们坐得住。

珠灵当然坐不住，百芙合这边有季容和陆时加盟，他们与乔茴形成了稳定的合作小组，成为百芙合的中流砥柱，而急于抢占市场的珠灵则大包大揽重金挖了不少珠宝设计师，办公室也扩展到了原来的三倍，不过唯一不变的是钟媛媛设计总监的身份。

“今开 43.30 元，有过十分钟的冲高回落，调整之后迅速拉升，上午最高涨了七个点，创了上月新高，下午回踩两个点，收盘价成功站稳10日线。”百芙合的办公大楼里，薛助在做休市之后的股价报告。

“换手率多少？”

“0.86%。”

一旁的沙发上，乔茴已经坐了半个小时了，也被靳南无视了半个小时。她一边喝咖啡，一边死亡凝视办公桌前的两个男人。靳南头也不抬，薛助默默擦汗。

“之前德国订购的那批珠宝机床已经到了吧？”

“到了，车间里都替换好了，新机床精细度高，对称性好，品质稳定，靳总放心。”

“嗯。”

“靳总。”见靳南还不提让他离开的事，薛嘉年只好硬着头皮提示，“乔设计师的咖啡可能凉了。”

靳南一旦全心投入工作就容易过分专注，曾经在历史研究上就是这样，听懂助理暗示的他让人重新给乔茴换一杯，再转头去看角落里散发幽怨的小女人。

“你先出去吧。”

“好。”薛助迫不及待地放下文件就走。

靳南也忙得头晕，他揉着眉心走向乔茴，转瞬间就换了一副神色，疲惫地抱抱她，问道：“要续杯吗？我去给你倒。”

他这样示弱，乔茴还怎么好意思生气？她嘴上冷哼着，手指已经控制不住地去按他的太阳穴，力道轻轻的，并没多大提神作用，却也令他放松。

“生气了？”靳南问道。

乔茴嘴硬：“你忙的是正事，我才没那么矫情，可那么久了，你怎么连看都不看我一眼？”

靳南以前并不知道求生欲是怎么回事，后来隐隐明白了，对求生欲的理解便是挖空心思地讨好，紧接着又发现不是。

像现在，他几乎可以不假思索地告诉她：“因为我想赶快忙完了好好看你啊。”说着，他捏她气鼓鼓的脸。

乔茴又不难哄，立刻笑起来：“算啦！反正你认真工作的样子那么迷人，我觉得我也不亏。我说了要当成功男人背后的女人，你做什么事我都支持。”

“我不赞同这个。”

“嗯？”这种话他也有意见？

“你也很成功，你对我，对百芙合，绝不只有默默地支持，你付出了很多。”

乔茴捧脸，他怎么这么会说话啦！

“唔，你知道就好！”

Part.17
珠　灵

三个月后。

百芙合将前沿的科技与传统的匠心手艺相结合，让国内外都看到了它的脱胎换骨。大家见证了这个巨人倒下后又缓缓站起来的过程，艰难并且罕见。

靳百林已经正式将百芙合交给靳南，靳南身为银楼新任当家，在记者发布会上说：“将已经丢失的市场份额再重新夺回来是非常不易的，谢谢大家愿意相信百芙合，给我们这次机会。未来我们会更加努力，也请今天的各位做个见证，我与我的团队都不愿再让广大消费者失望。”

这句话落音之后，媒体的镜头扫到底下的季容与陆时，还连带着在乔茴脸上一闪而过。她没来得及躲开，顿时心慌了，可台上，身披霞光的男人将目光落在她身上，她也就大方地笑着回应他。

谁又知道那颗雷什么时候引爆，她贪恋眼前的岁月静好，过一天算一天吧。

发布会后，靳南要携百芙合参加香港珠宝展览会，小型保险柜与密码箱一个一个地往车上提，薛助又从安保公司雇了几个保镖押车。

临走时，乔茴与靳南依依不舍：“展览会的时间是五天，第六天你就要回来。”

“不用第六天，展会一结束我就回来。”

乔茴揪他的衣服，嗲声嗲气：“那你记得联系我，打电话发微信都行。”

几个高层与设计师都已上了车，薛助还在一边，靳南不好做什么太出格的，盯她半晌，突然说：“要不和我一块去吧，多订一张票的事。”

靳南这么说，薛嘉年身为助理就自觉地掏出手机打开了订票APP。

乔茴阻止道：“不了，我接了两个活儿，急着交，你们展会从早忙到晚的，我可没时间耗在那里。要是我待在酒店，那也见不着你，一样没意思。”

“晚上回去可以见着。”靳南一旦动了心思就真的想她过去。

乔茴拒绝得彻底：“小别胜新婚，你一路顺风。”

五天，其实很短，靳南克制地吻吻她额头，深闻她身上的橙花香，低声说：“好。”

香港珠宝展，全球三大珠宝展览会之一，这次吸引了52个国家地区和2778家参展商，有24个主题展区，百芙合在黄金首饰馆，展位很大也很突出。隔着千里的距离，靳南与乔茴分享，乔茴转头又把胜利的果实分享给靳西。

靳西这个不长进的，捧场了几句就转头去网上冲浪，在“瓜田”里上蹿下跳吃得不亦乐乎，可她吃着吃着就吃到了自家哥哥和女神的瓜。

“乔姐姐！”她大声喊乔茴，“你跟我哥的恋情曝光了！”

乔茴还以为自己听错了，问道：“你说什么？”

“你跟我哥啊，恋情曝光了，这篇微博刚发一个多小时，评论五百多条，都是夸你们的，说你们郎才女貌！”

“怎么会有人关注我们？我和你哥都不是娱乐圈的人。”乔茴一颗心沉甸甸的，一边问，一边去夺靳西的手机。

靳西常在网上溜达，跟她那个常年2G网络的大哥不一样，闻言见多识广地分析：“你们虽不是娱乐圈的人，可你们的颜值都能媲美娱乐圈的顶级一线啊。这几个月来，百芙合受到大众瞩目，我哥这个年轻 CEO 也跟着火了，人家现在女粉丝多着呢，官博上好多说备好了嫁妆想嫁的，乔姐姐你有没有危机感啊？”

“没有。”乔茴刷着评论，头也不抬地回。

是她想多了？没有僵尸评论，都是真人活粉。

刷完了评论她才来得及去看上面的九宫格照片，有发布会上她一闪而过的镜头，也有她昨天送别靳南时，他情难自禁落下的额头吻。

“只有两张高清，其余的都是糊图。”

靳西以为乔茴介意别人把她拍得不够美，念着评论安慰她：“你听，微博名叫酸奶布丁的说，远距离抓拍下还能有这样的盛世美颜，果然是继承人的女朋友。

“还有这个，楼上消息太滞后了，什么继承人接班人，人家现在是百芙合银楼正儿八经的持股总裁。

“靳家的男人在金银首饰上审美不咋的，找女人眼光是真不错。

“这女人是谁？网红还是小明星？

“楼上又胡说，靳家再落寞也是高门大户，根正苗红的世家，网红小明星进得去？这种气质一定得是门当户对啊。

“不管怎么说，鲜花配嫩草，祝福祝福，百年好合。”

靳西对这些好评很满意，不过她退回去仔细看了看，又摇头：“怎么热搜排位才三十八呢？上面的一定都花钱了！”

她居然还嫌不够张扬……

一向张扬惯了的乔茴莫名头痛，突然怀念起低调做人的好处来。

“先别告诉你哥。”乔茴叹着气叮嘱靳西。

靳西在乔茴开口前刚刚点击了发送，听了这话立即撤回。

“都上热搜了，我不说我哥也知道啊。”

“他不知道。”乔茴肯定地说。

靳西转念一想也对，要不怎么说靳南是活在 2G 网络里的男人呢？

“一心谈恋爱，搞事业，不玩游戏不沉迷网络，好男人啊！难怪大家都喊着想嫁。”

乔茴隐隐不安，还分心地回她：“果然是亲兄妹，评价这么高。”

“难道我哥没有这么好？”

乔茴没回答，却在心底附和靳西，当然是好的，好到她都开始自卑了。

其实无论从哪个角度看，她都是配不上他的。

当天，# 百年银楼帅哥 CEO 神秘女友曝光 # 的热度一路爬到热搜榜十九才停下，点赞四万，转发一千，评论两千，乔茴一直在追着看。只有少数人阴阳怪气，大多数网友还是被乔茴的美貌折服了，对她的身份有很多猜测。乔茴知道这不是好的情节走向，只是没想到事情会来得那么快。

那是靳南走后的第四天，昨夜乔茴赶稿到凌晨五点，好像才刚刚睡下耳边就响起急促的敲门声。起初她以为是在梦里，但那道声音越来越扰人，她总算醒了。

四月的天还有些凉，乔茴赤脚踩在地板上，冷得一激灵，昏昏沉沉的脑袋也清醒了些，拖着虚浮的步伐走过客厅去开门。

门外是心急如焚的靳西，她握着手机，一见到乔茴就劈头盖脸地问：“乔姐姐，你上网了没？”

乔茴从未见过靳西有这样急切的时候，她想说服自己，说服自己那点旧事跟白芙合的命脉比起来根本不值一提，所以绝不是因为那个。

但靳西令她失望了，靳西接下来的话让她不得不面对现实。

“乔姐姐你还不知道吧？我也是一早起来才看到的，是谁呀这么坏！到处造谣！会不会是竞争对手搞的鬼？想抹黑你趁机重创百芙合？”

乔茴之前还只是脚冷，此刻连指尖都是冰凉的，她一颗心坠得像是即将要落入无底的深渊，嘴唇张张合合，过了许久才找回自己的声音：“给我看看。”

她的眼神有些空。

靳西见她这副失神无措的样子有些怕，默默地把手机递过去。

百芙合 乔茴

珠灵 乔茴

乔茴当珠宝设计师的那些年

一连三个热搜，都排位在前十，她的战绩何时这么辉煌过？都不必仔细去看那些内容了，乔茴蹲下来，手臂圈住双膝，脸也埋下。

靳西眼中的乔茴是自信的，无论何时都抻着骄傲高贵的天鹅颈，以至于靳西根本无法想象她脆弱时的样子。直到靳西瞧见乔茴无声耸动的肩头，这才确信她真的在哭。

靳西也是经历过网络暴力的人，自诩见过大风大浪，可时至今日，她才知道攻击自己的那些话，根本无法和乔茴遭受的相提并论。她当初被议论只是生气，但乔茴的反应，却像是真的被挖出了不为人知的过去，让靳西有些慌了。

靳西拨通靳南电话的时候，靳南已经到了香港国际机场。

“哥，乔姐姐她……不太好。”

“我知道。”电话那端，靳南的声音有些喘。

“我该怎么办……”

最近的航班时间太赶，靳南在偌大的机场里奔跑，四月的天，他额前的发都湿了。看着显示屏上的航班动态，他停下来，归心似箭地郑重交代：“看好她。”

靳西觉得此情此景很像临危受命，她在电话挂掉之前重重点头，结果转头一看，门前已没了乔茴的人影——乔茴把自己关起来了。

之后的两个多小时里，靳西敲门敲得手都疼了。

后面季容也来了，嚷嚷着要砸门，被靳西拦住：“算了吧，你这样暴力算私闯民宅，弄不好要进局子的。”

“她在里面想不开怎么办？”季容质问道。

靳西一愣：“会吗？”

“说不好，什么吃里爬外，靠男人上位自甘堕落，说得也太难听了。”季容越想越气，用拳头砸门，“乔茴！出来！”

与他们一门之隔的乔茴就坐在墙边，外面即使翻了天她也无动于衷，握着手机一直在看，每一张图片，每一条评论。

“你脸呢？钟家领养你做珠灵大小姐，可你干了什么？偷设计高价卖给对家，就因为珠灵没你的股份，你怎么不上天啊？”

“这件事情我记得，几年前也是轰动一时的，没想到就是她。人心不足蛇吞象，还想拿珠灵的股份挤掉钟翠女士的亲生女儿，呵呵，结果怎么样？听说因为这件事她还被设计学院退学了。”

“被扫地出门也值得可怜？不懂得知恩图报的人没有好下场，名誉扫地是应该的。”

“被设计界封杀后靠跪舔各界成功男士获得资源，乔小姐舒爽吗？”

“本以为小姐姐是个正宗白富美，没想到是个高段位的‘捞女’，在下佩服。”

“有网友攻陷了她在用的INS，大家快去看！生活那叫一个精致小资啊，如果不是今天被爆出来，可能用不了多久就会嫁入豪门了。”

“心疼小靳总，真是人傻钱多，估计没少给她好处。”

“百芙合真是饥不择食了，什么样的人都敢合作，本以为这回是逆风翻盘，原来是回光返照，我看这银楼气数尽了。”

“抵制吧，百芙合一生黑。”

“可能百芙合也是受害者，这种女人什么事做不出来？想利用百芙合洗白自己。但是百芙合对不住了，就算迁怒好了，旗舰店的订单我刚刚已经申请退款了。”

……

门外，砸门失败的季容在找开锁公司的电话。

靳西想了想还是上前一步，被季容拉住：“你站住别动！你又想干吗？”

靳西总不好直说“我要替我哥看着你，以防你乘虚而入”，琢磨半天憋出一句：“回头换锁很贵的。”

季容真是服气了，靳南怎么会有这么不靠谱的妹妹？也难为陆时看得上。

“这钱我出了行不行？你让开。”

靳西咬牙不动，她一边担心季容趁机献殷勤，一边害怕乔茴有生命危险，正值天人交战之际，电梯“叮”一声打开。不断拉锯的两人下意识地看过去，就见靳南风尘仆仆地从里面出来。

“哥！”靳西没想到他会这么快回来。

“你动作也太慢了！给人当男朋友是这样当的？”季容满脸写着“要你何用”。

靳西瞪他，摆明了在说“不许这样对我哥”。

而这些靳南都没放在眼里，只是冷冷地说：“都回去吧。”

季容当然不愿意，还想再说什么，被靳西费了九牛二虎之力拉走。

靳南不是在事发的第一时间知道的，就像乔茴和靳西说的那样，他不关注网络动态，所以在展览会上，当助理附耳告诉他乔茴被网络舆论攻击的时候，他的思维有短暂空白。

当下靳南的第一念头不是解决问题，而是迫切地、心急如焚地渴望回到她身边，这种思维或许不够成熟，可他想这么做。这一场国际珠宝展，国内外两千多家首饰企业都在积极结交买家、扩大商网，只有靳南丢下一行人先行回了S市。

百芙合是曾经金银首饰界的龙头企业，这一次崛起引来了大众关注，尚且没得到消息的香港媒体采访行色匆匆的他，提问：“靳先生缺席交流酒会，是遇到了什么要紧事？”

“对，是有一件要紧事。”

而现在，那个要紧事的源头闭门不出，连他也不愿见了。

靳南与季容不同，这一扇门拦不住他，他左手伸进口袋，摸出来一枚钥匙。

这是元宵节时，两人吃了晚饭窝在客厅玩桌游，乔茴女流氓一样地要求输的人脱一件衣服。情到浓时，他任她随意操控，玩着玩着闹到一处，险些擦枪走火。当晚临走时，乔茴给了靳南这个，说是补给他的新年礼物。他珍惜她，一直没有用过，也没想到最后会这样派上用场。

靳南推开门，看到乔茴抱膝坐在地上，赤脚，身上是单薄的睡衣。他心一痛，什么都没说，脱了大衣披在她肩上。

乔茴先前像是沉浸在自己的世界里，直到身上一暖才蓦然回神，抬起头，用空洞又无助的眼神看着他，问道：“你怎么回来了？”

靳南胸腔内的一颗心酸涩得不堪忍受，蹲下来摸她冰凉的脸，小声说：“想你，就回来了。”

她怔怔瞧他，似乎在确认什么，末了别开脸："你都知道了？我的过去那么糟糕，你还想要我吗？"

即使她已竭力忍耐，靳南也看得出她明亮眼波里的泪光闪动，他没有任何犹豫地就回答："要。"

"我一直没说过，是怕你不信，可乔茴，你的确是我人生路上欣赏的唯一风景。"

靳南的嗓音轻缓低沉，却是乔茴二十多年来听过的最动听的话。她不知道自己何德何能，牵了牵唇又笑不出来，只是抽了一张纸巾盖在眼睛上，小声说："很抱歉，给你和银楼造成了困扰。"

薄薄一张纸巾很快就湿了。

靳南一直知道乔茴并不坚强，但很少见她哭，所以根本不清楚自己有这么见不得她的眼泪。

"没有这回事。"靳南拿走那张面纸，与她的泪眼对视，"我会摆平这一切，你相信我吗？"

乔茴摇摇头，不是不相信，而是不愿意，恳求道："你不要插手这件事，好吗？"

"对不起，因为我的自私，让你这么被动。靳南，其实我早就知道，我们的感情一旦开始就会面临挑战，可我还是没忍住想试一试。尽管我不愿意拖累银楼，但最后还是拖你下水，我很抱歉。

"关于我的过去，我对你有很多隐瞒，不要问为什么，我自己也说不清。你是不是觉得，我一定是在优越家庭里娇生惯养长大的？大家也都是这么想的。很多时候，我连自己也一起欺骗了，午夜梦回时真以为自己是个完美到没有污点的人。

"虽然不愿意承认，但真的，从出生起我就是一个被放弃的人。这二十多年里，我所经历的一切也不断地证实了这一点。

"不要想着再替我做什么了，不值得，也没必要。如果、如果你嫌弃，我们也可以……"乔茴咬紧牙关说了那么多，只有提到"分手"，她才再也张不开口。

靳南不可能不懂。

"我不能答应你。"靳南沉着声，将她拒绝得彻底，"无论如何，我都不能答应你。”

如她所说，靳南都知道了，飞机上他看了微博，很多事他忽然就明白了。

明白乔茴当初为何要中途放弃设计师署名，那是因为喜欢他，怕连累他。

更明白了为什么每一次提起她的父母，她总是欲言又止，那是因为她是个孤儿。

他还以为她是一路被父母朋友娇宠过来的女孩子，没想到她却有着再戏剧性不过的身世。

原来她并不是神秘，只是孤单。偌大世界里，只身一人的孤单。

“乔茴，你现在不是一个人。”靳南的嗓音清润，却无比郑重。

乔茴已经说不清现在是内疚还是感动，她眼泪止不住地流，固执地问道：“你会原谅我那时的私心吗？那时我想孤注一掷，冒着百芙合再无生还可能的风险，对不起，我当时不知道你会这么温柔，会让我这么喜欢。”

靳南从未介意过她的小心思，哪怕现在事情都摊开也没有，他说道：“我不懂商业上的尔虞我诈，但我想银楼成立百年，也是经历了大风大浪的，这件事情你没有错。你与银楼是雇佣关系，著作权虽然归百芙合所有，但设计师拥有署名权，这很正常，你后来主动放弃，是你吃亏了。”

乔茴抹了抹泪，苦笑着说：“你一个商人不能这么有良心，要吃亏的。”

靳南从不担心自己，在他的规划里，百芙合会良性健康地持续发展，乔茴也是。今天会发生这样令人措手不及的事，追根溯源是他对她的了解太少，但他依旧不觉得这是对他们感情的考验。

“微博长文中的照片最早是四年前的，等于说这些年来你一直活在有心人的监视里。我不信长期以来你一点察觉都没有，为什么不和我说呢？我以为我是值得你信任的人。”

“没什么好说的，她们敢这么做，就已经准备好了的。”乔茴不太想提这件事，任何时候都不想，她比谁都清楚自己的无辜，可反击需要证据，再加上她对钟家的复杂情绪，她也愿意一直这么错下去。

“她们是谁？”靳南敏锐地盘问。

乔茴心中凄凉，摇摇头转移话题：“这件事不重要，倒是百芙合，你身在其位不能不管，这才是当务之急。”

乔茴说得不错，她的过去在此时爆发出来，绝不是偶然，幕后黑手真正要针对的其实是百芙合。靳南也都清楚，可她被当作一支利箭，这件事怎么可能不重要。

“不急，一件一件地办。”

“不行。”乔茴哑着声，苍白的小脸上还留着无法抽离的伤怀，她强打起精神应对靳南的维护，“不要事事以我为重，你不懂你这么做会给我带来怎样的压力。靳南，如果真的因为我拖垮了银楼，我们……可能真的没办法在一起了。”

靳南还在犹豫，他明白应该怎么做才能把伤害降到最低，可此时此刻，他真的不愿意。

“如果早知道你放弃署名的背后是这样的盘算，我当初就不该答应你。乔茴，这对你不公平，我们重新签一份补充协议，署名权依旧归你。”

“真的不行。”乔茴抗拒。

“错过这次机会，你也许再也不能翻身了。”

“没关系，以前是怎么过的，以后还能怎么过，更何况我还有你。”缩在男士宽敞的大衣里，乔茴仰头一笑。

靳南看出她的故作轻松，拧着眉试图从其他角度切入说服她，可来不及了，靳西去而复返，带来一个噩耗。

她撞开门，也不懂委婉，脱口就说：“哥，不好了，我们S市的总店被围了，一群人拉着条幅说要抵制无良设计师，旗舰店也有人批量退货的，客服都崩溃了。”

靳南来不及阻止口无遮拦的妹妹，只好立刻去看乔茴。

她声音都带有一丝颤抖：“去发一份声明吧。拿着合同，告诉大家我不是百芙合聘用的设计师，只是因为我们的情侣关系让大家误会了。”

靳西不懂这之间发生了什么，下意识地问道："乔姐姐是我们银楼的设计师没错啊。哥，这是怎么回事？"

靳南沉默。

当天中午十二点，被围攻的百芙合官博发声："抱歉占用公共资源，占用大家的时间，就#百年银楼聘用无良设计师#这一热门话题，在这里要正式给大家一个解释。百芙合自转型以来，所有首饰均出自百芙合设计工作室，图下是合同扫描件，请大家仔细查阅。另外，百芙合一直秉持诚信经营，银楼每一任CEO都具备传统美德，但传统美德不包括一味忍让，关于造谣乔茴女士的不实言论，律师团队不日便会追究，望好自为之。最后，祝靳南先生与乔茴女士百年好合。"

季容看完很无语，问陆时："这文案谁写的？"

陆时回道："就银楼每一任CEO都具备传统美德这句来看，像薛助，他最爱吹靳南的彩虹屁。"

这个瓜又大又甜，大家吃得意犹未尽，都在等百芙合发声，可怎么也没想到，最后居然等来了这么一个声明，或者叫追责信？又或是……情书？

"连环瓜！这一届的福尔摩斯不到位啊，乔茴居然不是百芙合的设计师！"

"不是又怎样？不是那也是靳南的女朋友，狗男人识人不清，脱粉！"

"原本还以为当过教授的男人眼光都挺好的……居然要为这样的女人发追责信？脑子进水了？"

"这微博谁发的？传统美德，哈哈哈，感受到了这位员工卑微的求生欲。"

"真的没人觉得最后一句有点甜吗？"

"又沉迷百芙合新品设计的美貌，又讨厌乔茴不可告人的过去，纠结啊！"

"管他女朋友是谁呢，东西好看我就买！"

"跟楼。"

“靳南居然不介意乔茴的过去！我也想拥有同款男朋友！”

“跟楼。”

……

一个小时后，刚注册了微博账号的靳南发了一条微博——

“@乔茴乔小姐 话是别人说的，我相信自己的眼光，纵使质疑你的声音沸反盈天，我也一样站在你这边。”

百芙合官博先前已经肯定过立场了，靳南发微博的这一操作算是当众秀恩爱，与攻击谩骂的大众网友对着干，季容酸溜溜地点了个赞。

靳西一边诧异她哥竟然会用微博了，一边大小号切换在线评论。吃瓜群众也在第一时间摸到了这条微博下面，开始新一轮刷屏。

“听说百芙合帅哥总裁开通个人微博了？我来抢沙发。”

“上午大家还说乔茴一定会惨上加惨，被百芙合狠踩一脚，被现任靳总火速分手，所以我们是等了个寂寞？”

“靳教授情话说得不错。”

“啊啊啊，我上过靳教授的课！每次上课我都在想靳教授怎么能长得温文尔雅的同时又很禁欲？这种男人结了婚应该也是八棍子打不出一个屁的，需要被我这种热情似火的女孩子拯救，可惜我们不能师生恋！现在我才知道是我瞎了，原来老师您这么会说情话。”

“楼上姐妹，请说出你的故事。”

“这种时候就足以见得美色的重要性了，只要长得好看，管你跟多少男人有过关系，谈恋爱玩玩而已嘛，又不用结婚。”

“这一看就是被美色所惑啊！小靳总你清醒一点啊！看清那个女人的真面目！”

……

靳南第一次发微博，发完了就时不时刷新着查看评论，其间随意挑了几个回复。

靳南回复“最爱蛋挞”：“我滴酒不沾，所以一直走在清醒的路上，乔茴小姐的真面目我还真见过，她素颜或上妆都很好看。”

至于那个自称上过他课的学生，他点进头像在相册里翻了翻，看清了样子，该同学的个人信息就从他强大的脑容量里被拉了出来，然后点击回复："戚同学在课堂上的想象力不错，所以这就是你后来挂科的原因？"

最爱蛋挞："真是狗胆包天！百芙合刚有起色就敢这么刚网友？什么也不说了，粉了。"

与戚薇同姓好骄傲："天啊！老师，我已经毕业三年了！您这是什么神级记忆力？！请原谅我当年对您的亵渎！！"

眼尖的网友见到靳南本尊，纷纷在底下跟评，很快这两条就被顶上了热门评论。

"三年前的学生还记得？他是变态吗？"

"秀恩爱，死得快！"

"靳总好深情！好吧，我勉强相信他对乔茴是真爱了，就怕这一腔深情是错付啊。"

"素颜都见过，他们是已经发生关系了吗？"

"楼上脑残啊！他们去年就勾搭上了，恋爱这么久了还不发生关系？你当靳总吃素的？他又不是和尚！"

明眼看着这一切的靳南有些沉思，片刻后他严肃地再次回复："婚前，我的确是素食主义者。"

下午三点，百芙合又挂上热搜了，但标题已经跟乔茴没多大关系，因为这次主角变成了靳南——

百芙合小靳总 素食主义者

"笑惨了！一个大男人还搞什么婚前素食主义？他们俩到底是谁怕被占便宜？"

"人间罕见！"

"乔茴这是走了什么狗屎运？"

"当代深情不悔。"

"楼上说随便玩玩不会结婚的打脸吗？人家靳总就是奔着结婚去的！"

"哈哈哈，花了那么多钱还没吃到！乔女士果然高段位！"

就这样，凭借着寥寥数语，靳南在开通微博的两个小时里成功吸粉三十万，而他也在常冬这里坐了两个小时。

教会他用微博，又忍受了他一番盘问，大病未愈的常冬快疯了，抓狂道："我是病人，你不能这么为难我，我什么都不知道。"

"你是乔茴的师兄，不可能不知道。"

"说师兄那是套近乎的话，你也知道她后来被设计学院退学了。"

"这也不能掩饰你们是师兄妹的关系。"

"……"

靳南敲敲桌面，像警察审问罪犯一样问道："说不说？我如今耐性修炼得很好。"言下之意就是我可以陪你继续耗下去。

常冬头痛不已："你还是回去吧，出了这样的事，乔茴身边没人陪着你也放心？"

靳南抬腕看时间，计算了一下，回道："我来时她刚睡下，没那么快。"

"你应该明白，我无权向别人透露她的事。"

"我和她是情侣，是恋人，不分彼此，所以不算别人。"

"我知道得也不多。"

"那就有多少说多少。"

"……"

靳南站起来给常冬倒了一杯水。

常冬撇嘴，抓抓头发，组织了一下语言，说得不情不愿："其实那个扒皮长文里，也不全是伪造内容。乔茴的确是个孤儿，刚出生不久就被遗弃在孤儿院，七岁时被钟翠收养。乔茴学习绘画和设计，也很有出息，十二岁就设计出了第一件爆款，就是现在被奉为珠灵经典的捕梦网，没想到吧？你说她是不是一位天才设计师？"

靳南的确没想到，过往记忆重现，想起了她当初和靳西的对话，原来是这个缘故。

"可捕梦网的设计也不是署她的名，这件事应该鲜为人知。"

常冬闻言嗤了一声："一个小孩子，又是养女，你能指望那位人前一套人后一套的钟女士对她有多公平？乔茴也是成年之后才渐渐冒头的，之前全是做白工。"

“她跟钟家翻脸的原因，真的如微博所说？”

常冬不答反问：“你相信？”

“我不信，所以要找到答案。”

“我也不能告诉你答案。”常冬说着一叹，唏嘘的样子，“我说了我不知道来龙去脉，乔茴被封杀后一直绝口不提，每次我问多了她就沉默，心情也不好，渐渐我就不过问了，何必再提伤心事呢？我只知道，这事当年是有录音爆出来的，我听过，的确是她的声音没错，所以算是百口莫辩。如果你非得要知道，除非乔茴愿意解开心结告诉你。不过你就是知道了也没用，事情过去那么久了，空口白舌的谁愿意信啊？”

“那就这样算了？这不可能，这件事情能再次发酵就代表它没有过去。”靳南沉吟，“我愿意试试。”

可愿意试试的靳南驱车回到公寓就找不到乔茴了，因为怕吵醒她，他直接用钥匙开了门，卧室床上的被子叠得整整齐齐，人早没了踪影。

靳南离开前，为了防止乔茴上网看到一些不开心的，他还特地没收了她的手机，此刻想联系都联系不上，再心急如焚他也只能干熬着。

Part.18
最后一次

珠灵。

乔茴的到来，钟翠毫不意外。

钟翠让秘书带上门出去，自己从办公桌前站起来，脸上挂着一贯的虚假笑容，客气道：“你来了，坐吧。”

乔茴站着没动，看了眼那组米色沙发，回道：“不了，我怕脏了我的衣服。”

钟翠接咖啡的动作一顿，眼底闪过一抹凌厉。她上下打量乔茴的手包大衣高跟鞋，穿着的确是很有底气的。

“看来百芙合的那位，对你不错。”

乔茴厌烦钟翠的拐弯抹角，有过那样的不愉快，更没必要客气，便直言道：“何必装傻，你应该很清楚，这是我自己挣来的。”

钟翠立即接话：“靠男人挣出来的吗？”

钟翠年逾五十，保养得宜，打扮上也格外雍容高贵。乔茴曾经对她有过真感情，正因为全身心地付出过依赖过，所以才更容易被中伤。

就像现在，脚下的高跟鞋像是生了针，扎得乔茴生疼，腿也是颤抖的，可她依旧用力地掐着自己要忍耐，不要失态。

“拍到一些捕风捉影的东西就试图再一次抹黑我，您也就这点手段了。如果和他们喝喝咖啡就等同于上床，那么钟女士，你的私生子恐怕都数不清了吧？”

被牙尖嘴利的乔茴这样反击，钟翠已经很久没有经历过。她恼怒不已，又或是被戳中了什么心事，扬手就将咖啡泼过去。

滚烫的咖啡很快烫红了乔茴的脸，头发衣服上也都是咖啡，很狼狈，可她神情却不见一丝松懈与狼藉，目光冰凉地盯着钟翠，提醒道：“这是我允许的你最后一次伤害，不管是身体上还是名誉上的，你不要以为你们母女做的那些事真的就天衣无缝了。”

钟翠泼完咖啡消了一些气，但温和的假面目也懒得再维持了，她满眼戾气地讥讽：“我和媛媛做什么了？乔茴，你可不要得了便宜还卖乖，如果不是我养大你，培养你，你现在怕是不能用卖艺养活自己，只能卖身了。”

“你们做过什么心知肚明，跟拍、监视、恐吓短信，我哪一样冤枉你们了？但我今天来也不是翻这些旧账的。”乔茴挪动脚尖，走到钟翠面前一字一句地说，“你以为你给重振中的百芙合带来了致命一击吗？你以为情人之间都是利益大于爱情吗？看来你低估了我和靳南的感情。但我也可以理解，你一生没遇到真爱，怎么会懂？”

“你住口！”

乔茴摇头，继续说道：“我已经不是那个对你听之任之的小孩子了，你也不再是我的什么人，没有立场与权力阻扰我说话。我必须告诉你，百芙合就算大不如前了，也绝不是你可以随随便便扳倒的。珠灵主做彩色宝石，百芙合靠金银饰物发家，你们本来也算井水不犯河水，可你三番两次意图吞掉百芙合的市场份额，这是引火烧身。”

“你在恐吓谁？”钟翠不屑。

“不是恐吓，是我对你最后的善意提醒。我说了这是最后一次，我不可能永远受你打压欺负，这些年我过够了暗无天日的日子，是靳南教会我堂堂正正。”

钟翠直到此时才有一种“乔茴翅膀硬了”的真实感，正因为这种恍惚，她错失了最后说话的机会，等反应过来时，乔茴已经转身，和从门外进来的钟媛媛打了个照面。

钟媛媛是听到设计室的八卦才知道乔茴来了，赶紧推迟了会议急匆匆赶来。她一见到乔茴就阴阳怪气地说：“上次在西岸遇见我还觉得眼熟，原来是和靳家的太子爷勾搭上了，你降服男人还真有一套啊，人家现在对你死心塌地的，难怪你有底气跑过来耀武扬威。”

被没收手机的乔茴还不知道发生了什么，也不搭理钟媛媛。只是都被挑衅了，乔茴不可能毫无反应，回过头冲钟翠说：“对了，衣服是你弄脏的，记得把洗衣费打给我。”乔茴话落音就推门出去。

在一旁被无视的钟媛媛气得跳脚：“你算什么东西？也敢伸手向我们要钱！谁欠你的？”

钟翠眼下像个慈母了，温柔地要钟媛媛小声一点：“乖，声音放轻一点儿，要像个淑女。”

钟媛媛跺着脚上前：“妈，你真要给她钱？”

钟翠沉默半晌，点点头：“给，不欠她的。”

门外，乔茴合上门并未走远，她将她们母女二人的对话听得清清楚楚，嘴角露出嘲讽的笑。不欠？怕是亏欠太多，自己都记不清了吧。

乔茴回去时，天色已经暗下来。电梯到了第十六层，她从里面出来，因为动作轻，所以没惊动楼道里的声控灯，也没注意门前的一道黑影。她低头摸钥匙时，蓦然被拉入一个怀抱，她一惊刚喊出声，就闻出了熟悉的气息。

“靳南。”她喊他。

他清淡地“嗯”了一声，将人搂得更紧，问道：“去哪儿了？”

乔茴想跟他保持一定距离，没接话，只用手推了推他。

靳南刚经历过长久又焦急的等待，有些不满她的抗拒，又问道：“怎么了？”

“我身上不太干净。”

靳南一顿，伸手在墙上捶了捶，不太灵敏的灯总算亮起来。他看清她的样子，眼一眯，声调都冷下来：“怎么弄的？”

乔茴拨了拨头发遮住脸颊：“天黑，摔泥水里了。”

靳南凑近，闻到了咖啡的味道，拆台：“你当我没嗅觉？还有这里……”他小心地撩开她的头发，左脸还有些红肿未褪。

乔茴别过头，不再说话。

靳南有点生气乔茴现在的样子，他已经做好准备和她共进退了，可她还在纠结负重前行的路上要不要带上他，他突然感到挫败。

“乔茴。”靳南正色唤她，“今天的事，是谁在幕后主导，你是知道的吧？是钟家吗？”

“不是。”乔茴矢口否认。

靳南早知道她没那么容易承认，追问道：“那你去找她们做什么？”

乔茴闻言抬头，红褐色的小脸在灯光下显得楚楚可怜：“你跟踪我？”

“所以你承认你去了珠灵？”

“……”

乔茴已经许久没这么邋遢过，咖啡的黏腻透过毛衣贴在皮肤上，顺滑柔亮的头发也打了结。她浑身不适，加上靳南的追根究底，也让她想要逃离，她便说道：“能让我先进去换件衣服吗？”

靳南并不想逼她，只是心疼她如今的处境，他的本意不是为难她，更不是要把她从身边推开。

“你去吧。”靳南将乔茴的手机还给她。

乔茴是泡在浴缸里的时候才知道今天还发生了什么，她一字一字地读了百芙合官博与靳南的发声，悄无声息地泪流满面。

官博敢这么立场明确地站队，一定是得到了靳南的授意，他对她……是没话说的。可乔茴依然担心，这样的一意孤行会惹怒消费者。这些年声名狼藉的各界设计师不在少数，没有一个能真正翻得了身的，她又怎么会例外。所以不等靳南出声，乔茴从浴室出来把话抢在前头。

“你做得不对，你就算拥有绝对的话语权，也不要在这个时候力挺我。靳南，别对我这么好。”

她是真急了，沐浴后连头发都来不及吹干。

靳南没有立即回她，而是拿了毛巾绕在她的身后，一绺一绺地擦拭湿发。片刻过后，他的声音才缓缓传出：“我维护自己的女朋友，这有什么问题？”

乔茴方才躲在里面哭过了，声音还有一丝哑。她自诩全副伪装走出来，但他一句话险些让她前功尽弃。

“你应该知道，我有多怕连累你和银楼。我很感动你的心意，真的，但不代表我可以欣然接受毫无压力。”

靳南握着毛巾的手一顿，微微低头，轻吻在她头顶：“别担心。”

乔茴吸着鼻子，抬手抵唇压制哭腔：“靳南……”

“嗯。”靳南应声，丢下毛巾拿了一份文件出来，“打开看看。”

乔茴偏头，泛红的侧脸映入靳南眼帘。靳南眼神更晦涩起来，转头去冰箱找了冰块裹着毛巾贴上去，动作是从未有过的轻柔。

“这是什么？”乔茴不敢打开。

“百芙合设计室的聘用合同。你既然放弃了署名权，那就签下这个。你暂时也当不了独立设计师了，官博声明说‘梦回’系列出自百芙合设计工作室，那么你也是工作室的一员。”

握着靳南递过来的笔，乔茴指尖轻颤，她没有想过，她舍弃的东西他会用这种方式还给她。

或许是百芙合命不该绝，一夜过去，靳南仅靠一条微博与几条回复成功吸粉了近百万。靳西一觉醒来还以为自己眼花了，她混名媛圈那么多年，攒下的粉丝基础还没有她哥一夜之间涨得多。要不是底下那些货真价实的评论与点赞数量，她会怀疑兄长背着她偷偷买粉了。

乔茴的过去依然被大家拿来消费，但#靳正经#这一热搜也相当火热。这个尊称的形成不仅因为靳南自爆婚前吃素，还因为大家发现靳教授的情话倘若换个人说必定是“人间油物”，但出自他的口，字里行间都带着一股子正经，仔细品品还有种他在给你普及世界秘史的既视感，绝了。

“哥，一个好消息一个坏消息，你想先听哪个？”

陆时将上蹿下跳的靳西拉过来坐好，特别懂地接话：“对你哥来说，除非乔茴的冤案了了，否则都是坏消息。”

靳南昨晚在乔茴那里碰了壁，一夜没睡，他眨了眨干涩的眼，松开鼠标靠在椅背上闭目养神，满脸的疲惫：“你随便说吧。”

虽然他不是很想听的样子，但也不妨碍靳西的热情，她用播音腔正正经经地汇报：“昨日上午，乔姐姐的事在微博曝出之后，股市有受到影响，收盘时又回暖了一些。总店被围的事情由薛助出面解决，随后百芙合官博的声明发出去，也勉强遏制了销售下滑，目前处于一个比较平稳的局面，看交易波动有再次回到巅峰的可能，说明我们这次公关做得不错，这是好消息。”

“你知道这样的公关内容是牺牲了什么换来的吗？”靳南问道。

“啊？”靳西怎么会知道，她一脸茫然，去看陆时。

知道靳南如今护女友心切，陆时暂不参与，于是拍拍靳西让她继续说：“说说坏消息吧。”

“哦，坏的。”靳西看看手机，事到如今她居然还笑得出来，实在没心没肺，“坏的也没坏到哪儿去，就是哥你红了，大家现在都亲切地叫你……靳正经！”

靳南从来不在乎别人怎么说，但是事关乔茴，他就不能不在意。像是全然没听到靳西的话，他不知道什么时候又坐起来，盯着屏幕问道：“珠灵当初说，乔茴拿了公司的设计稿高价卖给了对家公司晶秀，所以珠灵跟晶秀应该是水火不容吧？”

“这是当然。”季容回着打了个哈欠，一样是为女神的事上心的人，他昨晚虽不至于通宵，但也睡得很少。

“那么，钟媛媛与晶秀大公子走得那么近，合理吗？”靳南将电脑转向大家，指着显示屏上的图片问道。

“这是什么啊？”靳西凑近看了看。

“我搜索珠灵与晶秀的关键词翻到的，这是一个圈内的富二代在酒吧录的小视频，是庆祝钟媛媛生日的，角落里那个一晃而过的男人是晶秀大公子严燃。”

陆时与季容不混圈子不认识，靳西就不一样了，严燃她还是打过照面的，那家伙虽然出口成“脏”，但皮相还不错。只是这视频太快了，她重复看了三遍才勉强认出来。

“似乎是严燃，他是过去庆生还是砸场子的？”

“你见过哪个砸场子的还带头鼓掌？”

“哦！”

事发到现在超过二十六小时了，靳南无时无刻不在脑海中整理乔茴、珠灵与晶秀这三方的关系。他没从常冬那边问出什么有用的信息，乔茴就更不必说，或许就像常冬说的那样，她百口莫辩，说了也没用，而他大海捞针的方式如今看来也不全是白费工夫。

“珠灵做彩色宝石镶嵌，定位高端。晶秀是一个体现时尚潮流的首饰品牌，主要用的材质是银与水晶，一直以来靠设计取胜，定位轻奢。严格来说，他们并不是真正的对家，从市场交易来看，两家公司的消费人群不足百分之三十的重合度，就设计而言，晶秀的风格潮流前卫，自成一派，并不输珠灵什么，有必要买走珠灵的设计吗？”

靳西虽然觉得有道理，还是提出质疑：“可能私下里有过节？或者就是看上了珠灵的设计风格，想先一步上市，让珠灵的新品开天窗？更坏的结果还可能是两家产品都上线了，风格相似，那么谁先上市谁就赢了，这样也能搞臭珠灵。”

靳南列了一个 Excel 表，一夜之间他居然已经密密麻麻地整理出了许多笔记。

靳西大开眼界，找不到重点地感叹：“原来学霸也会做笔记！”

靳南充耳未闻，只说道：“珠灵是在五年前的除夕夜与乔茴决裂的，当时她们发声控诉了乔茴，也表达了一下痛心遗憾之情，附带音频，同时让设计师们连夜出新的设计方案。可新春设计在三月初就要上线，那一年春节是二月十九号，时间很急，但她们并没有开天窗。新品上线后，可以看到设计还是一如既往的精致，没有一丝仓促感。反观同时期的晶秀，在买下珠灵的设计稿后，风格上没有多么明显的变动，这些难道还不够矛盾吗？”

靳南灵魂拷问在座三人，靳西目瞪口呆，陆时听得瞌睡，季容则用复杂的眼神瞅着靳南。

“靳正经叫亏了，福尔摩斯比较适合你，原本觉得你光会读书，输给你我还挺亏的，现在看来，你也不是除了读书一无是处。”

“到现在还想着挖墙脚呢？”刷新了一下页面，靳南追问季容的进度，“你不是在查 IP 地址，怎么样了？”

季容真的不想再一次输给靳南，可查精准的 IP 毕竟不是那么容易的，他又不想违法，所以深刻地觉得这一次他俩分工不合理！

“发文博主用的是新号，我身为一个合法公民不可能查到详细的地址，不过这些数据在公安系统都有备案，还有你要发律师函，有意义吗？这种事情我见多了，处理到最后都是不了了之的。”

“有意义，这是责任人应当承担的法律后果，即刻发吧。”靳南拍板。

季容再次确认：“有必要？”

靳西与陆时面面相觑。

靳南合上笔记本，心意已决：“看过官博了吧？薛助办事得力，已经替我说了，关于乔茴女士的名誉损失，律师团队不日便会追究。”

之后的几天，靳南可以说是没日没夜，在乔茴家与公司之间两头跑。可薛助明眼瞧着，这位年轻的老板也没处理工作上的什么紧急事务，倒是一直在上网。

好在功夫不负有心人。

乔茴最近被强制限网，她醒着的时候，靳南陪她吃饭看剧。她睡着之后，靳南去公司。所以等乔茴终于拿回手机时，才发现靳南早已替她发布了律师函。乔茴没想到他居然来真的，事情爆发之前，她就因为赶设计没睡好，出事之后她又失眠，几天时间眼睛下都熬出了青色，面对难得强势的靳南也劝不动了。

“律师函已经发出去了，我明白现在撤回是打脸，但我们说一说主张权利就行了，不要真的走司法程序奉陪到底。毕竟不是一个人，真要追究有那么多的网友，追究得过来吗？”

靳南也是最近才知道乔茴的心其实格外软，她所说的话或许有一部分这个原因，但应该不是全部的理由。

“还有什么？”他问道。

“什么？”

靳南正视她，一字一顿地说：“我在维护你，可我隐隐感觉到，你也在维护别人，是谁？你的养母吗？”

他的双眸幽深，乔茴不敢直视。也许是心虚，她垂下头，小声说：“没有的事，她不配。”

“都知道她不配了，还要护着她？”

乔茴一直不想承认，靳南却不允许她装傻，他太聪明了，让她觉得无所遁形。

乔茴终于抬起泪眼：“你以为我不恨她吗？你以为我能放得下这口怨气？她说得不错，我是她培养的，没有她，今天的我或许更糟。我本来就不属于她，她领养了我，又放弃了我，这没什么，当初和现在她伤害我、利用我，我也权当是在还债。可我告诉她了，这是最后一次。”

乔茴最近哭太多了，眼睛一直是肿着的，没有光彩，靳南不可能不心痛。他亲了亲她的眼皮，低喃道：“你真的这么想吗？其实我已经找到了一些蛛丝马迹，虽然还不是实打实的证据，但是一旦公布出来，舆论应该会有一些良性变化。”

乔茴一直觉得，发生在她身上的事是一道无解的难题，她从来不奢望会有真正洗白的那天，虽然为着那一点可笑的情意她也不会那么做，但她还是想知道，靳南是怎么做到的。

“你都知道了什么？”

靳南拥她入怀，在她耳畔叹息：“知道得很少，那些找不到答案的，还要你亲口告诉我。”

这些天来，这件尘封的往事靳南问过几次，倒没有强迫过乔茴一定要说。乔茴不堪回首，张不开口，他却一再给她空间，努力带她走出困境，这每一帧画面都让她动容。

“我以为我再也不敢想起，但如果你想知道……靳南，你应该知道全部的我。

大家说得不错，我的确是被钟翠领养的孩子，吃了钟家十几年的饭。听说，我还在孤儿院里时就喜欢画画，虽然记不大清了。媛媛小时候身体不好，三天两头生病住院，一直留在家里没去上学，钟翠忙着顾店，就想给她找一个玩伴，那个人就是我。我一直觉得，倘若没有珠灵，我又不是有些设计天赋，或许我们也能和平相处，我会渐渐融入那个家庭，得到一些温暖与快乐。可钟翠领养我的初衷从发现我隐藏的天赋后就变质了，很可笑吧？

起初，钟翠也不算苛待我，我长大后，她偶尔还会说一些好听的话哄哄我，所以我对她、对媛媛，是全心全意的。当然我也会觉得很辛苦，很疲惫，可我不能停下来。直到后来，我发现公司的鉴定证书有水分，一些合成品也被打上纯天然的标签，这属于严重的欺骗。我当时很慌，生气她可耻的行为，又害怕她因此受到什么伤害，我希望她停止这一切，将卖出的商品召回、赔偿、道歉，哪怕她不肯承认，编造一个由头重新开始都行。我带着满心的关切去找她，却因为捅破了这件事，触了她的逆鳞。

十几年来我一直活在她的欺骗下，没有认清她待我的真正心意，以为自己真的是她的女儿了。靳南，你说我是不是很可笑？”

靳南笑不出来，轻声问道：“后来发生了什么？”

乔茴又开始回忆：“后来……我以为我的地位已经重要到可以拿自己威胁她，所以告诉她，不就此收手我就离开钟家，不再替珠灵做设计。我太高估自己在她心底的分量了，就这样，我被她轻易地放弃了。直到那时我才幡然醒悟，她根本不需要一个孩子，只需要一个免费的、不求回报的劳力。

我们大吵了一架，她说我这样的天才，不能为她所用，放出去迟早会成为珠灵的对手，阻止这种情况发生的最好办法就是毁掉我，所以引导我说了许多话，全程录音后被恶意剪辑，随后公之于众，于是就有你们听到的那些。我的恶名成立，我被扫地出门。

靳南，你是不是觉得最初的我自私又冷血？其实不是的，我只是不敢相信这世上还会有单纯的善意与温暖。她扬言我离开她之后，会如过街老鼠，连社会最底层的人都不如。我一面心灰意冷，一面被激发起斗志，所以前几年做了很多的事。甲方嫌弃我的过去，我就不要署名，只要能拿到钱，多吃力不讨好都可以。我的目的只有一个，就是告诉一直监视着我的她们，我过得很好。我做到了，或许这在你看来是不理智的，因为我丢了热情与初心，变得随波逐流了。”

“抱歉，我曾经那么看你。”靳南没有反驳，因为乔茴说的都对。

“没什么。”乔茴并不在意，“我的确是这样的，你看到的都是真实的我，追逐名利，所以没什么好抱歉的。只是我经常会有一些不甘心，亲生父母一出生就舍弃我，养母利用我，后来对我献殷勤的每个人都不是真心对我。我好笑地想过或许是老天爷太偏爱我，所以总要我牺牲一些别的才算公平，直到遇到你，唯一一个对我毫无所图的人。”

“靳南，”话到这里，乔茴很想问问他，“有一件事，我要你老实告诉我。”

窗外，晚霞悬挂天际，没开灯的室内逐渐昏暗。靳南与乔茴对视，影子倒映在彼此的眼睛里。

“你说。”

乔茴的手指攥着他的衣角，迎着他的视线，煎熬着、踌躇着，许久之后才难以启齿地问：“这些天，你提也不提微博上的那些照片，其实你是介意的吧？我看得出来，你最近并不开心，是因为这个吗？你相信吗？我跟他们什么都没有。”

她一直不敢问，可以不去触及它，却不能当它不存在，她怕这会成为自己与靳南之间的隔阂，所以话落后，她几乎不敢去看靳南的神情。

靳南的浓眉一直拧着，连温柔起来的样子都比平时多了一丝棱角：“看着我。”

闻言，乔茴飘忽的视线重新聚焦在他脸上，不安来势汹汹。

他摩挲她的脸颊，让她放松，声调虽然依旧没有起伏，却是温和的：“不要胡思乱想，我最近不开心完全是出于对这件事的无能无力。你每天强颜欢笑，我难道看不出来？我也是刚刚才知道，我的喜怒哀乐来源于你。照片我都看到了，吃饭喝茶而已，都是一些正常的社交。你需要工作，需要生活下去，我可以理解你有多么不容易。就算他们当中有些人对你别有所图，可你将自己保护得很好，我很骄傲你有全身而退的能力。”

“真心话？”乔茴瞅着他。

靳南弯了弯唇点头。

乔茴信他，她放下心来，脸也不似方才苍白：“我有抹不去的黑历史，他们的殷勤与示好，都不是出自真心，可是靳南你不同。

“你一定不知道，在从前无数的寂静夜晚，我一边沉醉在小说双双两两的幸福里，一边想我会不会也在一个偶然的瞬间拥有独一无二的幸福。一开始见到你，你没什么不好，可我真的不喜欢，从没想过那个人就是你。但现在，我觉得你是最棒的人，而我也许是配不上的。”

也是直到此时，靳南才知道乔茴原来有那么多不安。

“不要这么说，是你不知道自己有多好。”这是靳南的真心话。

这一年来，他最大的惊喜不是银楼的起死回生，而是遇到乔茴，爱上她。

“我以为我是个有原则的人，后来才觉得这见识过于浅薄。乔茴，你大概不知道，钟媛媛与晶秀的严燃合伙注册过一个公司吧？珠灵与晶秀有一些说不清的关系，所以那时你被诬陷，无中生有的事晶秀却没有发声，而是闷声背下了那个锅。”

乔茴有些愣怔，摇头说：“我不知道。”

靳南想到了，珠灵做得隐秘，乔茴查不出来，也不可能去查：“我已经做好了准备要抛出这个疑点，可你说不要，那我就尊重你的决定。只是像你说的，这是最后一次，我不可能一再容忍他人中伤我的女朋友。”

靳南的话一向都是轻而有力，比起五年前的孤立无援，这一次乔茴终于有所依靠。她嘴角扬起许久未见的真切笑容，回道：“好，最后一次，从今往后，我跟珠灵两清了。”

Part.19
钮祜禄·乔

两天后，身为故事中的女主角，备受争议的乔茴在微博上做了一次正面回应。

乔茴乔小姐：“过去的事情就当是我错了，如今我拥有全新的生活，整个人宛若新生，可自始至终，我对珠宝设计的热情不减。如果可以，我想重新开始，请大家给我一次机会，介意我曾经的也不强求。我始于微小，虽不高贵，也绝不卑微。（PS：我跟华夏的段先生、世纪酒家的孟总、联文设计的林总监都是清白的，并没有比照片之外更进一步的发展。如靳南一样，婚前，我也是个素食主义者。）”

网友们闻香而来，一时间，各种声音挤满了评论区。

“玩什么文字游戏？‘就当是’什么意思？敢做不敢认！”

“小姐姐劝你别拖着靳总洗自己了。”

“都怪我心太软，听这话还挺诚恳的，看在你肤白貌美的份上，我就给你一次机会。”

“PS的内容是有可信度的，靳总又不傻，更何况，真有更劲爆的，何必放这些聊天喝茶的照片，连个擦边球都不打？”

“大家快去粉粉蜜桃的个人微博！这个博主靠风格上的蛛丝马迹扒出了乔茴的部分作品，好一个仙气飘飘！我居然有点被美到了？”

然而，不等大家有这个时间过去，就见乔茴又紧跟着发了另一条微博，没有配字，只有一张截图，图片居然是 AM 国际珠宝设计大赛的页面——她报名参加了 AM 珠宝设计大赛。

“乔小姐说重新开始是认真的。”

“刚从粉粉蜜桃那里过来，珠宝大赛为期一个月，我决定一个月后再考虑要不要原谅她！”

“其实我莫名相信她的话，一个大公司是很难被一个人耍得团团转的，这需要很大的本事。乔茴如果真有这个本事，不至于几年了还被压着翻不了身。”

“私服都是日本贵牌法国贵牌，脚下踩的是明星走红毯同款的红底鞋，手里有爱马仕三剑客换着背，这也叫被压着翻不了身？我也好想被这样压着啊。”

“楼上何必阴阳怪气，乔茴这几年虽然人不在江湖，但江湖上一直都有她的影子。去粉粉蜜桃那里看看你就知道她做了多少设计，不是靠男人不是靠养母，她靠自己！”

乔茴发完微博就暂时卸载了 APP，虽然不追究珠灵的背后黑手，但是不证明她能毫无波澜地继续接受大家的质疑。她那么容易被伤害，靳南这些天又为了她太辛苦，她该学会自我调节了，更何况，珠宝大赛的“灵 · 秀”主题她还没有头绪，迫在眉睫。

“乔姐姐，你这是背水一战啊。”靳西忧心忡忡的，“AM 国际珠宝设计比赛是香港珠宝厂商会主办的，已经成功举办 23 年了，有冠军奖和优异奖，你得奔着冠军去，让网上那群键盘侠闭嘴！”

乔茴是有压力的，最近一直睡不好，眼下头疼得厉害，揉着眉心苦笑不已：“你倒肯相信我。”

“那当然！你是我唯一不变的女神。”

靳南正从外面走进来，手工西装搭在腕间，听了靳西的话，怕她哪壶不开提哪壶，立即接口：“你不用一再表忠心，她有我粉着就够了。”

“不！‘爱豆’是大家的！”

靳南不以为意，转头去看乔茴，要她一个态度。

乔茴没什么态度，用手背撑着下巴看他，目光中充满了欣赏。

靳南被她瞧得不自在，低头望了一下自己，问道："怎么了？"

乔茴摇头："没事，就是突然发现，你最近经常穿正装。"

靳南也不想，他还不能完全适应西装革履的束缚，松了松领带，说道："没办法，最近会议多，要见的人也多。"

"很帅。"

"咳咳。"靳西用咳嗽声证明自己的存在。

靳南果然想起她来了，忽然问道："你不是要跟陆时回雁何山吗？怎么还没走？"

"你赶我？我嫂嫂还没进门呢，你就赶我？"靳西大受打击。

"你的思维这是搭上了哪根线？我就是过问一下你的行程。"

靳西信了，噘嘴道："明天上午十点，你是要去送我吗？"

"我有点事走不开。"

乔茴最喜欢看兄妹二人好笑又温馨的场面，不忍心见小姑娘丧气，她开口问道："不能推后吗？去送送她吧。"

靳南连忙说："好。"

靳西："……"

靳南是看了微博后忙中抽空过来的，最近几件事情齐头并进，他深刻地体会到了企业家的不容易，但事关乔茴，就还是重中之重。

"你报名参加珠宝设计赛了？"

"嗯。"

"我了解了一下，这次设计大赛为电脑绘图组、手绘图组和公开组分别设立了奖项，还有一个最佳工艺奖，你要参加哪个？"

乔茴沉吟："公开组和最佳工艺奖都是我的目标。"

"你要参加两个？只有一个月，来得及吗？"

"我会用尽全力，公开组我以个人名义参加，最佳工艺奖用的是银楼抬头，百芙合珠宝金行有限公司。"

乔茴并不知道，她说这些话时，眼里有光。

如她微博所说，有了决断，找回方向的她宛若重生。从前的她美则美矣，眼底却时常流露厌世情绪，绝不如眼前鲜活动人。

"好。"靳南总算能放心，轻笑了一声，"公司会全力支持你。"

一个月后。

AM 国际珠宝赛的颁奖典礼在 5 月 5 号晚举行，4 号这天，没订机票手忙脚乱的乔茵还在整理自己的战袍。

“我穿香槟色好看，就是太容易撞色了，我今天可是要艳压全场的人。”

“不然红色？”乔茵拿不定主意，回头问靳南，“你觉得呢？”

靳南一早从公司被叫来，还没发表过意见，听到点名他从电脑前抬头，回忆了一下她的话，诚恳道：“你穿什么都好看。”

乔茵没作声，瞥了一眼他膝盖上的笔记本，问道：“在看什么？”

“股票。”

她冷哼：“亏我以前还觉得你气质清贵不染铜臭，谁想到男人一旦身在其位就变俗。”

靳南抿唇，合上屏幕，从头到脚打量她，笑着说：“以前我是无所谓啊，后来我觉得养你挺费钱的，不能不努力。”

“鬼话连篇！你哪里是为了我，你是为了你的家族企业。”

“嗯。”靳南不否认，“我们是情侣，的确不分你我。”

“你敷衍我。”乔茵丢下礼服，准备小作一下解解压。自从知道获奖名单后，她就觉得云里雾里的，不太真实。

她的“神仙妃子”累丝挂珠钗获得最佳工艺奖，以她个人名义送去的“暗夜萤火”也拿下了最具市场价值奖，生平第一次好事成双。

“你不替我开心？累丝金工，我这也算替百芙合长脸了吧。”

“当然。”她的紧张靳南看在眼里，便起身走向她，俯身蹭了蹭她粉润的鼻尖，小声说话，“我很骄傲，我没想到你这么棒。黑夜寂寂，你是唯一的光芒，‘暗夜萤火’非常美。”

胜利来得那么不真实，乔茵才将喜悦的情绪一直憋着。她扯着他的领带，脸上露出小小的得意：“妾身还有很多惊喜是你不知道的，例如……你不知道我换上礼服后有多美丽，可惜你都不能到现场亲眼看到，真遗憾。”

靳南挑眉，不能亲眼看？

“穿银色吧。”靳南瞥见乔茴脚下的高跟鞋，白皙的脚趾裹在亮银色的皮革里，晶莹得发光。

乔茴偏头，看着被她扔了一床的小裙子思考了几秒，断然拒绝：“不行，珠宝设计的颁奖现场大多逃不开银白色的布置，穿银色很容易与背景墙融为一体。”

“那就红色，代表新生。”

“嗯。”

“机票订好了吗，我帮你订酒店？”

“都没订呢。”

“那我现在打给薛助。”

“好。”

靳南是一定要亲眼看到乔茴战袍加身的明媚模样的，他也要去香港，不过这件事乔茴不知道，他连拨给薛助的电话都是在楼道里打的。

“订两张明早去香港的机票，一张头等舱，一张商务舱，酒店也订一下，距离不要太近。”靳南说完顿了顿，还觉得不够保险，又加一句，“不同楼层好了，另外给我准备一些钱。”

“好的老板，要多少？”

靳南心里也没什么数，他想着陆时送给靳西的祖母绿手链，回道：“越多越好。”

“好。”身为一个助理，薛嘉年的本分不容许他去打听老板的私事，可就是这架势摆明了有什么惊喜，而且一定跟乔茴有关。

薛嘉年很自觉，第二天开车送未来老板娘去机场，面对乔茴的追问，他愣是闭紧了嘴一个字都没说，还临场瞎编：“老板一早去工厂了，特地让我来送你，他也很想来，奈何走不开。”

乔茴心里闷闷的，口是心非道：“没事，我也没有矫情到一定要他来送的，就是辛苦你了。”

薛嘉年想到专车被征用，一早只能乘坐出租车前往机场的老板，笑容僵在脸上，连连摇头：“没有没有，我是助理，领着银楼的钱，就该为老板办事，都是分内的，谈不上辛苦。”

乔茴扯唇笑了笑，尽量不表现得太过失望，而她不知道的是，两人一前一后过安检，上飞机，又一前一后下飞机，去相同的酒店。

乔茵一路都在憋晚上的大招，对周遭什么事都不在意，一头扎进酒店就开始洗头洗澡化妆换衣服。

至于靳南……他带着一笔巨款去了佳士得的拍卖行。

乔茵在颁奖典礼上美与名誉双收，靳南则在拍卖会上一掷千金，也成了众人焦点。

夜深了，乔茵站在十七楼的全景落地窗前玩自拍，调完色后发给靳南，打下一行字。

“香港夜景很棒，酒店环境很好，窗前的人是不是更美？”

靳南回来得比她早，一直在等她的消息，昏昏欲睡之际，一直沉静的手机终于传来动静。他点开大图看了几秒，勾唇一笑，拿着价值万万金的小盒子下了楼。

房间里的乔茵才等两分钟就没了耐心，点开手机控诉：“你居然不夸我！”

“咚咚——”同一时间，门口传来动静。

乔茵听到了，刚才还怒气冲天的她瞬间冷静下来，呼吸都变得轻轻的。这夜深人静的，她又没叫客房服务，在香港她也没认识的人，会是谁？这么高级的酒店应该很安全吧？

门外的人像是猜中了她的心思，一个电话拨过去：“开门。”

乔茵握着手机扒在猫眼上，反复确定了门外的人是靳南才打开，梦游一般讷讷问道：“你来了？你什么时候来的？”

“跟你一起来的。”靳南说着扬了扬手机，语气含笑，“不是想听我夸你吗？我当面夸你。”

乔茵眼圈红红的，也不先把人请进门，还在走廊上就抱住了他，委屈地撒娇。

靳南觉得今天的事情很成功，心里很是如意，一手搂紧了她，一手插进口袋，摩挲盒子上的纹理，低声与她咬耳朵：“我只是跟过来你就感动成这样？待会儿眼泪是不是要流成河了？”

乔茵从他胸前抬头，模样是难得的娇憨：“你还想做什么？”

靳南不答，没什么仪式感地将礼物直接递给她：“送你。”

这样小的盒子，突然拿到她面前，不可否认乔茵有点紧张，她以为靳南要求婚，所以趁机准备了这个惊喜，可又觉得不像。

她轻轻地打开来，震撼了！

橘粉色的鸽子蛋，彩色蓝宝石中唯一被单独命名的珍贵宝石，产量只有红宝石的1%，是世界上独一无二的帕帕拉恰。

“这……”乔茵震撼之后的第一反应是马上拉靳南进房，原因只有一个，财不外露。

合上门，她眼睛亮亮的，又备感受宠若惊，语速飞快：“这得多少钱啊？这是收藏级别了吧？你今天去了拍卖行？”

靳南轻飘飘地“嗯”了一声，回忆拍卖行里对这枚戒指的介绍：“橘粉色的帕帕拉恰是彩宝领域里的女神，我觉得和你很配。这枚主石是13ct，围镶白钻，戒圈也镶了粉钻。”

乔茵对这枚戒指一见钟情，应该说这么美的帕帕拉恰，任何人都会对它一见钟情，可她不敢上手试戴，太贵重了。

“我记得前几年，佳士得拍卖了一枚帕帕拉恰，成交价近两千万港币。”乔茵很忧心，也很有负担，“靳南，银楼就算扭亏为盈了，你也要省着点花，这个会不会太贵了？你不用特地买来送我，我能复出，这就是最好的礼物了。”

靳南并不想给她压力，这不是他的初衷，他想了一下，回道：“不算特地，我就是想体会一下挥金如土的感觉。”

“我看起来那么好骗？”

靳南充耳未闻：“来，我给你戴。”

他提前演示了一遍未来婚礼上的换戒流程，套牢后问道：“感觉怎么样？”

乔茵的眼睛移不开，喃喃道：“感觉我的手指承受了它不该承受的重量。”

靳南无声地笑，末了与她十指相扣，连带着窗外瑰丽的夜景也有一番莫名的温柔。他又在这片温情中柔和地出声：“这是给你的鼓励，鼓励你终于用实力证明了自己，也庆祝你凯旋，另外，你今晚很美。”

乔茵弯唇，踮起脚亲到他的下巴，低声说：“谢谢。”

自官方公布了获奖名单后，网上舆论的风向就彻底变了。这场瓜宴发酵又发酵，终于趋向了靳南乐意看到的样子。乔茴也像真的释然了，真切的笑容越来越多，但风水轮流转，有人笑，有人就会哭了。

珠灵贪心，这些年来频繁挖人墙脚，信奉设计师越多产品越好这一真理。曾经就有人在知乎断言，珠灵若长此以往，不出五年必定出事，果然在乔茴离开的第五年，珠灵迎来了自己的劫难。

“这种风格凌乱的设计稿是怎么流入生产线的？还不声不响地就上新了，我有批过这份文件？你们是怎么办事的？”刚从外地回来，两天没合眼的钟翠在办公室大发雷霆，她妆容来不及补，盘好的发丝也变得凌乱，与日常所见的精致亲切的形象相去甚远。

她的私人秘书早就觉得这岗位待不住了，这几天尤甚，有了离开的念头，言行上也就不是那么畏怯，直言道：“不如我去帮您叫一下钟总监，设计室是她在管理，应该能给您一个答复。”

“她知道什么？”钟翠事到如今还要维护钟媛媛，可出了这样的事，引来消费者的反感她也是极生气的，“算了，喊她来吧。”

钟媛媛自知失职，当然不肯一个人面对这场暴风雨，于是叫了设计室的众人一起。谁知道就在这短短时间里，她这两天的小动作又被人爆了。

见不惯销量的惨淡与网友的质疑，她最近一直在喊圈里的小姐妹帮忙买货晒货，也联系了不少营销号，试图引导舆论方向，之后她再用私房钱填补，但是被有心人抖了出来。

“这些收钱办事的营销号可真是闭眼吹，但是你吹成花，我们群众的眼睛也不是瞎了。”

“钟媛媛？她是纯正白富美耶！ INS 上蛮火的，名媛圈也很活跃的，我粉过她的颜。”

“楼上眼光真是一言难尽，粉乔茴也不粉她啊。之前大家就说，虽然钟媛媛才是珠灵大小姐，可和乔茴一比，长得就跟个赝品似的。”

“赝品，哈哈哈……笑到头掉！”

“这两年怎么了，先有百年银楼百芙合，再有后起之秀珠灵？如今百芙合是起死回生了，全新系列每一款都实用好看，新上任的帅哥总裁把家族企业管理得有声有色真长脸，不知道珠灵的合法继承人有没有这个能力了。”

“有啥能力？没听说过珠灵继承人是个草包吗？”

“珠灵也有今天，我早就觉得他们家的价格虚高了，奈何明星代言人脑残粉众多，咱也不敢说。”

“他们家是会做生意的，代言人，形象大使，品牌挚友，每一位都请的当红流量，舍得砸钱惹不起，不像百芙合，每年都雷打不动地让亲闺女代言，哈哈哈。”

“说是高级珠宝，但真的溢价过高，首先珠宝证书的权威力一般，同样的价格可以买到成色更好的其他品牌，而且这两年的风格乱七八糟，这一期终于成功翻车了。”

“可以说与百芙合形成了强烈反差。”

……

“网上的话你们都看到了？解释一下吧。”钟翠冷着脸，质问众人。

没人出声，钟媛媛身为设计总监，往前一步：“总经理，百芙合已经成功转型了，我们珠灵也需要尝试不同的新风格，这次是结合了我们部门所有设计师的意见，可能风格的突然转换让消费者们不太适应，我会让负责人吸取教训。”

钟媛媛话音方落，就有人站出来反驳：“钟总监这是什么话？甩锅吗？”

“是啊，我早说了我们与百芙合的市场重合度不高，不该自乱阵脚，但是总监你不听啊。”

“其他设计师我不清楚，我自己的话，我很确定我没有表达过要换新风格的建议。”

“那你们的意思，这都是我一个人说的算了？”虽然身为珠灵的亲女儿不会怎么样，但这种事钟媛媛也是咬死了不承认。

钟翠气的不止是这个，她打断设计室的内讧，问道：“设计稿下厂是需要总经理签字的，为什么我没有看到过这份文件？”

她的话是在问钟媛媛，她知道除了钟媛媛没人敢做这种事，所以才更恼怒被亲女儿拖了后腿，神色也是难得的严厉。

钟媛媛看出来了，立刻转头问秘书 Linda："文件我不是拿给你了让总经理签字吗？"

Linda 刚才还在盘算是本周递辞呈还是等下周，钟媛媛此话一出，她恨不得立刻撂挑子不干了："钟总监，你不要把这种无中生有的事赖在我头上，到底是你拿给了我而我忘记了，还是你自作主张架空总经理伪造签名，你心里应该很清楚。"

"我架空总经理？有这个必要吗？不管怎么样我都是名正言顺的继承人！Linda，你只是一个秘书，说话小心点。"

"我小心够久了，不想再小心了。"

"够了！"钟翠厉声打断两人的对话，有些事不好拿到台面上说，更何况还当着那么多人，不能没有一点顾忌。

"我是认真的。"Linda 重复，"总经理，我不是逞一时口快，离职的事情，我是认真的。"

钟翠一怔。

"我也不干了。"人群中马上有人站起来紧跟其后。

"总经理，当初我被挖来珠灵，并不全是因为高薪，而是我曾经真的认同并喜欢珠灵的珠宝风格。可现在呢，珠灵招揽的设计师太多，又成立各种小组，大家都是成熟的设计师，风格上各成一派谁也不肯让谁，所以设计风格凌乱，今天也不是第一次了，还偏偏让钟小姐这样一位不懂设计更不懂驭下的挂名总监来领导我们，我想我不适合这里。"

"那我也离开吧，好的灵感得不到重视，我想及时止损。"

当晚，# 珠灵今非昔比 #、# 珠灵大批设计师出走 # 上了热搜，其中不乏一些有头有脸的知名设计师，他们在第一时间发了微博，内容惊人的一致——

"天高路远，再也不见。@ 珠灵珠宝"

半年后，百芙合办公大楼。

"据 S 市商报统计，过去一年，百芙合是 A 股珠宝行业里唯一净利润突破10亿元的公司。2月4日晚，百芙合发布业绩快报，百芙合营业收入413.58亿元，同比增长81.76%，占据高达47%的市场份额，啧啧啧……”

“怎么了？”靳南把人拉到膝上。

乔茴坐好，把报纸拍在他身上：“感叹倒下的巨人又站起来了。”

“你也不错啊。”靳南拉开抽屉，拿出设计师沙龙精品展的邀请函递给她，“寄给你的。”

乔茴拆开来看，放在唇边亲了亲，印下一个红唇印，得意地问：“我厉害吗？”

靳南点点头，颇上道地说：“一身黑点却能反复用实力证明自己的价值，看来银楼快留不住你了。”

“谁说的？”乔茴搂住他脖子，细数荣誉，“百芙合刚刚荣登国际第一高级珠宝杂志，更是今年电影节官方合作伙伴，作为国际上最受瞩目的珠宝品牌，你休想赶我离开。靳南，你在哪里我就在哪里。”

“好。”

“挺晚了，我们回去吧，靳总明天再接着拼命？”

“嗯，想吃点什么？”靳南牵她的手下楼。

“火锅牛排炒年糕，肠粉锅贴粉丝汤……”

电梯下到一楼不足一分钟，乔茴就报出了天南地北的美食。

靳南还来不及取笑她，就先看到了大堂沙发上等待的两人。他驻足，示意她往那边看。

乔茴的笑容在见到她们后淡下来，她站着没动，靳南便将她往前推了一把：“去见见吧，我在外面等你。”

他说完就走，另一边钟翠与钟媛媛看到她起身过来。

数月不见，珠灵也经历了大起大落，乔茴不知道该怎么开始开场白。所幸她也不用犯愁，毕竟钟翠此行不是卖惨的。

“听说你要跟靳先生订婚了？”

“没有的事。”乔茴硬邦邦地说话。

钟翠没在意，从钟媛媛手上拿过一个盒子打开，里面是一串品相极好的大溪地珍珠：“别的我就不给你准备了，你收下这个就好。”

她往前递了递。

乔茴后退，别过头轻声地拒绝：“我不缺这个。”

钟媛媛讽刺地笑了笑：“也是，都快成银楼老板娘了，要什么没有？”

“你别说话。”钟翠训斥她，又问乔茴，“那你缺什么？我再准备。”

乔茴这时才肯正视钟翠，明艳的脸上有些受伤：“曾经缺的你没给，现在我也不需要了。”

钟翠听出了乔茴一语双关的话，黯然低头：“好，我明白你的意思了。这串项链，你收下吧，算我拜托你。

“我明白做什么都不能弥补你，可我希望你给我一次机会。那时你劝我的话我没听，希望现在不会太晚。”

钟翠这个人总是惯于伪装的，乔茴曾经就被她骗得团团转，而今晚，乔茴知道她是卸下了面具才来见自己的。

乔茴站着没动，眼圈有些红，钟翠便把盒子塞进她手里，说道：“去找他吧，他在等你。”

乔茴明白再不转身就要心软，她低低“嗯”了声，疾步往外走。

办公大楼的外面是车水马龙的街头，她的归属长身玉立在夜幕中，她攥紧了方盒脚步轻快地迎过去。

雨夹雪的冬夜非常冷，她整个人却如泡在春日的湖水里，温暖异常。

乔茴抱住他，问道：“靳南，其实我也算一个幸运的人，对吧？”

靳南温柔的视线落在她身上，低声地肯定：“当然。”

（全文完）

Afterword 后 记

2019年的春天，我的脑海中有了乔茴与靳南的初步人设，当然尚不完整。2020年的7月，这个故事我终于写完了，他们有血有肉，让我泪流满面。

或许不该用“终于”一词，因为越写到后面、越靠近结尾，我不舍的情绪就越浓烈。

原本我并不打算在正文完结后再说些什么，怕说得不好，怕我的矫情会被你们取笑，直到编辑建议我写下这篇《后记》。

我当时说我不会写，亲爱的编辑就告诉我要记住这种不舍。我想这个很简单，并不需要刻意记住它，因为我的情绪至今无法抽离。

我还沉浸在他们的故事里。

文中，乔茴与靳南一起度过了一年多的光景，我也陪了他们一年多。所以，哪怕已经完结了一个月，我也时常想起他们，情绪仍然会被他们牵动。

我笑乔小姐的浅薄，心疼她所有不公的遭遇，也欣赏她绝境中决不放弃的勇气，更痴迷于靳南的温柔。

对，他是温柔的人，也只有像他这么温柔的人，才能救赎活着如同死去的乔茴。

当然靳南也不仅仅是温柔，他不是一个完美男主。他无趣、固执、一本正经，这样的男生其实不是一位男神。可对乔茵而言不同，她见多了虚情假意，听多了花言巧语，所以这样的靳南让她觉得不可多得。

他们当然也有矛盾，毕竟有那么大的性格差异。不过这不是致命的，靳南凡事遵从本心，这是乔茵早已失去的，她不是不想要，所以她又找了回来。

靳南在认识乔茵之前，只是一个古板的大教授，五千年看尽却看不透她，他嫌弃乔茵的同时，情绪与生活都逐渐变得丰富。慢慢地，他见到了她的敏感细腻，见识了她的执着热情，直至后来爱上她，他才觉得原来这样的自己才是完整的。

靳南的确救赎了乔茵，但实际上，他们也属于相互成就。

写文那么多年，笔下那么多女主角，乔茵是最让我感到心疼的，因为没有人像她那么孤单。她一度觉得人世间这一趟毫无意义，她得到的所有温暖都是短暂停留又急匆匆地走了。所以我甚至在想，如果不是内心深埋着对钟氏母女的恨意，不是对自己的人生还有所不甘，或许孤单的她早已选择结束自己的生命也不一定，还好靳南出现了。

好像也该谢谢她们，她们造成了乔茵性格上的缺陷，却正因为此，让她和靳南的结合变得不可替代。

相比乔茵，靳西就幸福得多了，她生活中所有的不顺都来源于她渴望成为一个时尚弄潮儿，还有感情上长久以来的空窗期，但那不过是因为时机未到，她的感情是水到渠成的，毕竟陆时是一个猎人。

乔茵说得不错，西西公主投了个好胎，可故事的结尾处，乔茵也终于释怀了，她不再怨天尤人，因为她也很幸运。

所以，故事也暂时在这里结束了，但我相信这绝不是最后的告别，未来靳南先生与乔茵小姐一定会以另外一种方式与大家再次相见。

我也很期待下一次与他们温柔碰面。

记录于 2020 年 8 月 3 日晚，北京

琵琶